Nur vier Wochen

Natalie Rabengut

Sie erreichen die Autorin unter rabengut@gmail.com und www.natalierabengut.com

Für Christian,
meinen schlimmsten Kritiker
und größten Unterstützer

1

Gelangweilt starrte ich an die Decke, bis mir einfiel, dass ich wenigstens ein bisschen stöhnen könnte. Das würde das ganze Verfahren erheblich abkürzen.

Also glitt ich mit meinen Fingern in Hennings Nacken, vergrub sie in den Haaren und krallte meine andere Hand in seine Schulter. »Oh Gott, jaaaa!«, keuchte ich sehr authentisch und spürte direkt, wie es ihn anspornte.

Jeden Sonntag das gleiche Programm: erst Golf spielen mit meinem Vater, dann in die Sauna, anschließend ein bisschen Lesen, bevor es Spaghetti Carbonara pünktlich zum *Tatort* gab. Es folgte der obligatorische Sex nach dem *Tatort* – natürlich erst, nachdem Henning sich die Zähne geputzt hatte, er war da sehr genau. Zum Abschied gab es einen Kuss auf die Wange, bevor Henning zu sich nach Hause fuhr, wo er auf seiner speziellen Kaltschaummatratze schlief. Bei mir blieb er eigentlich selten über Nacht. Mich störte das nicht besonders.

So konnte ich wenigstens noch ein bisschen lesen, bevor ich schlafen ging. Am liebsten las ich momentan erotische Romane oder historische Liebesromane. Meine Freundin Kat hatte mich darauf gebracht – vermutlich, damit ich aufhörte, ihr einen blutrünstigen Thriller nach dem anderen nachzuerzählen. Kat war für so etwas einfach zu zart besaitet. Jetzt las ich von Männern, die sich verzehrten, Frauen, die schier unendlich oft kommen konnten, und fand es tatsächlich irgendwie toll.

Mit der Realität hatte das nichts zu tun, das beste Beispiel bemühte sich gerade über mir. Sofort fühlte ich mich für den Gedanken schäbig. Henning konnte ja nichts dafür.

Naja, nicht ganz jedenfalls. Es gehörten bekanntermaßen immerhin zwei dazu. Es war nicht so, dass ich nicht erregt gewesen wäre, aber das letzte Bisschen fehlte irgendwie. Was auch immer dieses geheimnisvolle Bisschen war.

Ein wenig hegte ich die Hoffnung, dass die Lektüre weiterer Liebesromane mich in das Geheimnis totaler Erregung und hemmungsloser Hingabe einweihen würde. Gut, zu multiplen Orgasmen würde ich natürlich ebenfalls nicht nein sagen, aber das erschien mir dann doch sehr unrealistisch.

Überrascht bemerkte ich, dass Hennings Gewicht von meinem Körper verschwand. Er war also schon fertig und an seinem zufriedenen Lächeln konnte ich ablesen, dass es ihm gefallen hatte. Das war schön.

Ich zog die Decke hoch und erwiderte das Lächeln, aber es kostete mich einige Mühe. Die Frage, wann sich das alles so automatisiert hatte, brannte in mir. Aber wie sollte ich das formulieren, ohne Henning zutiefst zu verletzten?

Vermutlich war ich selbst an meiner Misere schuld. Am Anfang hatte ich häufig Orgasmen vorgetäuscht, weil ich nicht wollte, dass Henning sich unzulänglich fühlte und nun war er überzeugt, alles richtig zu machen. Den Plan hatte ich damals einfach nicht durchdacht.

Sonst funktionierte alles zwischen uns ziemlich einwandfrei, mein Vater mochte ihn auch, und so waren fünf Jahre ins Land gezogen, ohne dass ich nur ein Wort verloren hätte.

Henning kam aus dem Bad und gab mir einen pfefferminzfrischen Kuss auf die Wange. So oft, wie er sich die Zähne putze, sollte ich in seiner Gegenwart stets eine Sonnenbrille tragen.

»Morgen ist dein großer Tag«, sagte er und sah mich liebevoll an.

»Ich hoffe es. Und du fährst nach der Verhandlung auf deine Golftour.«

Seine Augen leuchteten. »Ich kann es kaum erwarten. Beides. Gute Nacht und schlaf schön.«

Einen weiteren Kuss bekam ich noch auf den Scheitel, dann verschwand Henning und zog die Wohnungstür hinter sich zu. Stille erfüllte meine Wohnung und ich durchbrach sie mit einem lauten Seufzer.

Morgen wurde das Urteil in einem wichtigen Fall gefällt, den ich betreut hatte. Genau wie mein Vater war ich Anwältin geworden und ich hoffte, dass er mich morgen zur Partnerin in der Kanzlei machen würde. Darauf wartete ich gefühlt schon mein ganzes Leben.

Endlich würde es sich auszahlen, dass ich gelernt hatte, wenn andere feiern waren und dass ich Praktika absolviert hatte, wenn andere im Urlaub waren. Ich konnte es kaum erwarten. Die Aussicht darauf, meinen eigenen Namen auf dem großen silbernen Schild über dem Empfang der Kanzlei lesen zu können, versetzte mich in einen regelrechten Rausch. Dieses Gefühl kam einem Orgasmus wohl ziemlich nah – näher jedenfalls, als es Henning schaffte.

Wieder seufzte ich, dann griff ich nach meinem E-Book-Reader. Es wurde Zeit, das England des 19. Jahrhunderts zu besuchen.

***

Beschwingt tänzelte ich die Stufen des Gerichts herunter, mein Vater und Henning folgten in einigem Abstand. Ich hätte die ganze Welt umarmen können. Das Urteil war noch mehr zu unseren Gunsten ausgefallen, als ich es mir in den kühnsten Träumen ausgemalt hatte.

Allerdings waren sowohl mein Vater als auch Henning für ihre Verhältnisse sehr still und schienen irgendwelchen Gedanken nachzuhängen. Vielleicht hatte Henning aber auch bloß schon mit den Baldrian-Tropfen angefangen, die er vor Langstreckenflügen stets nahm. Heute Abend würde er in die Karibik aufbrechen, wo er drei Wochen lang mit einer Horde Männer von Golfplatz zu Golfplatz tingeln würde.

Davon träumte er schon so lange wie ich von der Partnerschaft in der Kanzlei. Pragmatisch, wie wir beide waren, hatten wir ausgemacht, dass er sich nicht groß melden brauchte. Zum einen wusste man ja nie, wie die Mobilfunknetze am anderen Ende der Welt waren und zum anderen war da noch der Zeitunterschied. Er würde mir eine SMS schreiben, wenn er angekommen war und dann wieder vor dem Abflug.

Gut gelaunt ließ ich mich in den Beifahrersitz des Mercedes' meines Vaters sinken. »Das war großartig«, verkündete ich. Jetzt, da uns niemand hören konnte, durfte ich mich wohl zwei Minuten in meiner eigenen Großartigkeit aalen.

Mein Vater sagte nichts, sondern lenkte den Wagen aus der Tiefgarage. Im Rückspiegel begegnete ich Hennings Blick und er sah sofort unangenehm berührt weg. Das machte mich stutzig. Die Augen meines Vaters wiederum blickten so stur auf die Straße, dass ich sofort wusste, dass etwas im Gange war – etwas, das mir nicht gefallen würde.

»Was ist los?«, fragte ich und mein Tonfall ließ keinen Zweifel daran, dass ich nicht eher Ruhe geben würde, bis ich die gewünschte Antwort hatte.

Henning rutschte nervös auf dem Sitz herum und schob einen Finger zwischen Hals und Hemdkragen, als würde er schlecht Luft bekommen. Mein Vater gab weiterhin vor, sich unglaublich auf den Verkehr konzentrieren zu müssen.

Ich verschränkte die Arme und räusperte mich geräuschvoll. Für einen kurzen Augenblick zog mein Vater abwehrend die Schultern hoch, dann lenkte er den Wagen rechts an den Straßenrand und stellte den Motor ab. Als er mir das Gesicht zuwandte, bekam ich ein ungutes Gefühl im Bauch.

»Anika, ich weiß gar nicht, wo ich anfangen soll.« Sorgenvoll betrachtete er mich.

Sicherheitshalber schwieg ich. Das war kein guter Anfang. Das war ein Anfang, der mich wissen ließ, dass jetzt etwas Unangenehmes folgen würde.

»Ich denke, es wäre nicht klug, dich jetzt schon zur Partnerin zu machen.«

Wie bitte? Jetzt schon? Dafür hatte ich die letzten 14 Jahre gearbeitet! Seit dem Schulabschluss, um genau zu sein! »Papa, ich kann dir leider nicht folgen.«

Mein Vater sah mir fest in die Augen. »Ich will nicht, dass du möglicherweise bereust, so verbissen an deiner Karriere gearbeitet zu haben. Du gönnst dir gar keinen Spaß. Was ist denn mit einer Familie und Kindern? Deine Mutter –«

Mit einer energischen Handbewegung schnitt ich ihm das Wort ab. Am allerwenigsten wollte ich jetzt etwas von meiner Mutter hören. »Soll das ein Scherz sein?«

Henning krümmte sich förmlich auf dem Rücksitz zusammen. Wütend schnallte ich mich ab, damit ich mich besser umdrehen konnte. »Du wusstest davon? Du wusstest davon und hast nichts gesagt?«

Er schien noch weiter zu schrumpfen und ich konnte mich mit Mühe davon abhalten, nach ihm zu schlagen. Gestern Abend hatte er doch sogar noch gesagt, dass heute mein großer Tag wäre! Und dafür ließ ich ihn mit mir schlafen? Ein schöner Freund war er! Dabei steckte er mit meinem Vater unter einer Decke! Vermutlich spekulierte er darauf, an meiner Stelle der Partner in der Kanzlei zu werden.

Schnell korrigierte ich mich selbst. Nein, das war Unsinn, dafür hätte Henning sowohl Zielstrebigkeit und Rückgrat besitzen müssen – und das hatte er beides nur, wenn es um Golf ging. Er konnte mir nicht einmal in die Augen sehen, also drehte ich mich wieder zu meinem Vater.

Ich war so wütend, dass ich kaum einen geraden Satz bilden konnte. »Ich werde also keine Partnerin, weil ich stattdessen heiraten und Kinder kriegen soll?«

Abwehrend hob mein Vater die Hände. »Das ist jetzt sehr überspitzt formuliert. Ich wollte lediglich andeuten, dass du idealerweise deine Situation überdenkst und überlegst, was du willst, bevor du dir noch mehr Arbeit aufhalst.«

»Gut, ich habe darüber nachgedacht. Ich entscheide mich für die Partnerschaft in der Kanzlei.«

»Nein, Anika. Ich werde dich nicht zur Partnerin machen. Nicht jetzt.«

Blind tastete ich nach dem Griff, riss die Tür auf und stieg aus. »Ich laufe nach Hause und du –« Ich wandte mich an Henning. »Viel Spaß mit deinen verdammten Golfschlägern!«

Damit schmetterte ich die Tür zu, bevor ich noch Dinge zu meinem Vater sagte, die ich eventuell bereuen würde. Der Motor startete und ich wirbelte herum. Wo war ich überhaupt?

Schnell orientierte ich mich: ganz in der Nähe der Innenstadt, offensichtlich in einer Nebenstraße, in der ich bisher noch nicht gewesen war. Ich stand direkt vor einem Laden, den ich im ersten Moment für eine Galerie gehalten hatte, doch dann las ich den großen Schriftzug am Fenster: *Heritage Custom Tattoos*.

Vor dem Fenster stand ein attraktiver Mann und musterte mich belustigt. Offensichtlich hatte er meinen theatralischen Auftritt mitbekommen. Entschlossen marschierte ich auf ihn zu. Jetzt erst bemerkte ich die Tätowierungen, die alles an Haut bedeckten, die zu sehen war. Er trug eine Jeans, ein Shirt und darüber eine Anzugweste.

Seine dunklen Haare wirkten, als wäre er gerade aus dem Bett gestiegen, durch das er sich mit einer hübschen Frau gerollt hatte, waren aber vermutlich mit Gel genau in diese Form gebracht worden. Der Kontrast zu seinen kobaltblauen Augen war unglaublich. Das leicht spöttische Lächeln vertiefte sich, als ich näherkam.

Sicherlich hatte er irgendetwas mit diesem Tattoostudio zu tun, immerhin waren selbst seine Handrücken tätowiert. Die Worte meines Vaters schossen durch meinen Kopf, die Wut flackerte wieder auf.

Allerdings hatte er nicht genau spezifiziert, wen ich heiraten sollte. Vermutlich spekulierte er auf Henning, doch das konnte er getrost vergessen – ganz sicher nicht, nachdem dieser Waschlappen mir eiskalt in den Rücken gefallen war.

Dicht vor dem Mann blieb ich stehen und bohrte frech meinen Zeigefinger in seine Brust. Er roch sehr gut, nach Sandelholz, aber auch ein wenig fruchtig – eine sinnliche Mischung. Ich musste den Kopf in den Nacken legen, um ihn anzusehen, da er größer war als ich. Wie in den historischen Liebesromanen, schoss es mir durch den Kopf, da musste die Frau den Kopf ebenfalls immer in den Nacken legen, um den Mann anzusehen. Bloß lief ich nicht Gefahr, gleich gegen meinen Willen vor den Altar gezerrt zu werden, wie es in den Romanen immer passierte.

Ich hatte eher das genaue Gegenteil vor. Die leichten Fältchen um seine Augen ließen mich schätzen, dass er etwas älter war als ich.

»Wie heißt du?«, wollte ich wissen und ignorierte, wie unhöflich ich mich dabei fühlte. Aber ich hatte keine

Zeit zu verlieren, denn ich musste meinem Vater eine Lektion erteilen; der Plan dazu hatte sich schon längst in meinem Gehirn geformt. In wenigen Wochen war das große jährliche Sommerfest der Kanzlei – da würde ich meinem Vater gern meinen Ehemann präsentieren.

»Boris«, antwortete er ruhig und seine samtige Stimme jagte einen Schauer über meinen Rücken. Fast wäre ich zurückgezuckt, schaffte es aber noch, mich zusammenzureißen. Mein Puls jagte inzwischen, das war sicherlich die Wut. Möglicherweise spielte die Anwesenheit von Mr. Sexy eine Rolle, vielleicht war das aber auch nur mein Zorn, der mich das denken ließ. Eigentlich hatte ich für Tattoos nichts übrig. Oder Drei-Tage-Bärte. Aber schwere Zeiten erforderten ja bekanntermaßen schwere Geschütze.

»Sehr gut. Boris, bist du Single?« Ich unternahm den nutzlosen Versuch, irgendwie verführerisch zu klingen und wirkte dadurch vermutlich eher, als hätte ich einen gewaltigen Dachschaden.

Nachdem er sich sehr langsam geräuspert hatte, nickte er. Mein Herz schlug noch schneller und ich fühlte mich, als wäre ich eine geraume Weile gerannt. Dazu kam jetzt ein Rauschen in den Ohren. Ich konnte meine eigene Stimme kaum hören, als ich sagte: »Ich finde, wir sollten heiraten.«

Dann kippte ich um.

***

Als der Raum aufhörte, sich um mich zu drehen, schlug ich vorsichtig die Augen auf. Es roch nach Desinfektionsmittel, aber die Decke sah wie eine normale Zimmerdecke aus, nicht wie ein Krankenhaus.

Ich erschnupperte einen Hauch Sandelholz und Boris fiel mir wieder ein. Entsetzt richtete ich mich auf und bemerkte, dass er lässig an der Wand lehnte. Obwohl ich mich inzwischen etwas ruhiger fühlte, fand ich ihn immer noch bemerkenswert attraktiv. »Was ist passiert?«, wollte ich von ihm wissen.

»Du bist vor dem Laden umgekippt und ich dachte irgendwie, es wäre meine Pflicht, dich nicht einfach auf dem Bürgersteig liegen zu lassen.« Der Spott, der in seiner Stimme mitschwang, brachte mich direkt wieder auf die Palme.

»Das kann nicht sein, ich bin noch nie umgekippt«, protestierte ich.

Er zuckte nur gleichgültig mit den breiten Schultern. »Einmal ist immer das erste Mal.«

Wenigstens schien er starke Nerven zu besitzen, das war gut. Um mich zu sammeln, sah ich erst einmal auf die Uhr. In Ordnung, ich konnte nicht mehr als ein paar Minuten bewusstlos gewesen sein.

Boris setzte sich neben mich auf die Liege, so nah, dass unsere Oberschenkel sich berührten. Die Stelle begann zu prickeln, was mich immens irritierte.

»Spät dran?«

Ich schüttelte den Kopf. »Nein, ich habe Urlaub. Ich habe nur darüber nachgedacht, worüber wir gesprochen haben.« Gut, eigentlich hatte ich keinen Urlaub, aber vermutlich etwas an die 300 Überstunden, die mein Vater mir nach heute wohl kaum verweigern konnte. Das musste ich Boris aber nicht auf die Nase binden. Dass wir uns jetzt in dem Tattoostudio befanden, bestätigte meinen Verdacht, dass er etwas mit dem Laden zu tun haben musste.

»Nachdem du mich praktisch mit den Augen ausgezogen hast, wolltest du mich direkt heiraten«, rekapitulierte er das Geschehene kurz für mich.

»Richtig, ich habe gerade erfahren, dass ich dringend heiraten muss. Also, wie sieht's aus?« Damit ich seine Reaktion sehen konnte, drehte ich den Kopf zu ihm. Erst jetzt fiel mir auf, wie dicht seine Lippen vor meinen waren. Überrascht stellte ich fest, dass ich ihn gern küssen würde. Das war wirklich etwas Besonderes, denn sonst machte ich mir nicht viel aus küssen und geküsst werden. Stattdessen flackerte jetzt die Frage in mir auf, wie es wohl wäre, von Boris geküsst zu werden.

Da er nicht antwortete, hatte ich das Gefühl, mein Angebot noch etwas schmackhafter machen zu müssen. »Ich bin natürlich bereit, die geopferte Zeit entsprechend zu vergüten. Ich weiß ja nicht, was so ein Tätowierer im Monat verdient, aber die Welt kann es ja nicht sein. Sagen wir für vier Wochen?« Das Studio war eigentlich recht geschmackvoll eingerichtet und längst nicht so heruntergekommen, wie ich mir solche Einrichtungen bisher vorgestellt hatte.

Ein verärgerter Ausdruck huschte über Boris' Gesicht, was dafür sorgte, dass ich mich ein wenig für meinen Hochmut schämte.

Aber ich musste einfach vorgeben, selbstbewusster zu sein, als ich mich fühlte.

Nach einem langen Moment sagte er: »Eigentlich kann ich nicht klagen. Ich denke, wir sollten dich nach Hause bringen, Prinzessin.«

»Anika«, murmelte ich.

»Was?«

»Ich heiße Anika und nicht Prinzessin«, klärte ich ihn auf und versuchte, mich durch den eindringlichen Blick aus seinen unglaublich blauen Augen nicht verunsichern zu lassen.

»Dann solltest du dich vielleicht nicht wie eine Prinzessin aufführen, Prinzessin.«

Meine Augen wurden schmal und ich konnte die steile Falte zwischen meinen Augenbrauen förmlich vor mir sehen.

Doch bevor ich etwas sagen konnte, fuhr Boris fort: »Da ich gleich noch arbeiten muss, wäre es schön, wenn du mir jetzt verraten würdest, wo du wohnst, damit ich dich nach Hause bringen kann.«

»Wozu?« Genervt, weil er nicht einfach zustimmte, mich zu heiraten, verschränkte ich die Arme. An meinem Vorschlag gab es ja wohl absolut nichts auszusetzen! Hatte er verstanden, dass ich angeboten hatte, ihn zu bezahlen?

»Damit ich nicht schuld bin, wenn du auf dem Weg wieder umkippst und schlimmstenfalls draufgehst.«

»Ich habe doch schon gesagt, dass ich eigentlich nicht dazu neige, in Ohnmacht zu fallen.« Dieser Mann schien einfach gar nicht zuzuhören.

Wieder präsentierte er mir dieses spöttische Lächeln. »Mich würde es eher beruhigen, wenn du nicht dazu neigen würdest, wahllos Männern Heiratsanträge zu machen.«

»Das war nicht wahllos«, klärte ich ihn auf. So elegant wie möglich stand ich von der Liege auf, allerdings wackelte der Boden unter meinen Füßen. Boris umfasste meinen Oberarm. Sein Griff war fest – fest und unnachgiebig. Warum zog ich nur dauernd die Vergleiche zu diesen blöden historischen Liebesromanen? Ich sollte wirklich aufhören, die Dinger zu lesen.

»Alles klar, Prinzessin, damit hast du dich für den Begleitservice qualifiziert.«

Ich zerrte an meinem Arm, was sich als sehr nutzlos erwies; Boris dachte scheinbar nicht einmal daran, mich loszulassen. »Du sollst mich nicht Prinzessin nennen.«

Sein leises Lachen verursachte ein Prickeln in meinem Bauch. »Geht klar, Prinzessin.«

Oh Mann, so würde ich hier nicht weiterkommen. Außerdem fühlte ich mich merkwürdig schwach. »Brahmsstraße.«

Er nickte knapp und ließ meinen Arm los. Als er seine Hand zurückzog, fielen mir die schwarzen Linien auf. Bevor ich mich selbst daran hindern konnte, nahm ich seine Hand und betrachtete das verschlungene Muster auf der Innenfläche. Ich konnte mir nicht einmal im Ansatz vorstellen, wie schmerzhaft das gewesen sein musste. Natürlich war er selbst schuld, aber irgendwie hatte ich plötzlich die Ahnung, dass ich bei einem Mann, der sich ein paar Stunden lang in der Handfläche tätowieren ließ, mit meiner Trotzschiene nicht weit kommen würde. Mit Honig fängt man Bienen oder so ähnlich hieß das Sprichwort doch.

»Es tut mir leid; ich glaube, ich bin ein wenig durcheinander. Es wäre sehr nett, wenn du mich nach Hause bringen würdest. Meine Knie sind tatsächlich etwas weich.« Vielleicht würde ich mehr erreichen, wenn ich es mit »verführerisch« versuchte.

Boris nahm eine Jeansjacke vom Haken und zog sie an. Als er die Tür öffnete, stand sein Kollege mit hochrotem Kopf davor. Hatte er etwa gelauscht?

Mein Begleiter ging glatt darüber hinweg und sagte: »Ich begleite Prinzessin kurz nach Hause, dann bin ich wieder da. Mein Termin kommt ohnehin erst gegen 14 Uhr. Fackelt den Laden nicht ab, okay?«

Er ließ mir den Vortritt, und als ich aus der Ladentür trat, hatte ich das deutliche Gefühl, von hinten eindringlich gemustert zu werden. Ich unterdrückte den Impuls, mich umzudrehen und ihn zurechtzuweisen, doch ich sah mich bloß so konzentriert wie möglich um und würdigte ihn keines Blickes. Hoffentlich hatte er ein Auto, das hier irgendwo parkte.

Stattdessen schlenderte er leise pfeifend an mir vorbei, direkt auf die Straßenbahnhaltestelle zu. Das leise Klingeln, das aus der Entfernung ertönte, verriet mir, dass die Bahn sich bereits näherte. Ich betete, dass er wenigstens Kleingeld dabei hatte, um ein Ticket zu ziehen.

Er beschleunigte seinen Schritt, nahm meine Hand und verschränkte seine Finger mit meinen. Diese Geste verblüffte mich so sehr, dass ich stehenblieb und dann gezwungen war, hinter ihm herzustolpern. Das fing ja schon gut an.

In der Bahn schien kein Sitz frei zu sein, zumindest war ich mir dessen angesichts der Menschenmassen in diesem übelriechenden, rappelnden Ungeheuer absolut sicher – doch Boris schob mich in Richtung einer leeren Bank, und noch bevor ich protestieren konnte, weil ich kein gültiges Ticket hatte, saß ich mit meinem Hintern schon auf der Sitzbank.

Mein Begleiter setzte sich neben mich; wieder so nah, wie er es schon im Tattoostudio getan hatte. Ich rückte noch weiter ans Fenster und er folgte mir frecherweise. Nicht, dass es mir unangenehm gewesen wäre, aber es war mir fremd, wie mein Körper auf ihn reagierte. Praktisch ununterbrochen stellte ich mir die Frage, wie es wohl wäre, ihn zu küssen, ihn auszuziehen, mit ihm zu schlafen. Mein Puls flatterte und für einen Moment fürchtete ich, wieder ohnmächtig zu werden. Mein dezenter Hinweis, mich loszulassen, indem ich meine Finger in seiner Hand bewegte, brachte gar nichts.

»Warum musst du denn unbedingt heiraten?«, fragte Boris so laut, dass etliche Köpfe sich zu uns wandten.

Am liebsten wäre ich im Boden versunken. »Können wir das vielleicht bei mir diskutieren?«, fauchte ich.

Er sah mich unbeteiligt an und ließ seinen Daumen auf meinem Handrücken kreisen. Die Berührung schien direkt in meinen Unterleib zu strömen. Was war heute denn nur los mit mir? Genervt lehnte ich den Kopf gegen die kühle Glasscheibe des Fensters und betete, dass es sauber war. Mit einem Mal fühlte ich mich sehr erschöpft.

Die Brahmsstraße kam in Sicht und ich wandte mich wieder Boris zu. »Würdest du aufstehen?«

Er grinste mich provokant an; langsam schien er Gefallen daran zu finden, mich zu ärgern. »Sag bitte.«

Oh Gott, ich wollte ihn so gern erwürgen! »Das ist doch lächerlich.« Schweigend wartete ich, dass er aufstand. Doch die Bahn wurde schon langsamer und er machte noch immer nicht den Eindruck, als würde er aufstehen. Er meinte es tatsächlich ernst. Offenbar brauchte er das Gefühl, zu bestimmen, wo es langging.

Die Bahn hielt an und die Türen glitten auf. So ein Mist, ich musste nachgeben. »Bitte.«

Sofort sprang er auf, zog mich mit sich und nur gerade eben schafften wir es durch die Türen, die sich bereits wieder schlossen.

Atemlos stand ich auf dem Bürgersteig, als er meine Hand drückte. »Das üben wir aber noch.«

Fassungslos starrte ich ihn an. Gleich würde ich meine gute Erziehung vergessen und ihn an Ort und Stelle mit meiner Handtasche verprügeln. Es wurde Zeit, dass ich Abstand zwischen uns brachte – zumal ich langsam fürchtete, Fieber zu bekommen, so heiß, wie mein Körper sich anfühlte.

»Würdest du bitte meine Hand loslassen?«

»Nein.« Seine Antwort war so schlicht, dass ich keinen Sinn darin sah, noch weiter mit ihm zu diskutieren. Also lief ich nach Hause.

Vor der Einfahrt blieb ich stehen und beschloss, dem Ganzen ein Ende zu setzen. »Da wären wir. Du kannst jetzt gehen.«

Boris musterte das Haus. »Ich dachte, du wolltest mir noch dein charmantes Angebot unterbreiten – und einen Kaffee würde ich auch nehmen.«

Wow, er war wirklich frech. Aber vielleicht würde er meinem Angebot zustimmen, wenn ich ihm den gewünschten Kaffee servierte.

»Von mir aus.« Ich musste allen Ernstes versuchen, meinen Schlüssel mit einer Hand aus der Handtasche zu holen, weil Boris mich partout nicht loslassen wollte. Stattdessen beobachtete er mich belustigt. Endlich gab er mich frei und ich machte erleichtert einen Schritt zur Seite.

Hastig schloss ich die Tür auf und er folgte mir in den Flur. Weil ich beim besten Willen nicht wusste, was ich sagen sollte, schwieg ich einfach. Wir fuhren mit dem Aufzug nach oben und ich öffnete die Wohnungstür. Boris wirkte auf mich sehr neugierig, als er meine Wohnung betrat. Ausgiebig betrachtete er alles, bevor er schließlich den Kopf schüttelte.

Mit gerunzelter Stirn fragte ich: »Was?«

»Nichts. Ich hatte heute Morgen nur nicht damit gerechnet, dass mein Tag so verlaufen würde.«

Dass das eine glatte Lüge war, roch ich kilometerweit gegen den Wind. Aber momentan war es meine geringste Sorge. »Ich muss ins Bad.« Damit stürzte ich aus dem Raum und ließ ihn einfach stehen.

Im Badezimmer schloss ich die Tür hinter mir und legte die Hand vor den Mund. Dann murmelte ich laut: »Verdammte Scheiße!« Meine Finger dämpften meinen Fluch. Was war nur los mit mir? Ja, er sah unbestreitbar ziemlich gut aus, aber das war noch lange kein Grund, sich wie ein pubertierendes Schulmädchen aufzuführen. Ich wollte ihm ein rein geschäftliches Angebot unterbreiten und nicht mit ihm ins Bett.

Genau da lag allerdings leider der Knackpunkt, denn in Wahrheit wollte ich nichts lieber, als mit ihm ins Bett zu gehen und ich fragte mich die ganze Zeit, wie er reagieren würde, wenn ich ihn genau das jetzt fragen würde.

Boris, vergiss die Heirat und schlaf mit mir. Genau, es wäre eine super Idee, ihm das zu sagen.

Der Druck hinter meinen Schläfen nahm zu. Schnell drehte ich den Wasserhahn auf und wartete, bis das Wasser eiskalt war. Ich ließ es über meine Handgelenke laufen und benetzte meine Schläfen damit. Es war lachhaft, eigentlich hätte ich ein komplettes Eisbad gebraucht, um meine Erregung herunterzukühlen. Irgendwann zwischen heute Morgen und gerade musste ich meinen Verstand verloren haben, anders konnte ich es mir wirklich nicht erklären.

Zwar war ich noch weit davon entfernt, mich wieder beruhigt zu haben, aber ich wollte Boris nicht zu lange allein in meiner Wohnung lassen. Immerhin kannte ich ihn kaum – die absolut perfekte Voraussetzung für eine Ehe, schoss es durch meinen Kopf.

Da meine Kaffeemaschine ihren gewohnten Krach von sich gab, nahm ich an, Boris in der Küche zu finden. Ich war noch nicht ganz dort, da fragte er über die Schulter: »Nur Süßstoff oder auch Milch?«

Konnte er hellsehen? »Nur Süßstoff.«

»Wunderbar. Hier.« Er reichte mir eine Tasse und bot mir dann einen Platz an meinem eigenen Küchentisch an. Zu sagen, dass ich mich überrumpelt fühlte, war stark untertrieben. Seine Jeansjacke hing über der Stuhllehne, er legte seine muskulösen, bunten Unterarme auf den Tisch und sah mich auffordernd an. Die Erkenntnis, dass allein der Anblick seiner Arme wieder heftiges Verlangen in mir auslöste, schob ich energisch von mir.

»Du bist unverschämt.«

Er grinste, bevor er an dem heißen Kaffee nippte. »Das kann schon sein. Du glänzt aber auch nicht gerade durch Höflichkeit.«

Das konnte ich leider nicht leugnen. »In Ordnung. Es tut mir leid, ich hätte nicht so mit der Tür ins Haus fallen sollen.«

»So könnte man das nennen.« Boris stellte die Tasse ab.

Okay, es wurde Zeit, das Ganze hinter mich zu bringen. »Wie stehst du zu meinem Angebot?«

»Bisher habe ich noch kein vernünftiges Angebot gehört.« Er machte Anstalten, aufzustehen und ich nahm überrascht zur Kenntnis, dass sein Becher tatsächlich schon leer war.

»Was soll das heißen und wo willst du eigentlich hin?«, fragte ich. Er sollte es ja nicht wagen, mich hier einfach sitzen zu lassen.

»Zur Arbeit, wenn die Prinzessin es mir erlaubt. Ich glaube, es war abgemacht, dass ich dich nach Hause begleite, um sicherzugehen, dass du nicht wieder umkippst und jetzt muss ich los.« Er schob den Stuhl an den Tisch und richtete sich zu seiner vollen Größe auf. Sofort wirkte meine Küche irgendwie ... kleiner.

»Du hast dir überhaupt nicht angehört, was ich zu sagen hatte.«

Boris verschränkte die Arme und nickte knapp. »Bitte.«

»Wenn du mich für vier Wochen heiratest, können wir im Prinzip beide nur profitieren. Du bekommst von mir Geld und im Gegenzug begleitest du mich zu ein paar offiziellen Anlässen. Ich bin Anwältin und kann dafür sorgen, dass wir danach ganz schnell wieder geschieden werden.« Das stimmte zwar nicht so ganz, aber ich würde mich darum kümmern, wenn es so weit war. Im letzten Moment erinnerte ich mich daran, dass ich vielleicht lächeln sollte, und ich strich meine Haare nach hinten.

»Ich weiß nicht. Das klingt nicht nach einem Angebot, immerhin müsste ich für den Rest meines Lebens in allen amtlichen Formularen eintragen, dass ich geschieden bin und wenn ich irgendwann meine Traumfrau kennenlerne, müsste ich ihr das auch erst einmal erklären«, wandte er ein.

Damit hatte er natürlich recht, aber ich hatte das Gefühl, dass er nicht gänzlich abgeneigt war. Energisch sprang ich auf – nicht, dass ich eine Chance gehabt hätte, wenn ich versucht hätte, mich in seinen Weg zu stellen.

»Was willst du denn?« Dann sollte er ein Gegenangebot machen. Boris zuckte mit den Schultern und ich schob hinterher: »Sag mir, wie viel du willst!«

Seine Stirn runzelte sich kurz, dann sah er wieder völlig unbeteiligt aus. »10.000 Euro.«

Na, das war doch ein Wort. »In Ordnung.«

Jetzt starrte er mich wirklich an, als wäre ich gerade mit einem Raumschiff in der Küche gelandet. »Was? Du bist verrückt! Das war ein Scherz.«

Er machte einen Schritt auf mich zu und ich wich erschrocken zurück. Schlicht aus der Angst, ihn sonst aus Versehen anzuspringen. Er hatte irgendetwas an sich, das mich unglaublich anmachte.

Triumphierend wies er mit dem Kinn auf mich. »Siehst du? Du willst mich gar nicht heiraten – du hast Angst vor mir.«

»Das stimmt überhaupt nicht!« Ich würde ihm bestimmt nicht gratis das Ego aufplustern und ihn wissen lassen, dass ich gerade lediglich von meiner Pussy gesteuert wurde und nur Sicherheitsabstand hielt.

Er kam näher, hatte plötzlich einen lauernden Ausdruck in den Augen. Schnell trat ich zwei Schritte zurück.

»Ach so. Ist klar, du läufst also grundsätzlich rückwärts«, spottete er.

»Ich habe keine Angst! Vor niemandem!« Dennoch klang ich atemlos und meine Augen waren aufgerissen.

»Beweise es«, forderte er mich auf, seine Stimme klang dunkel.

So ein Mist! Was stellte er sich denn vor? Wieder erahnte ich den Hauch von Sandelholz und es war klar, was ich tun musste. Ich überbrückte die Distanz zwischen uns und küsste ihn.

Es war noch viel besser, als ich es mir vorgestellt hatte. Seine Lippen waren weich und er schmeckte nach Kaffee. Boris schlang bereitwillig die Arme um mich und zog mich an seinen festen Körper; alles, was ich spürte, waren feste Muskeln und warme Haut. Ich öffnete meinen Mund, Boris drang mit der Zunge hinein und spielte mit meiner. Meine Brustwarzen richteten sich auf und zu meiner eigenen Überraschung spürte ich, wie ich feucht wurde.

Meine Hand glitt über seinen Nacken nach oben und wühlten sich in die Haare. Es war überwältigend. Für mich gab es kein Halten mehr, mit der freien Hand strich ich über den Rücken nach unten, bis ich den Saum des T-Shirts ertastete. Zaghaft glitt ich dahinter und ertastete die Stränge seiner Rückenmuskeln. Er musste ziemlich trainiert sein.

Plötzlich packte er meine Hände und unterbrach den Kuss. Seine Hände waren so groß, dass er meine Handgelenke in einer Hand halten konnte. Er sah auf mich hinunter, schien nach den richtigen Worten zu suchen.

Erregt starrte ich ihn an. Selbst wenn mein Leben davon abgehangen hätte, wäre ich nicht in der Lage gewesen, etwas Vernünftiges zu sagen. Mir war eher danach, laut zu stöhnen.

Für einen Augenblick glaubte ich, dass er einfach davonlaufen würde, doch er umfasste meine Taille und drängte mich nach hinten. Hart prallte ich gegen die Wand, die Luft wich aus meinen Lungen. Aber ich hatte keine Zeit, mich zu beschweren.

Boris küsste mich, wie ich noch nie geküsst worden war. Sein Knie schob sich zwischen meine Schenkel, seine Zunge eroberte meinen Mund, sein Körper nagelte mich förmlich an die Wand.

Wenigstens war es beruhigend, dass er auch auf mich reagierte. Mir war so heiß wie schon lange nicht mehr. Meine Klit meldete sich mit einem bittersüßen Pochen, ich wimmerte unter Boris' forderndem Kuss.

Urplötzlich war es vorbei und ich starrte ihn nur schwer atmend an. Er wirkte, als könnte er gar nicht begreifen, was gerade passiert war.

Ich konnte meine Gedanken kaum unter Kontrolle bringen, so sehr wollte ich ihn. »Ich würde ja sagen, dass es mir leidtut. Aber das tut es nicht.«

Wortlos sah er mich an, seine Augen funkelten und ich bildete mir ein, dass sie dunkler als gewöhnlich waren.

»Ich muss gehen.« Auf dem Absatz drehte er sich um und rannte förmlich zur Wohnungstür.

Verzweiflung machte sich in mir breit und ich folgte ihm in den Flur. »Was ist mit meinem Angebot? Heiratest du mich?« Meine Lippen fühlten sich irgendwie wund an, als ich die Frage aussprach. Mein Herz raste.

»Auf gar keinen Fall.« Damit verschwand Boris.

Es war kaum hörbar, aber da war ein winziges Zittern in seiner Stimme gewesen. Ein kurzer Moment des Zögerns, der Bruchteil einer Sekunde, aber genug für mich. »Wir werden sehen«, verkündete ich der geschlossenen

Tür, dann ging ich zurück in die Küche. Ich hatte nicht einmal den Kaffee ausgetrunken.

Hätte nicht die zweite Tasse auf dem Tisch gestanden, hätte ich ernsthaft gezweifelt, ob das gerade passiert war.

2

Tatsächlich verschlief ich den restlichen Tag, denn kurz nachdem Boris gegangen war, verkroch ich mich im Bett. Eigentlich hatte ich nur ein wenig nachdenken wollen, aber irgendwie musste ich eingeschlafen sein. Als ich aufwachte, war es fast vier Uhr morgens.

Ich hatte damit gerechnet, dass ich meine Meinung über den Plan, Boris zu heiraten, nach einer ordentlichen Portion Schlaf ändern würde – doch das Gegenteil war der Fall. Die Idee erschien mir noch grandioser als gestern. Mein einziges Problem war, dass ich Boris erst einmal davon überzeugen musste.

Aber ich war nicht ohne Grund gut in meinem Job, meine Recherchekompetenzen waren hervorragend. Kurzerhand stieg ich aus dem Bett und holte meinen Laptop. Im Wohnzimmer blieb ich stehen, denn ich bildete mir ein, noch immer einen Hauch von Sandelholz erahnen zu können – was wahrscheinlich Blödsinn war, aber es veranlasste mich dazu, mich umzusehen.

Was hatte Boris wohl für einen Eindruck bekommen, als er sich hier umgesehen hatte? Leider hatte ich für Inneneinrichtung überhaupt kein Händchen und gleichzeitig auch absolut kein Interesse daran, deswegen war alles eher auf Nummer sicher eingerichtet. Warmes Braun, helles Creme – ich fand es durchaus vorzeigbar. Warum hatte er also den Kopf geschüttelt?

Ich nahm mir vor, es noch herauszufinden, und kuschelte mich wieder unter die warme Bettdecke. Während ich darauf wartete, dass der Computer einsatzbereit war, dachte ich über meine Strategie nach.

Da ich weder eine Telefonnummer noch E-Mail-Adresse von Boris hatte, musste ich ihn wieder im Laden besuchen. Ich würde ihn sowieso leichter überzeugen können, wenn wir uns gegenüberstanden, denn dann würde er mir nicht ausweichen können.

Endlich konnte ich die Suchmaschine benutzen und gab den Namen des Tattoo-Studios ein. Ich staunte nicht schlecht, als ich las, dass es tatsächlich Boris gehörte. Außerdem arbeiteten zwei weitere Männer dort, die ich gestern schon getroffen hatte: Philip und Felix, außerdem gab es eine Auszubildende namens Lene.

Leider gab die Seite nicht viel her, wenn man sich nicht für Tattoos interessierte. Seufzend blätterte ich durch die Bildergalerie.

Wirklich schlauer war ich nicht. Da der Computer aber ohnehin schon an war, schrieb ich meinem Vater zumindest eine E-Mail, dass ich einen Teil meiner Überstunden einlösen wollte.

Da ich damit gerechnet hatte, Partnerin zu werden, hatte ich für den Augenblick keine weiteren Fälle angenommen, um mich nach der Partnerschaft den noch hochrangigeren Fällen widmen zu können – es würde mich also niemand vermissen.

Nachdem ich die Nachricht abgeschickt hatte, klappte ich den Laptop zu und stellte ihn auf den Boden neben dem Bett.

Eigentlich hätte ich nicht mehr müde sein dürfen, aber ich schlief sofort wieder ein.

***

Die Öffnungszeiten von *Heritage Custom Tattoos* hatte ich auf der Internetseite erfahren und so stand ich pünktlich um 12 Uhr dort vor der Tür. Von Boris und Philip war allerdings keine Spur zu sehen, nur Felix saß im Laden an einem Zeichentisch und arbeitete an einem Entwurf.

Er wirkte sofort nervös, als ich ihn ansprach. »Hallo.«

Felix schluckte, schob seine Brille hoch und erwiderte schüchtern: »Hi.«

»Ich bin Anika, ich war gestern schon mal hier.«

»Als ob ich das vergessen hätte.«

Über den Hinweis ging ich einfach hinweg. »Wann kommt Boris in etwa? Ich würde gern etwas mit ihm besprechen.«

Felix fixierte krampfhaft einen Punkt hinter mir an der Wand. »Heute gar nicht.«

Es fiel mir schwer, zu entscheiden, ob er log oder ob ich ihn einfach nur verlegen machte. »Aber ich dachte, er arbeitet hier.«

»Ja, aber nur an vier Tagen in der Woche.« Sofort lief er rot an, als hätte er sich irgendwie verplappert. Ich runzelte die Stirn. Wie finanzierte man sich denn bitte den Lebensunterhalt, wenn man nur vier Tage in der Woche arbeitete? Vielleicht sollte ich mein finanzielles Angebot einfach aufstocken, dann würde er mit Sicherheit nicht nein sagen können.

»Kannst du mir vielleicht seine Nummer geben? Dann rufe ich ihn einfach an.«

Mein Gegenüber schüttelte eifrig den Kopf. »Nee, das machen wir nicht.«

»Aber wie soll ich Boris denn dann erreichen?« Aufgebracht trat ich einen Schritt näher an Felix heran, der auf seinem Stuhl zusammenschrumpfte. »Wo kann ich ihn denn finden, wenn er nicht arbeitet?«

Er wirkte, als würde er am liebsten die Flucht ergreifen, hielt sich aber tapfer auf dem Stuhl. »Also mir ist echt nicht wohl dabei, solche Sachen einfach auszuplaudern.«

Ich rollte mit den Augen. »Sehe ich aus wie ein Profi-Killer? Ich schwöre, ich möchte nur mit ihm reden. Gestern hatte ich den Eindruck, dass Boris groß genug ist, um sich gegen mich zu wehren, falls es nötig sein würde.«

Felix zuckte hilflos mit den Achseln.

Am liebsten hätte ich mit dem Fuß auf den Boden gestampft, denn ich wollte nicht bis morgen warten müssen. Geduld war nicht unbedingt meine Stärke und außerdem wollte ich Boris tatsächlich gern wiedersehen. »Okay, dann nenn mir doch einen öffentlichen Ort, an dem ich Boris finden kann, damit du weißt, dass ich ihn nicht ausweiden werde.«

Er dachte noch einen Augenblick nach und sagte schließlich langsam. »Also, abends ist Boris immer im *Starfox*.«

»Wo?« Ich verstand nur Bahnhof.

»Im *Starfox* – das ist ein Klub im Westviertel«, erklärte Felix mir mit einer Stimme, die besagte, dass er nicht fassen konnte, dass ich diesen ominösen Klub nicht kannte.

Wenn Boris seine Abende lieber mit Ausgehen verbrachte, statt zu arbeiten, würde er dem Geld, das ich ihm anbieten würde, noch weniger widerstehen können.

»Wunderbar, danke.« Damit drehte ich mich um und verließ den Laden, bevor der arme Felix noch einen Herzanfall bekam.

Auf dem Rückweg sah ich in der *Kaffeetante* vorbei und ergatterte einen freien Stuhl am Fenster. Kat, meine beste Freundin, winkte mir von hinter dem Tresen zu und bedeutete mir, dass sie sich sofort um meinen Kaffee kümmern würde. Erleichtert sah ich aus dem Fenster und grübelte über das große Mysterium Boris nach – und darüber, dass ich heute Abend wohl in einen Klub gehen würde. Es war eine ganze Weile her, dass ich das zum letzten Mal getan hatte. Andererseits ging ich ja nicht zum Vergnügen hin.

Kat unterbrach meinen Gedankengang, als sie den großen Becher Cappuccino vor mir auf den Tisch stellte. »Hier. Sorry, ich habe leider nicht viel Zeit. Maja hat den Vormittag frei und wie immer rennen sie mir dann die Bude ein.«

Ich bekam einen flüchtigen Kuss auf die Wange, dann war sie schon wieder verschwunden. Mir war aber nicht entgangen, dass sie leichte Schatten unter den Augen hatte. Wir hatten uns schon lange nicht mehr ausführlich unterhalten, weil wir beide so viel zu tun gehabt hatten: Sie mit ihrer bevorstehenden Hochzeit und ich mit dem großen Fall, den ich als Sprungbrett für die Karriere hatte nutzen wollen.

Nachdenklich sah ich hinter ihr her. Hatte sie abgenommen? Sie strahlte auch nicht so wie sonst. Für den Moment würde ich sie in Ruhe lassen, aber demnächst würde ich unter vier Augen mit ihr reden.

***

Gegen 22 Uhr machte ich mich auf den Weg zum besagten *Starfox*, über das ich nicht viel im Internet hatte herausfinden können – nur, dass es aus zwei Sälen, einer

Kneipe und im Sommer zusätzlich einem Biergarten bestand, wusste ich schon. In den Sälen fanden öfter Konzerte statt, das Publikum war angeblich eher alternativ. Wirklich klug war ich aus der Beschreibung nicht geworden.

An der Kasse musste ich sechs Euro bezahlen, bekam einen Stempel auf den Handrücken und eine kleine Papierkarte in die Hand. Außerdem musterte die Frau in dem Kassenhäuschen mich, als würde ich einer sehr seltenen Spezies angehören.

Laute Musik dröhnte aus den Boxen, erstaunlicherweise war es aber nicht zu laut. Mir kam der Verdacht, dass es sich um eine ehemalige Fabrik oder etwas Ähnliches handeln musste, denn die Wände bestanden aus Ziegelsteinen und waren nicht verputzt. Daran klebten unzählige Poster von Veranstaltungen, von der Decke hingen Lampen, die mit Drahtkörben versehen waren. Das verstand man wohl unter Industrie-Charme.

Ziemlich viele Leute drängelten sich durch das *Starfox*. Ich bahnte mir langsam meinen Weg durch die erste Halle und fragte mich, wie ich Boris wohl auftreiben sollte. Vermutlich wäre es sinnvoll, mir einen strategischen Platz zu suchen, von dem aus ich den Schuppen im Auge behalten konnte.

Hatte ich bei meiner kurzen Recherche nicht etwas von einer Bar gelesen? Das wäre sicherlich ein guter Startpunkt. Ich folgte einfach den großen, hölzernen Hinweisschildern und schon kam die Bar in Sicht.

Boris war gar nicht zu übersehen. Er saß mit dem Rücken zu mir und goss gerade Whiskey in zwei Gläser. Neben ihm hockte eine kleine, sehr zierliche Frau, mit der er sich offensichtlich unterhielt und Whiskey trank.

Eifersucht flammte in mir auf, doch dann rief ich mich zur Vernunft. Er hatte immerhin gesagt, dass er Single war und irgendwie konnte ich mir nicht vorstellen, dass er gelogen hatte. Das war bestimmt nur seine Schwester – genau das würde ich mir einfach die ganze Zeit sagen.

Boris sagte irgendetwas, sie lachte und er fuhr sich mit der Hand durch die Haare. Worüber zum Teufel redeten sie?

Die Frau hatte unglaublich kurze Haare und das auch nur oben auf dem Kopf, der Rest war abrasiert, dadurch kam das Tattoo in ihrem Nacken gut zur Geltung. Auch ihre Arme waren tätowiert und ich fragte mich, ob das der Typ Frau war, auf den Boris stand.

Darüber hatte ich mir noch gar keine Gedanken gemacht. Im Gegensatz zu der Winzigkeit der Frau fühlte ich mich wie ein Trampel, meine Hüften waren viel breiter und meine Brüste größer. Außerdem hatte ich sicherlich die Antithese zu ihrer Frisur; statt dunklen und kurzen Haaren hatte ich lange, blonde Locken. Seufzend sah ich an mir herunter. Vielleicht würde es doch nicht so leicht werden, Boris dazu zu überreden, mich zu heiraten.

Trotzdem spürte ich, wie mein Plan, sie einfach als seine Schwester zu sehen, schnell bröckelte. Unbedingt musste ich herausfinden, in welchem Verhältnis sie zueinanderstanden – und auch, warum Boris schon wieder das Glas vollgoss. Die beiden schienen gemeinsam wegen irgendetwas zu leiden.

Die Lady sagte etwas, Boris sah sie überrascht an und packte dann ihren Barhocker. Er drehte ihn und zog ihn mit der gleichen Bewegung zu sich heran. Die beiden saßen jetzt sehr nah voreinander und redeten. Mein Körper spannte sich an; auf mich wirkte es eindeutig, als würden sie flirten.

Boris lehnte sich ein wenig näher zu der Unbekannten, die schon ihren Kopf schräg gelegt hatte. Hey, was zum Teufel machte er da? Immerhin hatte er mich gestern erst geküsst. Sollte er es wagen, jetzt schon eine Andere zu küssen, wäre ich wirklich sehr beleidigt.

Doch bevor irgendetwas passieren konnte, tauchte ein unglaublich großer, blonder Mann auf und blickte wütend zwischen Boris und der Frau hin und her. Boris schien belustigt zu sein und wenig später schleppte der Blonde die Frau davon. Erleichtert sah ich ihnen hinterher. Offensichtlich war die kurzhaarige Tätowierte doch keine Liebschaft von Boris.

Er blieb alleine auf dem Barhocker zurück und ich nutzte die Gelegenheit sofort. »Guten Abend. Wer war das?«, fragte ich, während ich mich neben ihn setzte.

Boris stöhnte leise und ließ den Kopf hängen. »Wenn man vom Teufel spricht.«

Der Barkeeper blieb mitten in der Bewegung stehen und musterte mich neugierig. Ich hatte ohnehin schon die ganze Zeit das Gefühl, unglaublich angestarrt zu werden, aber keine Ahnung, woran es lag.

»Freust du dich etwa nicht, mich zu sehen?« Kokett klimperte ich mit den Wimpern.

Boris schaute auf, warf dem Barkeeper einen bösen Blick zu und sagte dann: »Komm mit. Hier können wir nicht in Ruhe reden.«

Mein Herz schlug schneller, denn er schickte mich schon einmal nicht weg. Er stand auf und ich folgte ihm an der Bar vorbei in einen schmalen Gang. Das Schild über der Tür sagte ganz eindeutig »Privat«, doch das schien meinen zukünftigen Bräutigam gar nicht zu interessieren.

»Bist du sicher, dass wir keinen Ärger bekommen, wenn wir uns hier aufhalten?«

»Jepp«, sagte er nur und hielt mir eine Tür auf. Dahinter schien eine Art Büro zu liegen, mir war das gar nicht geheuer.

»Ganz sicher?«

Boris seufzte und schob mich in das Büro, bevor er die Tür hinter uns schloss. »Ganz sicher.« Er lehnte sich mit der Hüfte gegen den Schreibtisch. Ich war noch immer nicht überzeugt.

»Kennst du die Besitzer?«

Er wirkte kurz vollkommen irritiert. »So ähnlich. Was willst du hier, Anika?«

Da ich annahm, dass er genau wusste, was ich wollte, stellte ich die viel dringendere Frage: »Wer war das gerade?«

»Veronika, eine Kundin und Freundin. Allerdings erklärt das nicht, was du hier willst, Prinzessin.«

Sofort flatterte mein Magen bei der Anrede, ich war mir nur nicht sicher, ob es ein gutes oder schlechtes Flattern war. In Boris' Gegenwart konnte ich das nie genau sagen.

»Ich fand unseren Gesprächsabschluss gestern sehr unbefriedigend und wollte das Thema gern nochmal aufgreifen.«

Er rieb sich mit der Hand über das Gesicht. »Lass mich raten, du arbeitest im oberen Management oder du bist Anwältin.«

Verblüfft starrte ich ihn an. »Möglicherweise. Also: Wann heiraten wir?«

Boris lachte nur und schüttelte den Kopf. »Wir werden nicht heiraten, das ist absurd.«

»Ich kann dir problemlos mehr Geld bieten.«

»Du bist wirklich verrückt, oder?« Er verschränkte die Arme und funkelte mich belustigt an. »Warum gerade ich? Einfach nur so?«

»Das spielt keine Rolle – genauso wenig, wie es eine Rolle spielt, warum ich heiraten will.«

»Okay, nenn mir nur einen einzigen vernünftigen Grund, warum ausgerechnet ich den Bräutigam geben soll. Es ist ja nicht so, als würden wir uns seit Jahren kennen und jetzt eine Vernunftehe eingehen, weil wir nichts besseres abbekommen können.«

Verdammt, ich konnte ihm wohl schlecht sagen, dass er so ... speziell aussah und ich meinen Vater damit ärgern wollte. Wenn ich das in meinem Kopf auf diese Weise formulierte, klang es wirklich verrückt. Aber es steckte ja viel mehr dahinter. Den körperlichen Aspekt brauchte ich ihm allerdings nicht unbedingt auf die Nase zu binden, er war schon überheblich genug.

Fieberhaft suchte ich nach der richtigen Antwort und blieb dabei mit dem Blick an seinen vollen Lippen hängen. Mir wurde warm und das Flattern in meinem Magen weitete sich aus. So ein Mist! Wie sollte man sich denn da konzentrieren?

Boris musterte mich eingehend, dann stellte er sehr treffend fest: »Du denkst an den Kuss.«

»Gar nicht«, stieß ich viel zu schnell und schrill hervor. Dafür hätte ich mich eigentlich ohrfeigen müssen.

»Oh doch. Du starrst immer wieder auf meinen Mund.« Er lächelte mich triumphierend an.

Die Röte kroch in meine Wangen. Mist. »Was? Nein! So ein Unsinn«, erwiderte ich aufgebracht, obwohl mein Herz bei der Vorstellung durchaus schneller schlug.

»Es wäre irgendwie überzeugender, wenn du nicht knallrot anlaufen würdest«, sagte Boris leise. Unter seinem Blick wurde mir nur noch heißer.

»Und wenn schon!«, stieß ich hervor. »Das ändert nichts.«

»Das ändert einiges«, widersprach er und stieß sich von der Schreibtischkante ab. Er kam langsam auf mich zu und ich schluckte schwer, wich aber nicht zurück.

Dicht vor mir blieb er stehen, meine Nasenspitze berührte fast das ausgewaschene Shirt, das er trug. Wieder schnupperte ich Sandelholz und ... Mandarine, endlich konnte ich es identifizieren.

Ich wagte es gar nicht, hochzusehen, denn dann würde er mich küssen und wir würden dieses Gespräch wieder nicht zu Ende führen; das wusste ich genau.

Boris nahm mir die Entscheidung ab. Er vergrub seine Hand in meinen Locken und zog an ihnen, zwang mich, den Kopf in den Nacken zu legen. Mit der anderen umfasste er mein Kinn und hielt mich so fest.

Zuerst streiften seine Lippen meine nur ganz leicht, doch es reichte, damit ich bereitwillig den Mund öffnete und die Lider senkte. Der Blick aus seinen blauen Augen war viel zu intensiv.

Er kostete den Kuss aus, als hätte er alle Zeit der Welt. Es war der reinste Anschlag auf meine Sinne, ich wurde weich unter dem forschenden Druck seiner Lippen und legte meine Hände auf seine Brust. Ich fragte mich, ob er hörte, wie mein Herz klopfte und mein Blut rauschte. Alles, was ich noch konnte, war zu hoffen, dass ich es irgendwie überlebte.

Spielerisch fuhr seine Zunge über meine, lockte und verführte mich. Tief in mir wusste ich, dass Boris mit diesem Kuss nichts anderes bezweckte, als mich zu unterwerfen. Leise wimmerte ich, schmiegte mich an ihn und erwiderte den Kuss so leidenschaftlich, wie es mir möglich war. Noch nie war ich so geküsst worden, noch nie hatte ich solches Herzrasen, solche Schmetterlinge im Bauch dabei gehabt.

Inzwischen balancierte ich nur noch auf den Zehenspitzen, und als Boris mich unvermittelt losließ, strauchelte ich. Doch es war der Ausdruck in seinen Augen, der mich nach Luft schnappen ließ. So unverhohlen leidenschaftlich ließ er keinen Zweifel daran, dass er mich körperlich begehrte. Mehr noch: Boris erinnerte mich an ein Raubtier, das ruhig verharrte, bevor es zum Angriff überging. Leider machte diese Gleichung mich zum Opfertier, dabei hatte ich es eigentlich andersherum geplant. Das Schlimmste war, dass er sich nicht einmal Mühe gab, irgendetwas davon zu verbergen, ich konnte es ihm ganz deutlich von der Nasenspitze ablesen.

Trotzdem sagte er zu meiner absoluten Fassungslosigkeit: »Bedaure, Prinzessin. Eigentlich bin ich für jeden Spaß zu haben, aber das hier geht einfach einen Schritt zu weit.«

»Ich finde, wenn ich dich bezahle, dann hat es eher einen professionellen Touch und würde somit nicht in die Kategorie ›Spaß‹ fallen.«

»Nein. Dabei bleibe ich.«

Genervt warf ich die Arme in die Luft. »Aber du hast mich geküsst!«

»Und? Ich hätte auch mit dir schlafen können! Was hat das eine mit dem anderen zu tun?«

Mist, ich konnte es nicht einmal leugnen – wenn er gewollt hätte, würde ich jetzt auf dem Schreibtisch unter ihm liegen und wollüstig stöhnen.

»Gut, dann halt mehr Geld.«

»Nein. Es wäre vermutlich besser, wenn du jetzt gehen würdest.« Boris verschränkte die Arme und wies mit dem Kinn auf die Tür. Panik stieg in mir auf, er hatte noch immer nicht zugestimmt.

Ich musterte ihn, heute trug er nur ein Shirt zu seiner Jeans, dieses Mal keine Anzugweste. Seine Füße steckten dieses Mal in schweren Lederboots, gestern hatte er nur Turnschuhe getragen. Eigentlich zog er sich ganz ansehnlich an, wenn auch anders als ich es gewohnt war.

Ohne dass ich es wollte, biss ich auf meine Unterlippe, während ich nachdachte, womit ich ihn noch überzeugen konnte. Boris konzentrierte sich plötzlich sehr auf den Fußboden und vermied es, mich anzusehen.

»So leicht gebe ich nicht auf – nur, damit du es weißt.« Dazu fuchtelte ich mit dem Zeigefinger in der Luft herum.

»Das hätte ich auch nicht erwartet, aber dennoch: Es ist sinnlos. Wir passen überhaupt nicht zusammen – schon alleine, wie du hier herumläufst. Du siehst aus, als hättest du den Weg zum Countryclub nicht gefunden.«

Also bevorzugte er doch Frauen wie Veronika? Das nagte an mir, bisher war ich noch nie für mein Aussehen kritisiert worden. Unwillkürlich fasste ich an mein Ohrläppchen, wo ich den Perlenohrring unter meinen Fingerspitzen spürte. Mir gingen langsam die Argumente aus.

»Gut, für heute gehe ich. Aber ich werde wiederkommen.«

»Bevor du dir die Mühe machst, Felix wieder zu drangsalieren, die nächsten Abende werde ich im *Diary* sein.«

»Von Drangsalieren kann ja wohl keine Rede sein. Bekomme ich noch einen Kuss, bevor ich gehe? Dann kann ich mich schon einmal daran gewöhnen.«

Es war eine Mischung aus Stöhnen und Keuchen, die Boris daraufhin von sich gab. Zu meiner Enttäuschung schüttelte er den Kopf. »Geh.« Seine Stimme klang rau und leicht verzweifelt.

Vielleicht war das meine Chance, ihn zu knacken, über die körperliche Ebene. »Von mir aus. Gute Nacht.« Ich drehte mich um und zog die Tür hinter mir zu. Ob er noch etwas sagte, konnte ich nicht hören.

Als ich mir den Weg durch den Klub bahnte, bemerkte ich, dass er recht hatte. Ich passte überhaupt nicht hierhin – aber das änderte nichts an meinem Plan. Es bedeutete nur, dass ich mich mehr anstrengen musste.

Irgendwie begann das Ganze, mir Spaß zu machen. Ein solches Prickeln hatte ich schon lange nicht mehr gespürt. Ich ignorierte die neugierigen Blicke in meinem Rücken und beschloss, meinen Kleiderschrank zu durchwühlen, wenn ich nach Hause kam. Wenigstens ein schwarzes Kleidungsstück musste ich doch besitzen.

***

Später saß ich fassungslos vor meinem Kleiderschrank. Alles, was ich gefunden hatte, war ein schwarzes Twinset und irgendetwas sagte mir, dass das nicht das richtige Outfit für einen weiteren Besuch in einem Klub war.

Nicht einmal Jeans hatte ich gefunden, nur meine Hosenanzüge und Kostüme fürs Büro und leichte Stoffhosen für die Freizeit.

Es sah tatsächlich so aus, als müsste ich einkaufen gehen, um Boris die Sprache zu verschlagen und einige seiner Argumente zu entkräften.

Ich nahm mein Handy und schrieb eine SMS an Kat. *»Hey, hast du demnächst mal Zeit, mit mir shoppen zu gehen?«*

Ihre Antwort kam postwendend. *»Ich würde liebend gerne, aber Schwiegerzilla beansprucht jede freie Minute und im Moment sind viele Hochzeitstorten fällig. Was brauchst du denn? Ein neues Kostüm?«*

Offensichtlich war ich insgesamt etwas zu vorhersehbar. *»Ich wollte mir mal wieder eine Jeans und ein paar T-Shirts zulegen. Vielleicht ein Paar Turnschuhe.«*

»Turnschuhe? Bist du krank? Alles in Ordnung bei dir? Außerdem sagen normale Menschen Sneakers dazu.«

»Siehst du, deswegen brauche ich dich. Du weißt, wo es langgeht. ;)«

Wenigstens in ihren Nachrichten wirkte Kat ganz normal. Ich machte mir noch immer Sorgen um die Schatten unter ihren Augen und hatte das Shoppen eigentlich nur als Vorwand nutzen wollen, um ihr auf den Zahn zu fühlen.

»Kauf dir ein Paar Air Max und geh auf die Königsstraße, da wirst du zwecks Jeans und Shirts fündig. Sorry, dass ich nicht mitkommen kann.«

»Du hast genug zu tun, das verstehe ich vollkommen. Ich komme demnächst wieder auf einen Kaffee rum. Was sind Air Max?«

Noch während ich die Nachricht abschickte, konnte ich mir gut vorstellen, wie Kat mit den Augen rollte, während sie sie las.

»Turnschuhe von Nike. ;) Ich schick dir ein Bild, zeig das einfach dem Verkäufer im Schuhladen. Geh nur bitte in einen hippen Laden, bloß nicht dahin, wo du normalerweise einkaufen würdest.«

Autsch, der Treffer landete direkt in der Magengrube. Wenigstens hatte Kat mir schon oft versichert, dass ich mich wie eine 40-Jährige anzog, von daher überraschten mich ihre Ratschläge nicht sonderlich.

Gut, dann würde ich morgen wohl einkaufen gehen. Jetzt musste ich nur noch herausfinden, wo das *Diary* war. Boris schien ganz schön viel unterwegs zu sein. Ich musste bei der Vorstellung grinsen, dass Felix ihm offensichtlich nach meinem Besuch im Laden Bescheid gesagt hatte.

Als ich aufstand, knackte mein Rücken hörbar. Zuerst würde ich die Sachen hier wieder in den Schrank räumen und danach würde ich mir ein heißes Bad gönnen. Dabei konnte ich dann vermeiden, darüber nachzudenken, dass es mich ärgerte, wie sehr ich Boris' Küssen hinterher weinte.

Am meisten nervte mich, dass er mir den zweiten Kuss verwehrt hatte. Das war wirklich nicht fair, aber ich konnte auch unfair. Wenn er das merkte, wäre es aber vermutlich zu spät für ihn.

***

Gegen zwei Uhr morgens strampelte ich genervt die Decke von meinen Beinen. Boris brachte mich um den Schlaf und ich war auch noch selbst schuld. Nachdem ich gebadet hatte, war ich noch immer nicht müde gewesen, dabei war das sonst mein Zaubermittel. Also hatte ich beschlossen, ein wenig zu lesen.

Vermutlich wäre es klüger gewesen, einen Thriller zu lesen. Stattdessen hatte ich einen historischen Liebesroman gelesen, in dem die Protagonistin den Protagonisten bat, sie zu heiraten, um sie vor einem schlimmen Schicksal zu bewahren. Es passte zwar nicht ganz auf meine Situation, erinnerte mich aber entfernt daran.

Atemlos hatte ich den Roman verschlungen und bei jeder Kussszene hatte Boris sich in meine Gedanken geschlichen. Es war schließlich so schlimm gewesen, dass ich den E-Reader weggelegt und versucht hatte, zu schlafen.

Natürlich funktionierte das überhaupt nicht, mein Körper gierte nach Boris und ließ mir keine Ruhe. Warum hatte er mich auch geküsst? So ein Mist. Wenn ich nicht aufpasste, wurde er mir noch gefährlich. Überhaupt fand ich ihn viel zu anziehend.

Hoffentlich würde mein Plan aufgehen, denn ich hatte mittlerweile vor, ihn dazu zu verführen, mich zu heiraten. Ich würde es jetzt mit willig, anschmiegsam und nachgiebig versuchen – das hatte ich mir zumindest in der Badewanne vorgenommen.

Denn ich hatte den Eindruck gewonnen, dass es Boris schwergefallen war, mich aus dem Büro zu schicken – ähnlich wie das kleine Zögern, als er meine Wohnung verlassen hatte. Das musste ich mir einfach zu Nutzen machen.

3

Weil ich Boris in Sicherheit wiegen wollte, ließ ich mir zwei Tage Zeit, bevor ich ihn wieder besuchte. Dieses Mal hatte ich mir Informationen über das *Diary* gesucht, doch sie waren denen über das *Starfox* ziemlich ähnlich.

Das Taxi hielt genau vor dem Eingang und ich bezahlte den Fahrer. Für heute hatte ich mir eine bessere Strategie vorbereitet, da ich in etwa ahnte, was mich erwartete. Zuerst hatte ich in Betracht gezogen, mich der Location konform anzuziehen und meine neue Jeans einzuweihen, aber dann war ich zur Überzeugung gekommen, dass es viel cleverer wäre, wie ein bunter Hund aufzufallen.

Dieses Mal würde ich Boris nicht suchen – ich würde warten, bis er mich fand. Um ihn zu überzeugen, musste ich ihn zuerst aus dem Konzept bringen.

Also hatte ich nur etwas mehr Make-up als üblich aufgelegt, meine Locken besonders sorgfältig geföhnt und ein rosafarbenes Oberteil angezogen. An der Kasse erwartete mich das Spiel, das ich jetzt schon kannte; ich wurde fassungslos angestarrt. Geld im Austausch gegen eine Eintrittskarte und schon konnte ich eintauchen.

Ähnlich wie das *Starfox* war das *Diary* gut besucht, besaß aber weniger Industrie-Ambiente – hier dominierte Holz gemischt mit Beton, in dieser Form hatte ich das noch nicht gesehen.

Ein großer Balkon zog sich an der Längsseite entlang, von hier unten konnte ich allerdings nicht sehen, was sich oben befand. Rings um die Tanzfläche standen Stehtische, die aus Beton gegossen zu sein schienen.

Vermutlich war es am besten, wenn ich mir etwas zu trinken besorgte. Ich stach aus den ganzen schwarz gekleideten Menschen deutlich hervor. Wenn Boris wirklich hier war, würde er mich schnell finden.

An der Bar beugte ich mich über den Tresen und trotzdem hatte ich keine Chance, die winzige Tafel an der Wand dahinter zu lesen. Also versuchte ich es bei der

Barkeeperin, bei der ich im ersten Anlauf sechs Piercings im Gesicht zählte. »Was würdest du empfehlen?«

Sie musterte mich leicht abschätzig, warf einen Blick hinter sich und schrie dann gegen den Lärm: »Rotwein?«

Ich nickte und ließ meine Karte abstempeln. Mit dem Glas bezog ich Position an einem der Stehtische und wartete geduldig. Die Barkeeperin ließ mich dabei nicht aus den Augen, dann nahm sie ein Telefon in die Hand, das offensichtlich unter der Theke gelegen hatte, wählte eine Nummer und teilte eine kurze Botschaft mit.

»Hey, du bist zum ersten Mal hier.«

Irritiert drehte ich mich um. Mir gegenüber stand ein Bodybuilder, dessen Shirt vermutlich innerhalb der nächsten drei Minuten platzen würde. Mir lag die Frage auf der Zunge, wie er das so genau wissen konnte, wenn er nicht zufällig jeden Abend hier war. Stattdessen begnügte ich mich mit einem strahlenden Lächeln und sagte: »Genau.«

Ermutigt kam er mit seinem Weizenglas direkt einen Schritt näher. »Nette Kette.« Dabei schielte er in meinen Ausschnitt.

»Danke.« Das Lächeln war auf meinem Gesicht festgetackert, dabei unterdrückte ich nur mühselig den Impuls, einfach wegzulaufen. Erst als der leichte Hauch von Sandelholz in meine Nase stieg, wurde mein Lächeln echt.

Boris musste genau hinter mir stehen geblieben sein, und wenn ich das irritierte Gesicht des Bodybuilders richtig deutete, hatte mein zukünftiger Bräutigam keine gute Laune.

»Bist du öfter hier?«, fragte ich den Bodybuilder nun.

Er zuckte bloß mit den Schultern, sein Blick wanderte immer wieder über meine Schulter. An der Hitze hinter mir spürte ich deutlich, dass Boris ziemlich nah bei mir stand. Ohne weitere Worte zu verlieren, umfasste der Bodybuilder sein Weizenglas fester und wackelte mit betrunkenen Schritten davon. Erst als er in der Menge verschwunden war, drehte ich mich um.

Boris hatte die Arme verschränkt und funkelte mich an. »Was wird das, wenn es fertig ist?«

»Ich verschaffe mir nur einen Überblick darüber, was meine Alternativen sind, wenn du meinen charmanten Antrag weiterhin ablehnst.«

»Willst du mir jetzt erzählen, dass du auf solche Typen stehst?«

Statt einer Antwort seufzte ich theatralisch und ließ meine Schultern sinken. »Du weist mich ja ständig zurück, was bleibt mir da anderes übrig?«

Boris sah gequält aus. »Komm mit.« Er drehte sich auf dem Absatz um und führte mich – wie auch schon im *Starfox* – zu einem Büro. Wir wollten gerade hineingehen, als sich die andere Tür in dem schmalen Flur öffnete und eine zierliche Rothaarige herauskam. Sie zwinkerte Boris zu. »Hi, Boss.«

»Hey, Maggie.«

Erst als sie mich sah, blieb sie stehen und musterte mich unverhohlen – unverhohlen und sehr abwertend. Kurzerhand schob Boris mich ins Büro und schloss die Tür hinter uns.

Was für ein merkwürdiger Spitzname war Boss bitte? Und wie viele Leute kannte Boris eigentlich?

»Setz dich.« Er wies mit der Hand auf das große Chesterfield-Sofa, das mitten im Raum stand.

Als ich mich gesetzt hatte, begann er damit, in Kreisen durch den Raum zu laufen. »Du kannst nicht ständig auftauchen und meinen Tagesablauf durcheinanderbringen. Wieso willst du nicht einsehen, dass es eine blöde Idee ist, einen völlig Fremden zu heiraten?«

»Es ist doch nur auf Zeit. Du stellst dich wirklich an.« Ich rollte mit den Augen. Bisher lief alles wunderbar nach Plan, jetzt musste ich ihn nur wieder dazu bringen, mich zu küssen.

»Ich stelle mich an?«, wiederholte er völlig fassungslos. »Ich stelle mich an?«

»Okay, weißt du was? Wenn du dich so zierst, suche ich mir halt einen anderen. Vielleicht hast du recht und wir passen nicht zusammen.« In einer wohl platzierten Pause biss ich mir auf die Unterlippe und sah ihn von unten durch meine Wimpern an. »Ich gehe dann mal.«

Wie ich erwartet hatte, schaffte ich es nicht einmal bis zur Tür, bevor Boris mich packte. Er umfasste meinen Oberarm und legte die andere Hand auf die Tür, damit ich sie nicht öffnen konnte. »Das wirst du nicht tun«, herrschte er mich an.

Wortlos starrte ich ihn an und er starrte ebenso zurück. Ich brauchte nur einladend die Lippen zu öffnen und Boris gab ein sehr männliches Geräusch von sich. Er küsste mich, schlang die Arme um mich und zog mich an seinen harten Körper.

Dieses Mal konnte ich mich besser bewegen und legte meine Hände in seinen Nacken, streichelte die warme Haut. Er knabberte an meiner Unterlippe, was einen wilden Strudel von Gefühlen in mir auslöste.

Er machte sich los, wischte sich mit der Hand durchs Gesicht und sagte nur: »Das ist einfach verrückt.«

»Sag ja«, erwiderte ich.

Er rieb sich über die Stirn und entfernte sich von mir, bis er an dem Schreibtisch stand, der neben dem großen Sofa den Raum dominierte. »Das ist einfach nur bescheuert.«

Vielleicht hatte ich Erfolg, denn ihm schienen die Gegenargumente auszugehen. Außerdem verursachte der Gedanke, dass es ihm nicht gefiel, wenn ich mir einen anderen Mann suchen würde, ein warmes Gefühl in meinem Magen.

Vorsichtig ging ich zu ihm und legte eine Hand auf seinen Rücken. Eigentlich wollte ich etwas sagen, doch als er den Kopf hob und mich ansah, vergaß ich es einfach. In seinen Augen flackerte etwas, das ich nicht deuten konnte. Triumph?

Boris packte meine Hüften und setzte mich einfach so auf den Schreibtisch, ich keuchte auf – nur ganz kurz, denn sein Kuss erstickte jedes weitere Geräusch. Gierig schlang ich meine Beine um seine Taille. Mit den Händen hielt ich mich an seinen Schultern fest und gab mich ganz dem Kuss hin. Warum war es zwischen uns nur so unglaublich prickelnd?

Die Tür ging auf und jemand sagte: »Ups.«

Es klang nicht im Mindesten überzeugend. Schwer atmend lehnte Boris seine Stirn an meine, bevor er sagte: »Was ist, Maggie?«

»Nichts. Ich wollte nur kurz mit dir reden.«

Maggie, die Tussi vom Flur gerade – es war offensichtlich, dass sie auf Boris stand. Sie musste ja auch unbedingt jetzt auftauchen und diesen wunderbaren Moment ruinieren.

Meine Nippel waren hart, meine Klit klopfte ungeduldig und meine Brust hob und senkte sich schnell.

»Später«, sagte Boris. Noch immer hatte er den Kopf nicht gehoben. Die Tür flog zu und er seufzte.

»Sie steht auf dich«, stellte ich trocken fest.

»Nein? Wirklich?« Ironie tropfte aus seinen Worten. »Das wäre sicherlich reizvoll, wenn sie nicht erst 19 wäre. Aber nur deswegen kann ich sie schlecht –« Er beendete den Satz nicht, sondern richtete sich zu seiner vollen Größe auf. »Irgendwie habe ich das Gefühl, dass wir hier auch nicht ungestört reden können.«

Jackpot. Genau dort, woanders, wollte ich ihn haben, selbst wenn mein Plan ursprünglich anders ausgesehen hatte. Vielleicht sollte ich Maggie für ihre Mithilfe danken. »Du kannst doch mit zu mir kommen. Dort stört uns garantiert niemand.«

Ich hoffte inständig, dass er verstand, was ich vorschlug; der Wink mit dem Zaunpfahl war eigentlich kaum zu überhören: Sex: Wenn er wollte, würde ich sofort und auf der Stelle mit ihm schlafen.

Und so, wie er mich ansah, hatte er mich eindeutig verstanden, aber er misstraute mir. »Wenn ich jetzt zustimme, in Ruhe mit dir zu Hause zu reden, bedeutet das noch lange nicht, dass ich deinem bekloppten Plan zustimme.«

Ergeben nickte ich, obwohl ich vom Gegenteil überzeugt war.

»Okay«, seufzte er. »Gib mir ungefähr anderthalb Stunden, ich muss noch ein paar Dinge erledigen.«

»Wunderbar.« Weil ich nicht widerstehen konnte, küsste ich ihn kurz auf den Mund, bevor ich mich vom Schreibtisch gleiten ließ. »Dann bis gleich.«

***

Aufgeregt wartete ich darauf, dass Boris endlich kam. Dieses Mal würde ich es schaffen, ihn aus dem Konzept zu bringen. Ich hatte nämlich endlich meine neuen Sachen angezogen und hoffte, dass ich ihn damit erst einmal verwirren würde. Ein verwirrter Boris ließ sich vielleicht leichter von meinem Plan überzeugen.

Von meinem Vater hatte ich seit meinem formlosen Urlaubsantrag via E-Mail nichts mehr gehört, vermutlich wusste er ganz genau, dass es klüger war, mich erst einmal in Ruhe zu lassen.

Am wütendsten machte es mich, dass er stets meine Mutter mit hineinzog, wenn ihm die sachlichen Argumente ausgingen. Das war schlicht einfach nur unfair und diente lediglich dazu, mir ein schlechtes Gewissen zu machen. Ich kannte meine Mutter nicht, da sie bei meiner Geburt gestorben war – und mir weiszumachen, dass meine Mutter glücklicher wäre, wenn ich eine Familie gründen würde, statt Partner in der Kanzlei zu werden, konnte er leicht behaupten. Da ich sie nie kennengelernt hatte, konnte ich mir kein Urteil darüber erlauben, wie sie alles wohl gesehen hätte.

Überhaupt machte es mich unglaublich aggressiv, dass ich all die Jahre versucht hatte, es meinem Vater recht zu machen – immerhin hatte er sich unglaublich gefreut, als ich die ersten Ambitionen zeigte, ebenfalls Jura zu studieren. Er hatte mich ermuntert und gefördert, wo er nur konnte; ein Semester hatte ich sogar durch seine Kontakte in London studieren können. Doch jetzt, da es endlich Früchte tragen sollte, legte er eine absolute Kehrtwendung hin und ließ mich ins Leere laufen?

Mein Kopf wurde heiß, so sehr regte ich mich darüber auf. Ich sollte mich besser auf Boris' Besuch konzentrieren, bevor ich mich jetzt schon verausgabte.

Wieder ging mein Blick zu Uhr, und obwohl ich auf seinen Besuch wartete, zuckte ich dennoch zusammen, als die Klingel ertönte. Wann hatte ich eigentlich das letzte Mal eine Verabredung um 2 Uhr morgens gehabt?

Ich machte mir nicht die Mühe, die Gegensprechanlage zu betätigen. Wer sollte es sonst um diese Uhrzeit schon sein?

Aus irgendeinem unerklärlichen Grund flatterte mein Magen voller Freude, als ich ihm die Tür öffnete und er mir ein charmantes Lächeln schenkte. Dabei hätte es mich wohl eher stutzig machen sollen, dass er überhaupt so gut gelaunt wirkte.

»Darf ich auch reinkommen?«, fragte er nach einer Weile, die ich nur damit zugebracht hatte, ihn anzustarren.

Doch er musterte mich ebenso eindringlich wie ich ihn. In der neuen, engen Jeans und dem ebenso engen Tanktop kam ich mir merkwürdig entblößt vor, denn im Gegensatz zu meiner sonstigen Kleidung waren meine Hüften und meine Brüste stark betont und sahen irgendwie größer aus – zumindest war es mir so vorgekommen, als ich in den Spiegel gesehen hatte.

Unter Boris' Augen fühlte ich mich geradezu nackt. Während er mich ansah, empfand ich es, als blätterte eine Schicht nach der anderen von meinem Körper.

Irgendwann funktionierte mein Gehirn wieder und ich trat zur Seite. »Aber natürlich.« Hinter ihm schloss ich die Tür und führte ihn ins Wohnzimmer, das streng genommen auch die Funktion des Esszimmers besaß.

Allerdings wollte ich, dass wir uns ganz gemütlich auf die Couch setzen, um direkt eine entspannte Situation zu schaffen.

Als ich mich umsah, ob er mir auch wirklich folgte, erwischte ich ihn dabei, dass er meinen Hintern betrachtete, und fühlte mich irgendwie geschmeichelt.

»Setz dich, bitte. Möchtest du irgendetwas trinken?«

»Ich würde einen Kaffee nehmen.« Boris setzte sich hin und sah mich von unten aufmerksam an.

»Koffeinfrei?«, fragte ich in Anbetracht der Uhrzeit.

»Natürlich nicht. Richtigen Kaffee, bitte.«

Mir sollte es ja egal sein. In der Küche machte ich ihm den gewünschten Kaffee und schenkte mir selbst ein Glas Weißwein ein. Damit ging ich zurück ins Wohnzimmer und nahm wohlwollend zur Kenntnis, dass Boris seine Jacke ausgezogen und auf meinen Sessel gelegt hatte.

Dann blieb mir wohl in der Tat nichts anderes übrig, als mich neben ihn auf die Couch zu setzen – wie überaus ärgerlich, dachte ich süffisant. Ich reichte ihm den Kaffee und nahm Platz.

»Danke. Also, ich habe über deinen Vorschlag nachgedacht.« Boris kam wirklich direkt zur Sache. Mein Puls schoss in schwindelerregende Höhen. Doch statt weiterzureden, probierte der Schuft erst einmal den Kaffee und nickte anerkennend. Meine Beherrschung reichte gerade eben, um ihn nicht zu ohrfeigen und anzuschreien, dass er weitersprechen sollte.

»Ich halte es nach wie vor für eine grenzwertige Idee, aber noch verrückter würde ich es finden, wenn du jetzt wahllos den nächstbesten Mann von der Straße heiraten würdest. Deswegen habe ich mich entschlossen, zuzustimmen.«

Beinahe hätte ich laut gejubelt, aber Boris hob warnend den Zeigefinger. »Bevor du dich zu früh freust: Ich stimme zu, wenn wir uns auf die Konditionen einigen können und du einen Vertrag aufsetzt, in dem jedes winzige Detail festgehalten ist.«

Eilig nickte ich, denn ich traute meiner Stimme nicht. Prüfend sah er mich von der Seite an, ich nippte an dem Weißwein und stellte das Glas weg.

»Hast du gar nichts zu sagen?«, fragte er misstrauisch.

Ich musste mich räuspern. »Was stellst du dir als Bezahlung vor? 10.000 Euro oder mehr?«

»Das weiß ich nicht. Ich werde darüber nachdenken und dir morgen Bescheid geben. Hast du einen Zettel? Ich glaube, es ist an der Zeit, dass wir unsere Nummern austauschen.«

»Natürlich.« Froh, meine nervösen Hände zumindest kurzzeitig beschäftigen zu können, sprang ich auf und ging zu dem kleinen Sekretär, der gleichzeitig als Schreibtisch und Kommode fungierte.

Als ich mich wieder umdrehte, stand Boris direkt vor mir. Vor lauter Schreck ließ ich Stift und Blatt zu Boden fallen. Dieser Mann konnte lautlos wie ein Panther schleichen. Was für ein überaus passender Vergleich: ein großes, dunkles, geschmeidiges Tier – genau wie das, was gerade vor mir stand.

Bevor ich einen klaren Gedanken fassen konnte, schlang ich meine Arme um seinen Nacken und bot ihm meinen Mund an. Natürlich war ich vor Boris schon geküsst worden, mittlerweile sogar relativ häufig, doch jetzt hatte ich den Eindruck, dass meine vorherigen Erfahrungen dem Ausdruck Kuss nicht gerecht wurden. Die Definition, die ich im Kopf hatte, war einfach zu harmlos.

Was dieser Mann mit mir tat, war alles andere als harmlos. Es fühlte sich so echt an, so wirklich und löste eine Lust in mir aus, die mir schlicht fremd war.

Sämtliche Nervenenden vibrierten, als Boris seine Hand um meine Brust schloss. Diese simple Berührung reichte aus, damit ich stöhnte. Es klang in meinen Ohren so unglaublich laut und erregt, dass es mir fast unangenehm war. Mein Nippel richtete sich auf und schmiegte sich in seine Handfläche, als würde er dort hingehören.

Mit dem Daumen reizte er die Spitze und ich hatte das Gefühl, mein Inneres würde sich jeden Augenblick verflüssigen. Ich bog den Rücken durch, kam ihm entgegen, konnte gar nicht genug bekommen.

Jetzt legte er die andere Hand auf die andere Brust, knetete beide leicht, meine Knie gaben fast nach. Im letzten Moment fing ich mich wieder, glücklicherweise hielt ich mich ohnehin an ihm fest.

Boris führte mich zur Couch, setzte sich und zog mich auf seinen Schoss. Schockiert schnappte ich nach Luft – das war sicherlich keine Taschenlampe, die er dabei hatte. Bevor ich diese These weiterverfolgen konnte, zog er mich an sich und küsste mich wieder. Seine Zunge drang in meinen Mund, seine Hände glitten unter das Tanktop, streichelten meinen nackten Rücken. Meine Brustwarzen waren inzwischen so hart wie kleine Edelsteine und bohrten sich gut sichtbar durch mein Tanktop.

Er hatte definitiv Übung darin, Frauen auszuziehen, denn ohne, dass ich mich groß regte, öffnete Boris meinen BH, streifte die Träger von meinen Schultern und zog ihn mir aus. Das Tanktop trug ich allerdings noch.

Während ich immer erregter wurde, weil das Spiel seiner Zunge so sinnlich war, glitten seine Hände nach vorne und umfassten meine Brüste erneut. Dieses Mal war es tatsächlich noch besser. Mit den Daumen kreiste er träge um meine Nippel, ein Schauer nach dem anderen jagte über meinen Körper.

Als ich es nicht mehr aushielt und ihn lusttrunken anblinzelte, wollte ich an den Saum meines Tanktops greifen, doch Boris hielt meine Hände fest.

»Nicht«, murmelte er rau. »Sonst kann ich nicht gehen.«

Das war genau der Sinn der Sache. Trotzig biss ich auf meine Unterlippe und wollte mich trotzdem ausziehen, doch ich hatte keine Chance; ebenso gut hätte ich versuchen können, einen Panzer umzuschubsen.

Unnachgiebig hielt Boris meine Handgelenke fest, sein Bizeps war angespannt. Es war erschreckend, wie viel stärker er als ich war. Er wirkte nicht einmal, als müsste er sich sonderlich dafür anstrengen.

»Wer sagt denn, dass du gehen musst?« Ich war selbst beeindruckt davon, wie gurrend und einladend meine Stimme klang.

»Ich.« Seine Antwort kam so schnell und energisch, dass ich bereits wusste, wie sinnlos eine Diskussion sein würde.

»Aber –«, versuchte ich es trotzdem. Mein Unterleib hatte offiziell das Denken übernommen.

»Nein.« Er bog meine Handgelenke zurück und leckte über meinen Hals. Genießerisch legte ich den Kopf in den Nacken und beschloss, so lange zu genießen, wie ich konnte.

Leider war es viel zu schnell vorbei. Boris hob mich von seinem Schoss und blickte mich bedauernd an. »Ich kann morgen gegen 17 Uhr vorbeikommen, dann können wir weitere Details besprechen.«

»Das ist in Ordnung.«

»Gut.« Ruckartig erhob sich Boris und griff nach seiner Jacke. Mir lag die Frage auf der Zunge, warum er nicht mit mir schlafen wollte, doch ich schluckte sie hinunter. Denn wenn ich ehrlich war, hatte ich Angst vor der Antwort.

Ich folgte ihm zur Tür, verabschiedete mich mehr als hölzern und schloss ab, nachdem er aus meinem Sichtfeld verschwunden war.

Der BH lag gut sichtbar auf dem Wohnzimmertisch und trug nicht unbedingt dazu bei, meine Lust herunterzukühlen. Dieser verdammte Kerl! Irgendwann würde ich mich rächen. Wenn die erste Leidenschaft gestillt war, wäre ich dazu sicher in der Lage.

4

»Hey! Was ist denn mit dir los? Du siehst ja aus wie der Tod auf Urlaub.« Kats Begrüßung war zwar nicht schmeichelhaft, aber leider sehr zutreffend, denn ich hatte in der vergangenen Nacht nicht eine einzige Minute geschlafen.

»Schlecht geschlafen«, krächzte ich und wankte zum nächsten freien Tisch. »Bring mir deinen stärksten Kaffee.«

Obwohl ich eigentlich hatte, was ich wollte, ließ mich Boris' Zurückweisung nicht los. Gleichzeitig war ich unglaublich aufgeregt bei dem Gedanken, dass wir heute beginnen würden, einen Vertrag aufzusetzen.

Draußen schien die Sonne, der Frühling hatte endlich vollkommen Einzug gehalten und die Vögel zwitscherten lautstark. Jeder schien besser drauf zu sein als ich, selbst Kat zeigte wieder ein Lächeln.

Sie fand sogar die Zeit, sich kurz an meinen Tisch zu setzen. »Du warst einkaufen, wie ich sehe.« Sie nickte anerkennend, während sie meine Schuhe musterte.

»Ja, ich habe spontan Urlaub genommen und gedacht, dass ich ja dann mal etwas lockerer herumlaufen könnte.«

Die kleine Notlüge hatte ich mir schon zurechtgelegt, denn ich wusste nicht so ganz, wie ich meiner besten Freundin beibringen sollte, dass ich neuerdings Jagd auf einen gewissen Tätowierer machte. »Was machen die Hochzeitsvorbereitungen?«, lenkte ich also ab.

Kat stöhnte, verdrehte die Augen und schlug mit der Stirn wiederholt auf die Tischplatte. »Ich musste neulich mit Schwiegerzilla 92 Hochzeitstorten verkosten – und dann war die Gute auch noch beleidigt, weil ich irgendwann den Unterschied zwischen Vanillecreme mit einem Hauch von Pistazie und Pistaziencreme mit einem Hauch von Vanille nicht mehr geschmeckt habe.«

»War es nicht immer dein Traum, die Torte selbst zu backen?«

»Ja. Es war aber auch mein Traum, mit weniger als 600 der engsten Freunde der Familie meines zukünftigen Mannes zu heiraten.« Kat klang recht verbittert.

»Oh je.« Ich tätschelte aufmunternd ihre Schulter und schob die Hand dann unter ihre Stirn, weil sie wieder damit begonnen hatte, diese auf die Tischplatte fallenzulassen. »Ich nehme an, Frau Schwiegermutter war nicht begeistert?«

»Als ich ihr gesagt habe, dass ich den Kuchen selbst backen will? Ach, das war halb so schlimm. Dass ich keine pfirsichfarbene Tischdeko wollte, war viel schlimmer. ›Undankbares Flittchen‹ hat sie mich da genannt.«

Vor lauter Schreck stand mein Mund offen. »Nein!«

»Sie hat sich danach entschuldigt, aber das war echt hart.«

Ich nahm einen Schluck von dem Kaffee und wie erwartet zog er mir die Schuhe aus. Auf Kat war Verlass: Was draufstand, war auch immer drin. Wenn ich einen starken Kaffee wollte, bekam ich ihn. Wenn ich eine ehrliche Meinung wollte – oder auch nicht – bekam ich sie. »Und was sagt Torben dazu?« Torben war ihr Verlobter, aber ich ahnte die Antwort schon.

»Er hält sich raus und murmelt immer wieder so was wie: Mama will doch nur das Beste für uns.«

»Also keine Unterstützung.«

»Nein – und heute Nachmittag steht schon wieder die Anprobe des Brautkleides auf dem Plan. Gegen 17 Uhr. Ich würde dich bitten, mitzukommen, aber ich muss Schwiegerzilla heute verklickern, dass ich nichts Weißes, Rüschiges, Paillentenverziertes anziehen werde. Zwar hätte ich dich gern als Rückenstärkung dabei, aber es reicht, wenn sie mich so lange anschreit, bis wir beide heulen, da muss nicht noch eine Dritte dabei sein.«

Mir fiel nichts anderes ein, als beruhigend ihren Rücken zu streicheln. »Soll ich Weißwein kaltstellen und du kommst danach vorbei?«

»Ich würde, aber ich bin mit Hühnchen verabredet.«

Hühnchen war Kats Mutter und da sie sehr groß, sehr dünn war und sehr ausschweifend gestikulierte, hatte sie irgendwann den Spitznamen bekommen. Sie war ein Hippie, wie er im Buche stand und wollte immer, dass

Kat sie statt mit »Mama« mit ihrem Vornamen anredete. Doch bevor Kat ihre Mama wirklich Anke nannte, sagte sie lieber wie alle anderen auch Hühnchen.

»Okay, aber ruf mich an, wenn es zu schlimm wird, dann komme ich zur Rettung geeilt.«

Boris, mit dem ich genau zu der Zeit verabredet war, würde ich schon irgendwie vertrösten können – oder er kam einfach mit und vertrieb Kats gruselige Schwiegermutter.

***

Drei Stunden später hockte ich mit meinem Laptop am Esszimmertisch und war von Blättern umgeben. Ich recherchierte seit einer geraumen Weile Eheverträge und die nötigen Klauseln und hatte mir Notizen zu den Besonderheiten zwischen mir und Boris gemacht. Es war komplexer, als ich gedacht hatte, aber das würde ich schon hinbekommen.

Zuerst musste ich sowieso wissen, welche Konditionen er forderte und konnte dann den Rest formulieren.

Als es klingelte, stellte ich überrascht fest, dass es schon fast 17.30 Uhr war. Ich ließ Boris herein und er entschuldigte sich sofort für seine Verspätung.

»Sorry, ich hatte heute einen unglaublich nervigen Kunden und deswegen ist es etwas später geworden.« Er zog seine Jacke aus, warf sie auf den Sessel und ging neugierig zum Esstisch.

Ich starrte verblüfft auf die Jacke. Er hatte sie geworfen, als wäre er schon Hunderte Male hier gewesen und hätte es schon ebenso oft getan, er hatte nicht einmal richtig hingesehen.

»Was macht einen nervigen Kunden zu einem nervigen Kunden?«, fragte ich neugierig, weil ich mir nichts darunter vorstellen konnte.

Er setzte sich auf einen der Stühle und sah sich die Papiere an. »Ob du es glaubst oder nicht, es gibt Leute, die einfach nicht glauben wollen, dass es wehtut, tätowiert zu werden. Der Typ hat die ganze Zeit seinen Arm weggezogen, sodass ich nicht weiterarbeiten konnte. Ich hasse solche Kunden.«

Sofort erinnerte ich mich an Veronika; sie hatte nicht gewirkt, als würde sie groß zucken. Wahrscheinlich zählte sie zu Boris' Lieblingskunden. Ich sollte eigentlich nicht so eifersüchtig sein, aber ich konnte es mir nicht verkneifen.

Boris deutete auf die Papiere. »Ich sehe, du hast dich schon mit dem Thema beschäftigt?« Er grinste mich an, meine Knie wurden weich. Ich setzte mich lieber schnell hin, bevor sie noch nachgaben.

»Ja, aber ich wollte mir natürlich noch deine Bedingungen anhören.«

Sein Grinsen wurde breiter und ich verspürte ein ungutes Gefühl in meinem Bauch. »Natürlich. Klär mich bitte erst einmal auf, wie du dir das überhaupt vorgestellt hast.«

»Wir heiraten standesamtlich, nur wir beide, du begleitest mich auf ein paar gesellschaftliche Anlässe und das war es auch schon.«

»Würden wir sonst keine Zeit miteinander verbringen?«, erkundigte er sich.

Was für eine merkwürdige Frage. »Ganz wie du willst.«

Seltsamerweise nickte er zufrieden, als wäre das genau das, was er hatte hören wollen. »In Ordnung. Zu der Bezahlung.« Er machte eine Pause und tippte mit dem Finger auf die Blätter, die auf dem Tisch lagen.

»Ja, die 10.000 Euro.«

»Genau. Ich habe beschlossen, dass ich das Geld nicht will.«

Entgeistert starrte ich ihn an und sah meinen schönen Plan bereits wie ein Kartenhaus in sich zusammenfallen. »Aber was willst du denn?«

Boris senkte den Blick leicht und starrte auf eine sehr unanständige Weise auf meine Lippen. Meine Kehle wurde trocken.

Dann griff er an seine Hosentasche und holte einen gefalteten Zettel heraus. Ganz langsam faltete er ihn auseinander und reichte ihn mir. Meine Finger zitterten leicht, als ich mir das Blatt schnappte.

Mit einem Mal hatte ich das Gefühl, dass jeglicher Sauerstoff aus dem Raum gewichen war. Boris hatte mir den negativen Befund für die meisten sexuell übertragbaren Krankheiten überreicht.

Kritisch sah ich ihn an. »Ich glaube, ich verstehe nicht ganz.«

Noch immer blickte er auf meinen Mund und sagte: »Du bist ein kluges Mädchen. Wenn du noch ein bisschen darüber nachdenkst, wirst du darauf kommen, Prinzessin.«

Mein Nacken prickelte bei der Anrede und ich sah wieder auf den Zettel. In meinem Kopf ertönte das Geräusch einer zerspringenden Glasscheibe, als ich verstand, was er wollte. Oh mein Gott! Er wollte, dass ich mich testen ließ, weil er mit mir schlafen wollte.

Das war ... unfassbar. Vermutlich hätte ich beleidigt sein sollen, doch dafür hatte er mich einmal zu oft geküsst. Ich gierte förmlich danach, mit ihm zu schlafen.

Die Erkenntnis musste sich auf meinem Gesicht abgezeichnet haben, denn Boris nickte zufrieden. »Richtig. Ich dachte, wenn wir schon eine Ehe führen, dann können wir auch eine richtige führen.«

Seine Stimme klang für mich nach einer Menge verheißungsvoller Versprechen.

»Einverstanden. Wir führen eine richtige Ehe.« Ich sah ihm direkt in die Augen. »Eine richtige Ehe auf Zeit – nur vier Wochen.«

»Natürlich.«

Mein Herz klopfte immer schneller. Ich wusste, dass ich mich hätte fragen müssen, warum er freiwillig auf das Geld verzichtete. Ihm musste doch eigentlich klar sein, dass ich so oder so mit ihm schlafen würde und so viel konnte er als Tätowierer auch wieder nicht verdienen. Aber ich war zu berauscht von meinem Triumph und der Aussicht auf Sex; vor allem Letztere beflügelte mich ungemein. Für alles andere würden wir schließlich den Vertrag haben und den würde ich so formulieren, dass er hieb- und stichfest war.

Zufrieden sammelte ich die Papiere vom Schreibtisch ein, da sagte Boris: »Eins noch – nur, damit wir uns von vornherein klar verstehen.«

Ich sah ihn an und wagte es kaum, zu blinzeln. Als er sich sicher war, dass er meine volle Aufmerksamkeit hatte, fuhr er fort: »Ich habe keine Lust, im Schlafzimmer endlose Diskussionen mit dir zu führen.«

»Bitte?«, fragte ich irritiert.

»Ich meine damit, dass ich dort bestimme und du dich fügst.«

Meine Lungen mussten kollabiert sein, anders konnte ich mir nicht erklären, dass ich keine Luft mehr holen konnte. Boris wollte den Ton angeben? Warum machte mich die Vorstellung bloß so an?

Schwach nickte ich und konnte seinem eindringlichen Blick kaum standhalten. Er streckte die Hand aus und legte sie um meine Wange, sein Daumen streichelte meine Haut. »Sag es«, murmelte er rau.

»Du bist der Boss.« Es zu sagen fiel mir erstaunlich leicht. Doch es erinnerte mich prompt an Maggie, die ihn genauso angesprochen hatte. Eifersucht flackerte wieder in mir auf, bis mir einfiel, dass er gesagt hatte, sie sei ihm zu jung.

»Warum ist es nur so sexy, es aus deinem Mund zu hören?« Boris beugte sich vor, neigte den Kopf und küsste mich. Viel zu schnell richtete er sich wieder auf. »Wann hast du den Vertrag fertig?«

»Morgen Abend, denke ich.«

Er tippte sich mit dem Finger gegen die Unterlippe. »Da kann ich nicht. Übermorgen?«

»In Ordnung. Wo?«

»Gegen Mitternacht im *Diary*?«

Was blieb mir anderes übrig, als zuzustimmen? Mit diesem Mann waren scheinbar keine normalen Verabredungen möglich. »Okay. Ich werde da sein.«

»Wunderbar. Ich muss jetzt leider wieder los, ich bin mit meiner Schwester verabredet.« Er stand auf und nahm seine Jacke von dem Sessel.

Boris hatte also eine Schwester. Sofort wurde mir vor Augen geführt, wie wenig ich eigentlich über ihn wusste – abgesehen davon, dass er mich um den Verstand küssen konnte.

»Vielleicht sollten wir uns bei Gelegenheit einmal richtig unterhalten.« Mein Gesicht wurde heiß. Immerhin war ich nicht unbeteiligt daran, dass wir jedes Mal nur drei Sätze wechselten.

»Gern, Prinzessin. Du könntest ja versuchen, bis übermorgen an deiner Selbstbeherrschung zu arbeiten.« Er zwinkerte mir zu und die Tür fiel hinter ihm ins Schloss, bevor ich etwas Cleveres entgegnen konnte.

***

Für einen Moment zog ich es ernsthaft in Erwägung, meine Aktentasche mit ins *Diary* zu nehmen, um den Vertrag sicher zu transportieren – aber ich fürchtete, mich damit nur lächerlich zu machen.

Gleichzeitig wollte ich aber auch nicht mit einem Stapel Papiere unter dem Arm durch einen Klub laufen, denn dann würde ich sie unter Garantie fallen lassen. Genervt rieb ich mir über die Augen. Zwar besaß ich eine kleine Clutch für Abendveranstaltungen, doch die passte ebenfalls nicht ins *Diary* – und der Vertrag nicht hinein.

Weil ich nicht mehr weiter wusste, wählte ich Kats Nummer. Sie war unter Garantie noch in der *Kaffeetante* und war sicherlich schlauer als ich, was das Thema anbelangte.

»Hey!«, begrüßte sie mich.

»Hi! Also, ich weiß gar nicht, wo ich anfangen soll.«

»Am besten vorne«, schlug sie vor und klang belustigt. Im Hintergrund ertönte der Lärm des großen Kaffeevollautomaten.

»Ist der Laden noch auf?« Verwirrt warf ich einen Blick auf die Armbanduhr.

»Nein, aber ich habe beschlossen, dass ich mal wieder ordentlich putzen könnte. Man weiß ja nie, wann das Gesundheitsamt vorbeischaut.«

Oh je. Kat hasste Putzen. Der Laden blitzte immer von oben bis unten, aber das war nichts, womit sie sich freiwillig den Feierabend vertreiben würde. Ich riet ins Blaue hinein: »Die Kleideranprobe verlief wohl nicht so gut.«

Kat gab ein Geräusch von sich, das alles hätte bedeuten können, und wechselte das Thema. »Womit kann ich dir denn helfen?«

»Frag bitte nicht. Es ist eine lange Geschichte, die ich dir in einer ruhigen Minute erzählen werde, aber ich bin heute im *Diary* verabredet und muss ein paar Papiere mitnehmen. Irgendetwas sagt mir, dass ich da besser nicht mit meiner Aktentasche hingehe.«

Es dauerte eine ganze Weile, bis Kat sich wieder beruhigt und aufgehört hatte, zu lachen. »Du bist einfach die Beste. Meinst du das ernst oder hast du nur angerufen, um mich aufzuheitern?«

Seufzend erwiderte ich: »Ich meine es ernst.«

»Okay! Okay!« Sie schnaufte. »Puh, ich bekomme wirklich kaum Luft, die Vorstellung war einfach zu genial! Nimm einen Leinenbeutel.«

»Einen Leinenbeutel?«, wiederholte ich fassungslos und fragte mich, wer von uns beiden hier keine Ahnung vom wirklichen Leben hatte.

»Natürlich keinen vom Supermarkt, aber du hast doch bestimmt noch den, den ich dir geschenkt habe, mit dem Logo der Kaffeetante.«

»Natürlich«, sagte ich und ging bereits in den Flur. Dort in der obersten Schublade der Kommode hatte ich alle Einkaufsbeutel und ähnlichen Krempel untergebracht. Ich zog die schwarze Stofftasche hervor und betrachtete sie zweifelnd.

»Hast du sie schon aus der Schublade gekramt?«, neckte Kat mich.

Ich brummte meine Zustimmung und ärgerte mich, dass ich so berechenbar war.

»Super«, sagte meine beste Freundin. »Herzlichen Glückwunsch, du gehörst jetzt zu den coolen Kindern.«

So ganz war ich von der Idee immer noch nicht überzeugt, aber da ich keine Alternative hatte, blieb mir nichts anderes übrig. »Danke, ich melde mich, wenn ich wieder etwas Zeit habe. Wann bist du verfügbar?«

»Nie wieder.« Kat benutzte ihre extra dunkle Grabesstimme und ich lachte. »Nein, im Ernst. Bis zur Hochzeit muss ich so viel erledigen, dass ich gar nicht weiß, wie viele Hochzeiten an dem Tag eigentlich wirklich stattfinden sollen. Hier und da kann ich paar Minuten reinquetschen, aber erwarte keine Wunder.«

Wir verabschiedeten uns und ich machte mich daran, den Leinenbeutel mit dem Inhalt meiner Handtasche zu füllen, bevor ich den Ehevertrag hineinschob.

Jetzt musste ich nur noch warten, bis mich das bestellte Taxi abholte.

***

An der Kasse vom Diary war ich mehr als erstaunt, da die Dame hinter dem Glasfenster mich einfach durchwinkte. Ich bekam keine Karte, musste keinen Eintritt zahlen und spazierte einfach in den Klub.

Es war ein sehr merkwürdiges Gefühl und gleichzeitig sehr aufmerksam von Boris, wie auch immer er die Dame davon überzeugt hatte, mich so hineinzulassen – oder er hatte für mich mit bezahlt, das konnte natürlich sein.

Bevor ich die Haupthalle erreicht hatte, wuchs er vor mir aus dem Boden und lächelte mich an. Unsicher lächelte ich zurück, im ersten Moment fühlte ich mich immer von seiner unglaublichen Präsenz erschlagen. Dass seine Ankunft nicht jedes Mal von einem feierlichen Gong angekündigt wurde, war wirklich alles.

Er beugte sich vor und küsste mich kurz auf den Mund. Ich war schockiert. Einfach so und hier vor allen Leuten? Bevor ich etwas sagen konnte oder der Boden aufgehört hatte, zu beben, nahm er meine Hand und drehte sich um.

Wieder einmal folgte ich ihm ins Büro und stolperte in seinen Rücken, als er abrupt stehenblieb. Neugierig schielte ich an ihm vorbei und mein Unterkiefer klappte herunter. Auf dem Schreibtisch räkelte sich eine vollkommen nackte Frau.

»Yvette, ich wusste gar nicht, dass du in der Stadt bist.« Boris klang nicht einmal erschüttert und was noch schlimmer war: Er kannte die Frau!

»Hello darling«, gurrte Yvette und winkte ihm kokett zu.

Während ich noch überlegte, wie schockiert ich genau sein sollte, richtete sie sich anmutig auf und schlug provozierend langsam die Beine übereinander. Ihre langen, feuerroten Haare flossen über ihren Rücken, die rechte Seite ihres Kopfes war bis auf die Kopfhaut rasiert und beide Nippel gepierct. Ich war mir ziemlich sicher, dass ihre Brüste nicht echt waren, dafür waren sie – wie der Rest ihres Körpers auch – einfach zu perfekt. Yvette war makellos, das konnte man so sagen. Da sie sich weder bedeckte noch Anstalten machte, aufzustehen und etwas anzuziehen, konnte ich mir ein ziemlich gutes Bild machen. Wenigstens hatte sie schwarze High Heels an, also immerhin etwas Kleidung.

»Ich dachte mir, wenn ich schon hier bin, kann ich dir gleich zeigen, wie das Tattoo abgeheilt ist.« Sie zwinkerte Boris zu; ihre Augen waren perfekt geschminkt, mit Eyeliner und künstlichen Wimpern betont wirkten sie riesig und auf viele Männer sicher sehr ansprechend. Besagte Tätowierung war mir in der Tat auch schon aufgefallen – da sie sich über den ganzen Körper zog, war sie sehr schwer zu übersehen.

Ein florales Ornament begann direkt unter ihrem linken Nippel, verlief unter ihrer Brust, folgte der Linie ihrer Taille, schlang sich zweimal um ihren Oberschenkel und endete ... Ich wollte ehrlich gesagt weder darüber nachdenken, wo es wirklich endete, noch darüber, dass Boris sie dort tätowiert hatte.

Sie lehnte sich ein Stück zur Seite und sah an Boris vorbei, direkt in meine Augen. »Darling, wer ist das?«

Ein Ruck ging durch Boris' Körper. »Ach ja, richtig.« Er zog mich neben sich und legte einen Arm um meine Schulter. »Yvette, das ist Anika. Wir wollen heiraten.«

Oh je. Wenn er das so sagte, klang das alles so fürchterlich ernst. Yvette zog ihre schmale Augenbraue hoch. »Na, dann sollte ich mich wohl besser anziehen, was?«

Ich hatte nicht die geringste Ahnung, woher ich die Ruhe nahm, aber ich winkte ab. »Das ist nicht nötig.« Zu Boris sagte ich: »Guck dir ruhig das Tattoo an.« Dazu wedelte ich mit der Hand, um meine Nervosität zu überspielen.

Yvettes Lächeln änderte sich – ich war mir sicher, dass sie plötzlich um ein Vielfaches interessierter aussah. »Wenn das so ist, sollten wir unbedingt mal etwas zusammen unternehmen.« Sie wandte sich zu Boris und schnurrte weiter. »Es ist schon viel zu lange her.«

Der Ton in ihrer Stimme ließ keinen Zweifel daran, dass sie nicht unbedingt im Stadtpark mit uns spazieren gehen wollte. Ich versuchte, mir die Konstellation aus Boris, Yvette und mir vorzustellen, doch es war einfach zu abwegig.

Also lächelte ich einfach nur höflich, während Boris tatsächlich das Tattoo inspizierte. Sein Gesichtsausdruck dabei wirkte völlig neutral und überhaupt nicht, als würde er mit seiner Nasenspitze nur wenige Zentimeter vor ihrer intimsten Körperstelle schweben. Stattdessen sah er aus, als hätte er ein Blatt Papier vor sich liegen. »Sieht gut aus. Wir könnten ein paar kleine Stellen ausbessern.«

Sie seufzte leise. Irgendwie schaffte sie es, dass auch dieser Laut sehr sexuell klang. »Immer noch der Perfektionist?«

Boris verschränkte die Arme und sah sie böse an. »Das wusstest du vorher.«

»Touché. Wenn du mich jetzt entschuldigst, ich muss verarbeiten, dass unser Deal jetzt hinfällig ist.«

Mit einer weiteren unglaublich geschmeidigen Bewegung stand sie auf und griff nach einem Kleid, das hinter ihr auf dem Schreibtisch lag. Erleichtert sah ich zu, wie sie den engen Schlauch über ihren Körper streifte, denn für einen Moment hatte ich schon befürchtet, sie wäre nackt gekommen.

Allerdings überraschte es mich schon nicht mehr, dass sie nicht einmal daran dachte, Unterwäsche anzuziehen. Sie legte eine Hand auf Boris' Unterarm und hauchte einen Kuss auf seine Wange. Die Geste wirkte schmerzhaft vertraut auf mich, denn er ging automatisch in die Knie, damit sie seine Wange erreichen konnte. Sie kannten sich also definitiv schon länger.

Yvette war eine wandelnde Überraschung, denn als sie so verführerisch auf dem Schreibtisch gelegen und gegessen hatte, war mir nicht aufgefallen, wie klein sie war. Selbst mir reichte sie mit den High Heels nur bis zum Kinn. Das hinderte sie nicht daran, mir ebenfalls einen Kuss zur Verabschiedung zu geben.

Allerdings landete dieser nicht auf meiner Wange, sondern mitten auf meinem Mund. Bis ich ihrem herausfordernden Blick begegnete, war ich von einem Versehen ausgegangen, doch es war eindeutig keins gewesen.

Sie stolzierte mit wiegenden Hüften hinaus und zog die Tür hinter sich zu.

»Alles in Ordnung«, fragte Boris. »Du bist ganz rot im Gesicht.« Seine Augen wanderten tiefer in meinen Ausschnitt. »Korrigiere, nicht nur im Gesicht.«

Entnervt ließ ich den Träger des Leinenbeutels von meiner Schulter gleiten. »Tut mir leid, dass ich nicht so routiniert wie du im Umgang mit solchen Situationen bin.«

Er lachte, setzte sich auf das Sofa und klopfte neben sich. »Yvette ist eine alte Freundin und eine neue Kundin, aber ich versichere dir, sie ist harmlos – wenn man davon absieht, dass sie auf dich steht.«

»Was?« Fassungslos sah ich ihn an. Das hier war wirklich zu viel für mein armes Gemüt. Mit leicht zittrigen Fingern zog ich den Vertrag aus der Tasche. »Egal. Hier ist der erste Entwurf.«

Boris schmunzelte und nahm ihn mir aus der Hand. Er blätterte einmal flüchtig durch die Seiten und las ein paar Zeilen. Ich konnte es noch immer nicht fassen, wie tätowiert er war, fast bis zu den Fingernägeln. Zum ersten Mal, seitdem ich zufällig in ihn hineingestolpert war, hatte ich die Zeit und Ruhe, mir alles genauer anzusehen. Seine Tattoos gingen so nahtlos ineinander über, dass es bei schnellem Hinsehen schwierig war, genau zu erkennen, um welche Motive es sich handelte. Mit einem dezenten Blick versicherte ich mich noch einmal, dass er sich wirklich auf den Vertrag konzentrierte, bevor er mich noch beim Starren erwischte.

Auf seinen unteren Fingergliedern stand »WORK HARD« in schwarzen Lettern, auf den oberen konnte ich in schwarz-rot »STAY TRUE« erkennen und durch seine beiden Daumen bohrten sich gekreuzte Pfeile. Ich wusste zwar nicht, wie es sich anfühlte, tätowiert zu werden, aber ich war mir ziemlich sicher, dass es an den Daumen ziemlich unangenehm sein musste. Auf seiner rechten Hand prangte eine Rose, deren Blätter bis auf die Fingerknöchel ragten; in ihrer Mitte befand sich ein kleiner Totenkopf mit gelben Augen. Vom linken Handrücken starrte mich – ebenfalls mit gelben Augen –

ein Pantherkopf an, der trotz der Größe und der Menge Schwarz merkwürdig filigran wirkte.

Dieser Mann war wirklich ... interessant, anders konnte ich es nicht ausdrücken. Bisher hatte ich mir nie etwas aus bunten Körpern gemacht, doch bei Boris sah es einfach natürlich aus. Der Rest seines Körpers sah mit Sicherheit genauso aus und sofort spürte ich wieder, wie sich Neugier gemischt mit Erregung in mir aufbaute – andererseits hatte ich ihn bisher nicht nackt gesehen, deswegen sollte ich mich mit einem endgültigen Urteil wohl zurückhalten.

Ich protestierte, als er den Vertrag zur Seite legte. »Willst du ihn nicht lesen?«

»Das mache ich lieber in Ruhe, wenn ich mich besser konzentrieren kann.« Dann griff er nach mir und zog mich näher zu sich heran.

Keine Minute später lag ich schwer atmend unter ihm und erwiderte das leidenschaftliche Spiel seiner Zunge. Seine Hand war unter meinem Shirt, sein Daumen strich über die Unterseite meiner Brust, bevor seine Finger sich um meinen harten Nippel schlossen.

Ich streichelte seinen Rücken, ließ meine Fingerspitzen über die glatte Haut gleiten, unter der ich deutlich die festen Muskelstränge spüren konnte. Er schob sein Knie zwischen meine Schenkel und ich rieb meinen Unterleib voller Verlangen an seinem Bein.

Schließlich hob er den Kopf und sah mir direkt in die Augen. »Es ist spät, du solltest nach Hause fahren.«

Erstaunt sah ich zu der Uhr an der Wand hinter dem Schreibtisch. Es war inzwischen tatsächlich halb vier am Morgen. Das konnte nicht sein! Wir hatten doch nicht über drei Stunden geknutscht? Nie im Leben!

Andererseits wäre es mir vermutlich aufgefallen, wenn er zwischendurch aufgestanden wäre, um die Uhr zu verstellen.

Unwillig nickte ich. »Na gut. Aber ich möchte festhalten, dass es mir nicht gefällt, immer nach Hause geschickt zu werden.«

Er blickte mich an, lang und eindringlich. Es war mir unmöglich zu sagen, was hinter seiner Stirn vor sich ging. Nach einer Weile seufzte er einfach nur. »Ach, Prinzessin. Ich rufe dir ein Taxi.«

Tatsächlich brachte er mich sogar bis zum Taxi und schloss die Autotür hinter mir. Im Klub war es schon ziemlich leer gewesen und trotzdem war ich wieder einmal überrascht, wie viel unter der Woche dort los war.

Ich lehnte meinen Kopf hinten an und versuchte, meine Erregung in den Griff zu bekommen. So langsam hatte ich verstanden, dass er den Sex wohl bis nach der Hochzeit herauszögern wollte, aber es gefiel mir überhaupt nicht. Ganz und gar nicht. Absolut nicht.

***

»Machst du Witze?«, fragte ich entsetzt, als Boris den Vertrag auf den Esstisch fallen ließ. Das Dokument war fast doppelt so dick, weil unglaublich viele Post-its auf allen Seiten zu kleben schienen.

Ich stellte ihm die Tasse Kaffee hin, um die er gebeten hatte, und setzte mich, dann zog ich den Vertrag zu mir heran. Die Notizen auf den kleinen Klebezetteln waren glücklicherweise gut lesbar, doch meine Laune sank mit jeder Anmerkung. Von vergessenen Satzzeichen, zu vielen Leerzeichen, über Formulierungen und der Reihenfolge der Paragraphen war alles dabei.

Wütend funkelte ich ihn an, aber er lächelte nur. »Hast du wirklich erwartet, dass ich es dir nach all dem leicht machen würde, Prinzessin?«

»Vermutlich nicht«, murrte ich und blätterte frustriert weiter. Es würde ganz schön viel Arbeit sein, all das zu überarbeiten.

»Gut. Hast du schon Vorstellungen, was den Termin anbelangt?«, fragte er.

»Nein. Ich dachte, dass ich mich da nach deinem Terminkalender richte. Irgendwie habe ich nämlich das Gefühl, dass du sehr viel weniger Zeit hast als ich.«

Er schüttelte den Kopf. »Das könnte das Unromantischste sein, was ich je getan habe.« Damit zog er sein Handy aus der Hosentasche und rief seinen Kalender auf. »Ich nehme an, dass wir einen Termin zur Anmeldung und einen für die Trauung brauchen?«

Ich nickte und fragte mich, wieso mein Herz schneller schlug.

»Okay«, murmelte er. »Anmelden könnten wir dann vielleicht nächsten Donnerstag?«

»Klingt gut.« Schnell notierte ich mir das Datum. »Außerdem sollten wir vielleicht ein paar Ausweichtermine parat haben, falls unser Wunschdatum nicht mehr frei ist.«

Boris wischte mit dem Finger über das Display. »Ich kann am 12., 15., 16. und 18. – das wird reichen, denke ich.«

»Nehme ich an. Da ich ja momentan im Urlaub bin und rein gar nichts vorhabe, kann ich immer.«

Er legte eine Notiz im Handy an, bevor er mich wieder ansah. »Wenn wir uns zur Anmeldung treffen, könnten wir danach ja vielleicht frühstücken gehen. Es wäre vermutlich ganz praktisch, wenn wir mehr übereinander wüssten als die Vornamen.«

»Wir können auch gern jetzt noch ein bisschen reden«, schlug ich vor.

»Tut mir leid, ich kann leider nicht. Ich habe die Hunde zu Hause gelassen und will sie nicht länger als nötig alleine lassen.«

»Du hast Hunde?« Ich konnte es nicht fassen – wie organisierte dieser Mann bitte seinen Tagesablauf, um alles zu schaffen?

»Ja, zwei Greyhounds. Ich teile mir das Sorgerecht quasi mit meiner Schwester.«

Mehr als ein Nicken fiel mir nicht ein. »Ich kann nicht einmal eine Topfpflanze am Leben erhalten.«

»Das habe ich schon gemerkt.« Belustigt zwinkerte er mir zu.

»Wieso?«

Mit dem Finger deutete er hinter mich und ich drehte mich um.

Auf der Fensterbank standen die Orchideen, die ich von meinem Vater geschenkt bekommen hatte, und ließen traurig die Köpfe hängen. Es war einfach nur deprimierend.

Boris leerte den Becher Kaffee und stand auf. »Ich muss leider los. Nächstes Mal habe ich wieder mehr Zeit, versprochen.« Er gab mir einen schnellen Kuss und verschwand dann.

Damit war ich mit dem Vertrag und all seinen Mängeln wieder alleine. Aber je schneller ich mit den Korrekturen begann, desto schneller würde ich auch fertig sein. Allerdings nahm ich mir noch ein wenig Zeit, die Aufgabe vor mir herzuschieben. In meiner Verzweiflung schaltete ich sogar den Fernseher an.

Als mein Handy piepte, griff ich sofort aufgeregt danach. Jede Ablenkung war willkommen.

»SOS.«

Die Nachricht war von Kat und ich stand sofort auf, um meine Schuhe anzuziehen. Innerhalb von wenigen Minuten war ich am Laden und klopfte an die Scheibe, da er längst geschlossen war. Doch ein Lichtschein drang aus dem hinteren Teil des Ladens.

Kat kam angeschlurft und selbst im Dunkeln durch die Scheibe konnte ich erkennen, dass sie total verheult aussah. Zur Begrüßung nahm ich sie erst einmal wortlos in den Arm und sie schniefte leise. Gemeinsam gingen wir in die Backstube und ich wartete geduldig ab, bis sie von sich aus berichtete, was los war.

»Schwiegerzilla hat gesagt, dass meine Arme zu fett für das Brautkleid sind.« Sie ließ den Kopf hängen und ich konnte es kaum erwarten, diese verfluchte Schwiegermutter kennenzulernen. Auf der Hochzeit würde ich ihr mindestens 18 Gläser Rotwein über den Kopf schütten und dabei würde ich laut lachen, das war mein fester Vorsatz. Außerdem war das absurd, weil Kat wunderbar normalgewichtig war; wenn überhaupt war sie weiblich gerundet.

»Empörung!«, sagte ich laut und Kat lachte leise.

»Willst du mir die ganze Geschichte erzählen?«

Meine beste Freundin zuckte mit den Achseln, räusperte sich dann aber. »Letztendlich bin ich eingeknickt und habe zugestimmt, so ein blödes weißes Kleid anzuziehen. Ich war einfach die Streitereien leid. Sowas kenne ich überhaupt nicht – du weißt, wie schwer es ist, sich mit Hühnchen zu streiten.«

Damit hatte sie recht. Als Teenager hatte ich Kat immer beneidet, weil ihre Mutter ihr nie etwas verboten hatte. Im Gegenteil: Sie hatte sie eher angestiftet. Dass aus Kat eine anständige, hart arbeitende Bürgerin geworden war, die Drogen grundsätzlich abgeneigt war, überraschte mich in Anbetracht ihrer Erziehung immer wieder.

»Jedenfalls hat Schwiegerzilla nur noch herumgekeift und um den Frieden wieder herzustellen, habe ich nachgegeben, aber ich wollte das Kleid schon selbst aussuchen. Das hat ihr wieder nicht gepasst und als ihr die höflichen Argumente ausgegangen sind, hat sie gesagt, dass meine Arme zu dick für das Kleid wären. Das macht sie nur, damit ich das Kleid anziehe, dass ihr am besten gefällt.«

Beruhigend streichelte ich Kats Rücken und überlegte, was ich sagen konnte. »Nächstes Mal komme ich einfach mit und erzähl der blöden Bitch ein paar Takte.«

Kat begann, lauthals zu lachen. »Hast du, Fräulein Sauber, gerade wirklich ›Bitch‹ gesagt? Was ist denn los mit dir? Erst Sneakers und jetzt fluchst du schon? Demnächst landest du noch auf der Straße bei den harten Drogen.«

Ich zuckte verlegen mit den Schultern; jetzt war wohl kaum der geeignete Zeitpunkt, ihr von Boris und meinem Plan zu berichten. »Mir hat mal jemand gesagt, dass es nicht schaden könnte, wenn ich mich meinem Alter entsprechend benehmen würde.«

Kat knuffte mich von der Seite an. »Muss jemand sehr Kluges gewesen sein.«

»Sehr klug und sehr liebenswürdig. Deswegen steht sie auch über ihrer beknackten Schwiegermutter, die sich und ihre Komplexe mal zum Teufel scheren soll.«

Eine Weile erlaubte sie mir noch, sie zu trösten, bevor sie mich nach Hause schickte, weil sie noch eine Großbestellung bearbeiten wollte.

Zuhause hatte ich keinen weiteren Grund, mich vor der Arbeit zu drücken, nahm den Vertrag, Boris' Notizen und setzte mich vor den Laptop.

***

»Hier«, sagte er und reichte mir den Vertrag. Schon wieder ragten Post-its aus allen Seiten. Er konnte doch unmöglich erneut so viel gefunden haben, an dem er etwas auszusetzen hatte.

Boris lief die Stufen im Standesamt hoch und mir fiel es schwer, mit ihm Schritt zu halten. Viel lieber wollte ich ihn anschreien, weil das jetzt die vierte Version war, mit der er nicht zufrieden war. Außerdem hatte er nichts dazu gesagt, dass ich ihm in die vorletzte Version den negativen Befund des Tests für Geschlechtskrankheiten gesteckt hatte.

Eigentlich hatte ich erwartet, dass er jetzt endlich über mich herfallen würde, stattdessen mäkelte er weiterhin ununterbrochen an dem Schriftstück herum.

»Es gibt noch so viele Punkte, die wir besprechen müssen. Am besten, wir machen das gleich beim Frühstück.« Schwungvoll hielt er mir die Tür auf und wir betraten den langen Gang.

Die richtige Zimmernummer hatten wir schon unten auf dem Lageplan ermittelt. Boris klopfte an die Tür und öffnete sie, ich folgte ihm.

Eine Stunde später saß ich mit ihm am Frühstückstisch und bekämpfte die aufkeimende Panikattacke. Ich hatte es wirklich getan: In nur vier Tagen würde ich heiraten und dann musste mein Vater mich zur Partnerin in der Kanzlei ernennen. Kaum konnte ich es erwarten, sein Gesicht zu sehen.

»Worüber denkst du nach, Prinzessin?« Boris' kluge Augen lagen auf mir.

»Dass ich mich tatsächlich ein bisschen verrückt fühle.«

Er trank einen Schluck Kaffee. »So könnte man das in der Tat nennen. Wir wollten uns unterhalten, wenn ich mich recht entsinne. Ich muss zugeben, dass mir das in der Öffentlichkeit sehr viel leichter fällt.« Sein Lächeln sorgte für ein Zucken in meinem Unterleib, das mich selbst schockierte.

Seine Komplimente raubten mir jedes Mal den Atem, denn sie waren unfassbar schmeichelhaft, aber sehr dezent.

Die Ellenbogen auf den Tisch gestützt, beugte er sich näher zu mir. »Du hast sicherlich unzählige Fragen. Warum fängst du nicht an?«

Und ob ich Fragen hatte. In welchem Verhältnis stand er zu Veronika? Würde er mich überhaupt anziehend finden, immerhin hatte ich weder Piercings noch Tattoos vorzuweisen? Woher kannte er Yvette und was hatte sie gemeint, als sie von dem Deal zwischen ihnen gesprochen hatte? Wie schaffte er es, die ganze Nacht unterwegs zu sein und keine schwarzen Ringe unter den Augen zu haben?

Letztlich entschloss ich mich, mit etwas Einfacherem anzufangen. »Wie bist du auf die Idee gekommen, Tätowierer zu werden?« Meist erfuhr man mehr über Menschen, wenn man sie nach ihrer Leidenschaft fragte und wenn ich mir Boris so anguckte, war es ziemlich wahrscheinlich, dass er seinen Job liebte.

»Mir hat das Studium einfach keinen Spaß gemacht. Als ich mir dann das erste Tattoo habe machen lassen, war ich angefixt und habe den Besitzer des Tattoostudios so lange genervt, bis er eingewilligt hat, mich auszubilden.«

Ich musste erst noch einmal ein Stück zurückspulen. »Du hast studiert?«

»Ja – ich habe sogar einen Abschluss, ob du es glaubst oder nicht.«

»Keine Sorge, sehr zu meinem Leidwesen habe ich festgestellt, dass du sehr clever bist.« Dazu seufzte ich theatralisch und Boris lachte.

»Das hast du schön gesagt, Prinzessin.«

»Was hast du studiert?«

Er senkte die Tasse und schenkte mir das leichte träge Lächeln, das mich sofort an Sex denken ließ. »Streng genommen dürfte ich Magister juris hinter meinen Namen schreiben, so wie du.«

So ein Mist! Und ich wunderte mich, wie er in der Lage gewesen war, meinen Vertrag dermaßen auseinanderzunehmen.

»Warum hast du aufgehört?«, fragte ich atemlos.

»Weil es mir schlicht keinen Spaß gemacht hat, außerdem hat mein Vater schon glänzende Augen bei der

Vorstellung an das zweite Staatsexamen bekommen – und darauf hatte ich noch weniger Lust.«

Er hatte sich geweigert, es seinem Vater recht zu machen? Eine Gänsehaut lief über meinen Rücken, weil es mich ein wenig an meine Situation erinnerte.

»War er sehr enttäuscht?«

Boris' Augenbraue wanderte nach oben, er sah mich spöttisch an. »Er hat sich zumindest nicht gefreut.« Sein Tonfall verriet deutlich, dass das Thema damit beendet war.

»Du sagtest, du hast Hunde? Kann ich sie mal kennenlernen?«, wechselte ich mühelos zu einem harmloseren Thema.

»Natürlich, aber erwarte nicht zu viel. Die beiden sind unglaublich faul und wenn sie sich nicht zwingend bewegen müssen, dann tun sie es nicht.«

»Ich dachte, Hunde sind gerne draußen.«

Er lachte nur. »Die beiden nicht. Am schlimmsten ist es, wenn es regnet, dann muss ich sie auch schon mal raustragen.«

Die Vorstellung zauberte ein Grinsen auf mein Gesicht. »Ich stelle es mir gerade bildlich vor.«

»Was machst du, wenn du nicht arbeitest?«

Ich zuckte mit den Achseln. »Lesen, Filme gucken und mich mit Freunden treffen. Meiner besten Freundin gehört ein Coffeeshop, vielleicht kennst du ihn, die *Kaffeetante*?«

»Die besten Pancakes der Stadt! Natürlich! Ich glaube, daran kommt man nicht vorbei.«

Wir unterhielten uns völlig entspannt über Belanglosigkeiten und ich war unglaublich erleichtert. Boris war nicht nur anziehend, sondern auch extrem sympathisch – keine Ahnung, wie er das anstellte.

Die Zeit verflog und irgendwann sah er auf seine Uhr. Sofort hob ich abwehrend die Hände. »Lass mich raten, irgendeine Verpflichtung ruft dich.«

»Leider ja, außerdem bin ich am Wochenende kurz in Berlin. Wir sehen uns wahrscheinlich nicht mehr vor der Trauung. Schlimm?«

Natürlich schüttelte ich den Kopf und doch war ich überrascht, einen Stich der Trauer zu spüren, denn damit, dass Boris weg sein würde, hatte ich nicht gerechnet. Der Gedanke, ihn ein paar Tage nicht zu sehen, machte mich merkwürdig traurig.

Unwirsch schob ich den Gedanken von mir. »Was hattest du jetzt noch am Vertrag auszusetzen?«, versuchte ich die Unterhaltung wieder auf den geschäftlicheren Teil zu lenken.

»Das meiste steht in den Anmerkungen, aber mir ist aufgefallen, dass das Thema Verhütung nirgendwo angesprochen wird.«

Sofort leuchtete mein Kopf glühend rot auf. »Oh.«

Er grinste mich an. »Ich will dir ja nichts unterstellen, aber mir wäre es lieb, wenn wir festhalten könnten, was im Falle einer Schwangerschaft passiert.« Diesen Satz verkündete er ganz nonchalant, während das Blut in meinen Ohren rauschte.

»Ich nehme die Pille«, wisperte ich kaum hörbar.

»Trotzdem«, sagte er und tippte mit dem Finger auf den Stapel Papiere. »Ich komme Sonntagabend zurück. Wenn du willst, melde ich mich dann noch einmal bei dir.«

»Das wäre vermutlich gut. Ich überarbeite den Vertrag dann noch einmal.«

Wie oft hatte ich den Satz in den letzten Tagen eigentlich schon gesagt?

5

Eigentlich hatte ich erwartet, am Sonntag ein nervliches Wrack zu sein – so kurz vor meiner fingierten Hochzeit. Stattdessen schlief ich in der Nacht von Samstag auf Sonntag zum ersten Mal seit Wochen wie ein Baby. Es kam mir vor, als hätte ich schon ewig nicht mehr so gut geschlafen.

In freudiger Erwartung widmete ich mich den ganzen Tag lang einem ausgiebigen Beautyprogramm, bei dem ich wusch, knipste, schnitt, zupfte und wachste, was mir alles so einfiel.

Die Zeit verging wie im Flug und abends lag ich entspannt mit dem E-Book-Reader in der Badewanne. Das Wasser duftete herrlich nach Mandeln, der Raum nach Milch und Honig, weil ich mir sogar den Luxus gegönnt hatte, ein paar Duftkerzen anzuzünden.

Vermutlich sollte ich Bedenken haben, was meinen Plan anbelangte, doch die hatte ich nicht im geringsten – ganz im Gegenteil, so relaxt, wie ich gerade war, erschien es mir sogar richtig zu sein.

Einfach, als sollte es so sein.

Mein Handy piepte irgendwo im Wohnzimmer und ich zuckte mit den Achseln. Da ich gleich sowieso mit dem Kapitel fertig sein würde und mich ins Bett begeben wollte, sah ich keinen Sinn darin, jetzt nass durch die Wohnung zu laufen, um danach noch einmal ins Wasser zu steigen.

Nach einigen Minuten legte ich meine beendete Lektüre zur Seite, stieg aus der Wanne und hüllte mich in meinen seidigen Bademantel. Meine Haare waren trocken, da ich sie vorher mit einer großen Spange hochgesteckt hatte, die ich jetzt entfernte, um meinen Kopf kräftig zu schütteln.

Nur die feinen Strähnen im Nacken waren nass geworden und klebten an meiner erhitzten Haut. Während ich durch das Wohnzimmer schlenderte, nahm ich das Handy vom Tisch und las die Nachricht. Im Schlafzimmer warf ich den E-Book-Reader aufs Bett und runzelte die Stirn.

»Ich kann in zehn Minuten bei dir sein.« Die Nachricht stammte von Boris und war vor neun Minuten abgeschickt worden. Richtig, er hatte gesagt, dass er sich melden würde, wenn er aus Berlin zurück war. Der Vertrag lag vorbereitet auf dem Esstisch.

Vermutlich sollte ich mir schnell etwas überziehen. Wie auf Bestellung klingelte es. Ein Blick auf den Monitor bestätigte mir, dass es wirklich mein Zukünftiger war und ich öffnete ihm die Tür.

Als ich ihn hereinließ, fiel mir auf, wie eindringlich er mich musterte. »Entschuldige, ich habe die Nachricht gerade erst gelesen.« Mit einer unbestimmten Handbewegung deutete ich an mir herunter, um meinen Aufzug zu erklären.

»Glaub mir, du musst dich bei einem Mann nicht entschuldigen, wenn du die Tür im Bademantel aufmachst.«

Wieder warf er mir einen seiner typischen Blicke zu und mir wurde warm – warm und sehr bewusst, dass ich unter dem dünnen Stoff nackt war und irgendetwas sagte mir, dass ich nicht die Einzige war, die es wusste.

»Hier, der Vertrag ist fertig.« Eilig ging ich zum Esstisch und versuchte, etwas Abstand zwischen uns zu bringen. Boris folgte mir und legte die Hand darauf.

»Sehr gut. Aber eigentlich bin ich wegen etwas anderem hier.«

Verwirrt hob ich den Kopf und sah ihn an. Es war heute anders zwischen uns und ich wusste nicht genau, woran es lag. Seine Augen funkelten und er zog die Mundwinkel leicht hoch; mir war klar, dass er genau in meinen Ausschnitt gucken konnte und trotzdem widerstand ich dem Impuls, den Gürtel des Bademantels enger zu binden.

»Weswegen?« Meine Güte, klang meine Stimme wirklich so atemlos oder bildete ich mir das ein?

»Ich habe morgen Abend leider keine Zeit und dachte mir, dass wir die Hochzeitsnacht einfach vorziehen.«

Nervös leckte ich mir über die Unterlippe und überlegte, was die passende Antwort auf seinen Vorschlag war.

Er legte seine Hand um meine Wange, beugte sich vor und küsste mich flüchtig. »Du brauchst gar nicht so angestrengt zu gucken. Das war keine Frage.«

Seine Worte lösten ein unanständiges Ziehen in meinem Unterleib aus. Mein Mund klappte auf und ich suchte nach einer eloquenten Antwort, während sein Gesicht so nah vor meinem schwebte. Mir fiel keine ein, ich bekam einfach nur einen trockenen Hals und meine Kehle fühlte sich sehr eng an.

Dann beugte er sich nach vorne und küsste mich – aber es war nicht bloß ein simpler Kuss; immerhin hatte er mich jetzt schon ein paar Mal geküsst. Nein, ich konnte mich des Eindrucks nicht erwehren, dass dieser Kuss seinen Standpunkt verdeutlichen sollte.

Fest lagen seine Lippen auf meinen, seine Arme hielten mich noch immer gefangen. Seine Zunge schob sich in meinen Mund, eroberte mich, drängte sich geradezu in meinen Mund und nahm sich, was sie wollte. Mir wurde immer heißer.

Als er sich wieder aufrichtete, tastete sein Blick meinen Körper ab. Fast bildete ich mir ein, seinen Blick wie heiße Finger auf meiner Haut zu spüren, die jede Kurve und Wölbung abtasteten. Obwohl ich den Morgenmantel trug, hätte ich genauso gut vollkommen nackt sein können.

Dieses sinnlich, träge Lächeln, das er zeigte, als er meinen Körper studierte, jagte einen Schauer über meinen Rücken. Es war fast, als wäre ich zum ersten Mal von einem Mann angesehen worden. Ich war mir sicher, dass mich noch nie jemand so eindringlich angeschaut hatte.

Er streckte die Hand nach mir aus und für einen kurzen Moment spielten meine Instinkte verrückt, rieten mir zu Flucht. Alles in meinem Kopf flüsterte: Das hier ist eine Nummer zu groß für dich, lauf weg.

Seine Hände legten sich um meine Taille, hielten mich, zogen mich an sich, dabei spreizte er seine Finger. Sie lagen auf dem dünnen Stoff des Bademantels, seine Daumen auf meinen Rippen, seine Fingerspitzen fast an meiner Wirbelsäule. Er gab mir das merkwürdige Gefühl, klein und verletzlich zu sein.

Sein Blick suchte meinen, bevor er sich vorbeugte und die kleine Kuhle an meinem Hals küsste. »Ich glaube, jetzt wäre ein guter Zeitpunkt, mir dein Schlafzimmer zu zeigen.«

Verblüfft sah ich zu ihm hoch. Das Blut rauschte so laut in meinen Ohren, dass ich ihn kaum hören konnte. Dann ergaben seine Worte endlich einen Sinn und ich deutete einfach nur auf die Schlafzimmertür – schon allein, weil er mich immer noch festhielt und ich gar nicht von ihm weggehen wollte. Ich mochte es, wie er mich anfasste.

Doch er ließ mich los und öffnete stattdessen meine Schlafzimmertür. Nervös leckte ich über meine Unterlippe. Boris musste nicht einmal etwas sagen, die Aufforderung stand deutlich in seinen Augen.

Automatisiert setzten meine Füße sich in Bewegung und kaum war ich in Reichweite, zog Boris mich wieder an sich. Der Länge nach presste er mich gegen sich und ließ keinen Zweifel daran, dass er ebenso erregt war wie ich.

Mutig ließ ich meine Hände auf Wanderschaft gehen und endlich erlaubte Boris es mir, ihm das Shirt auszuziehen. Es würde also endlich passieren, wir würden endlich Sex haben und der scheinbar ewig aufgestauten Lust nachgeben.

Sein Oberteil fiel zu Boden und ich hätte beinahe geflucht. Er war perfekt gebaut und ich fragte mich ernsthaft, wo dieser Mann die Zeit hernahm, auch noch ausgiebig Sport zu treiben. Kein Wunder, dass sich alles unter meinen Fingern immer so stahlhart angefühlt hatte. Boris schien nur aus Muskeln zu bestehen – aus Muskeln, die über und über mit Tattoos bedeckt waren.

Mit den Fingerspitzen zeichnete ich die Konturen nach und glitt dabei immer tiefer über seinen flachen Bauch nach unten. Kurz vor dem Knopf seiner Jeans stoppte er mich und drückte mich aufs Bett. Mit der einen Hand stützte er sich neben meinem Kopf ab, mit der anderen öffnete er den Gürtel des Morgenmantels und schob den Stoff zur Seite.

Ich keuchte, als er meine empfindlichen Nippel dabei streifte. Mein Wunsch nach Sex musste in jeder Bewegung erkennbar sein. Auffordernd hob ich ihm mein Becken entgegen, rieb mich an seinem Oberschenkel, denn er kniete zwischen meinen Schenkeln. Seine Jeans fühlte sich rau auf meiner empfindlichen Weiblichkeit an.

Der Ausdruck in seinen Augen änderte sich, Begehren und Leidenschaft lagen darin, dann schloss ich die Lider, weil er mich küsste. Spielerisch fuhr seine Zunge über meine, neckte und reizte sie.

Seine Zunge hinterließ eine heiße Spur von meinen Lippen über meine Kehle bis hinunter über meine Brüste. Seine Zähne umfassten meine aufgerichtete Brustwarze, ich wimmerte leise, dabei übte er nur einen leichten Druck aus, während er an ihr saugte.

Er unterbrach das lustvolle Spiel und knabberte sanft an meinem Ohrläppchen, was ich mit einem Laut des Unmuts quittierte. Wollte er mich etwa hinhalten?

Genüsslich widmete er sich dem anderen Nippel, knabberte und lutschte an ihm, während ich mich unruhig unter ihm wand. Ich konnte mich nicht erinnern, schon jemals so erregt gewesen zu sein, so ... unglaublich nass.

Meine Brustwarzen standen hart und steil hervor, glänzten feucht und ich holte tief Luft, schien kaum genug Sauerstoff zu bekommen. Noch nie hatte ich mich so gefühlt. Ich gierte nach etwas, von dem es schien, als konnte nur Boris es mir geben. Noch nie war mein Puls so schnell gewesen; noch nie hatte ich den Eindruck gehabt, dass meine Haut in Flammen stand, weil mir so heiß war.

Wieder streckte ich die Hände aus und wollte Boris ausziehen, doch er packte meine Handgelenke und drückte sie neben meinem Kopf in die Matratze. Sein Blick bohrte sich in meinen und ich biss mir auf die Unterlippe. »Lass sie dort liegen«, wies er mich deutlich an, während seine Augen an meiner Unterlippe hängenblieben.

Ich war so auf sein Gesicht konzentriert, dass ich mich unwillkürlich anspannte, als seine Finger meinen Oberschenkel berührten. Er streichelte meine Haut, sah mich an und ignorierte das leichte Versteifen meines Körpers einfach.

Mein Stöhnen klang abgehackt, als er meinen Eingang fand und seinen Finger in mich schob. Obwohl meine Hände zuckten, ließ ich sie liegen und Boris drang tiefer in mich.

Dann küsste er mich und Finger und Zunge bewegten sich im gleichen Rhythmus in mir, ich wurde fast verrückt. Ein Schluchzen stieg in meiner Kehle auf, doch das erstickte der Kuss. Meine Nerven waren zum Zerreißen gespannt und ich schob mich seinem Finger entgegen, der unzählige Empfindungen in mir auslöste.

Als ich schon glaubte, nicht mehr ertragen zu können, presste Boris seinen Daumen auf meine geschwollene Klit. Mein Unterleib begann zu zittern und ich konnte es kaum glauben, denn sonst tat ich mich schon schwer damit, zu kommen, wenn ich es mir selbst machte.

Ohne den Kontakt zu meiner Lustperle zu unterbrechen, schob er einen zweiten Finger in mich hinein und ich explodierte. Meine Hände ballten sich zu Fäusten und im letzten Moment erinnerte ich mich an seine Anweisung. Hilflos zitterte ich unter seiner Hand und wimmerte leise an seinen Lippen.

Wieder und wieder rieb er über meine Klit und ein Orgasmus nach dem anderen überrollte mich – möglicherweise war es aber auch immer noch der erste, der einfach nicht enden wollte.

Als er mir schließlich liebevoll die Haare aus der Stirn strich, keuchte ich atemlos, meine Beine zitterten noch immer.

Ich wollte meine Arme heben, nach ihm greifen, doch seine Stimme ließ mich erstarren.

»Nein.« Er klang so dominant, so scharf und gleichzeitig so fürsorglich; ließ mir keine andere Wahl, als zu gehorchen, also legte ich meine Hände zurück auf das Laken. Boris saugte an meiner Unterlippe, während seine Finger weiterhin meinen ganzen Körper erforschten.

Alles in mir schien zu vibrieren, meine Pussy verkrampfte sich immer wieder, schien danach zu gieren, wieder ausgefüllt zu werden. Überhaupt fühlte ich mich schmerzlich leer.

Mein zukünftiger Ehemann musterte mich, liebkoste mich förmlich mit seinem Blick, während ich hilflos unter ihm lag. Dabei war ich eigentlich nicht hilflos, ich hätte mich nur widersetzen müssen, doch das konnte ich nicht. Lieber gehorchte ich dem stählernen Ton seiner Stimme, den er unter einer Schicht Samt versteckte, sodass ich gar nicht anders konnte, als mich zu ergeben. Seine Finger strichen über meine Kehle, blieben an der Stelle liegen, wo mein Puls verräterisch jagte.

Wie konnte er so genau wissen, wie er mich berühren musste? Wie hatte er mich so schnell zum Kommen gebracht?

Jeder Gedanke war nichtig, als seine Hand von meinem Hals zwischen meinen Brüsten hindurch glitt und auf meinem Bauch liegenblieb. Erregt schnappte ich nach Luft und versuchte, meine Beine zusammenzupressen, als mir aufging, was er vorhatte.

»Das wirst du nicht tun«, stieß er hervor. Seine Stimme klang dunkel und die freie Hand vergrub sich in meinem Oberschenkel, drückte ihn zur Seite. Sein Griff war fest und nachdrücklich, kurz davor, schmerzhaft zu sein.

»Erinnere mich noch einmal«, sagte er schnurrend und ich war sofort auf der Hut. »Wie lautete unsere Abmachung?« Seine Finger packten mich fester, drückten mich härter in die Matratze.

Ich stöhnte auf. »Du bestimmst.«

»Richtig. Also?«

Gehorsam schob ich meine Hände weit über meinen Kopf – ich hatte gar nicht bemerkt, dass ich sie heruntergenommen hatte. Dann spreizte ich meine Beine weit.

»Brav, Prinzessin.« Sein Atem strich bereits über meine Spalte und ich schloss die Augen. Seine Zunge streichelte mich, verteilte die Feuchtigkeit auf mir und neckte meine Klitoris.

Ein paar Mal zuckte ich zusammen, weil ich noch immer so empfindlich von dem vorherigen Höhepunkt war, wagte es aber nicht, zu protestieren. Mit langen Strichen leckte er von meinem Eingang bis zur Lustperle, die er langsam umkreiste. Meine Bauchdecke zuckte und ich war mir ziemlich sicher, dass er dies in seiner Hand spürte, die mich noch immer ins Laken presste.

Ein heißes Flattern breitete sich in mir aus, strahlte in großen Wellen durch meinen Körper und bündelte sich zu einem wahren Feuer, als Boris seine Lippen um meine Knospe schloss und an ihr saugte. Ich stemmte meine Fersen in die Matratze, aber ich hatte dem Orgasmus, der mich einfach wegspülte, nichts entgegenzusetzen.

Hilflos zitterte, krampfte und zuckte ich. Boris hielt mich einfach nur fest, hörte aber nicht auf, an meiner Perle zu saugen. Gerade, als ich dachte, dass ich es möglicherweise doch überleben konnte, ließ er meinen Oberschenkel los und drang mit zwei Fingern in mich ein.

»Komm für mich«, befahl er und hinter meinen geschlossenen Lidern explodierten unzählige bunte Funken. Der Rausch ließ mir keine Luft zum Atmen und ich stöhnte kehlig.

Endlich gab er mich frei, zumindest fast, denn seine Finger waren noch immer in mir. Das Blut pulsierte in meinen Adern, rauschte in meinen Ohren und ich fühlte mich absolut trunken. Noch nie hatte ich zwei Höhepunkte an einem Tag gehabt, geschweige denn überhaupt einen einzigen von dieser Stärke. Gleich zwei, so kurz hintereinander – es war ein Wunder, dass ich noch in einem Stück und nicht entzweigerissen worden war.

Ich musste völlig erschöpft wirken, doch Boris ignorierte meinen Zustand und bewegte seine Finger in mir, liebkoste mich weiter, drang noch tiefer in mich, streichelte einen Punkt, von dem ich nicht gewusst hatte, dass er existierte.

Eine neue Empfindung brandete in mir auf, ein bittersüßes Brennen, das sich für einen Moment anfühlte, als würde es niemals Erfüllung finden können.

»Bitte«, wisperte ich atemlos und wusste nicht einmal richtig, worum ich eigentlich bat.

Er strich über meine Unterlippe, bevor er mit einer geschickten Umdrehung seiner Hand mein Kinn umfasste. »Willst du wirklich, dass ich aufhöre?«

Benommen nickte ich, denn ich glaubte wirklich nicht, dass ich in der Lage war, noch mehr zu ertragen. Mein Körper war von einer feinen Schweißschicht bedeckt, meine Arme schmerzten, weil ich so fest die Fäuste geballt hatte, meine Schultern brannten, weil ich meine Arme hatte oben halten müssen.

»Deine geöffneten Lippen sagen etwas anderes«, murmelte er und küsste mich. Und tatsächlich reagierte ich ganz anders, als ich erwartet hätte, denn ich hob mich ihm entgegen.

Sein Daumen kreiste nur zwei-, dreimal über meine Klit und ich kam erneut. Es war überwältigend. Während ich noch versuchte, wieder auf der Erde zu landen, zog er endlich seine Jeans und Unterwäsche aus.

Selbst seine Oberschenkel waren muskulös und verrieten irgendwie seine wahre Stärke, vermutlich konnte er mich mühelos mit einer Hand festhalten, wenn er wollte. Doch das musste er gar nicht, denn seine Stimme und sein Blick reichte aus, um mich in den Bann zu ziehen.

Ganz langsam, als würde ich ein kostbares Geschenk an Weihnachten auspacken, wanderten meine Augen weiter. Sein Schwanz war ... überwältigend. Groß und schön, dabei war ich mir sicher, diese Worte noch nie für das männliche Geschlechtsorgan benutzt zu haben, doch hier trafen sie zu.

Ich wollte ihn anfassen, schmecken, in mir spüren – meine Finger zuckten bereits.

»Denk nicht einmal daran«, sagte Boris und legte meine Beine auf seine Schultern. Seine Finger gruben sich in meine Taille, als er mich in die richtige Position rückte.

»Oh Gott«, murmelte ich ehrfürchtig und der Mann lachte leise. Mit einem einzigen, harten Stoß drang er ganz in mich ein und erschütterte mich förmlich bis ins Mark. Trotzdem schob ich ihm mein Becken entgegen, er war so groß, fühlte sich in mir noch größer an, als er ausgesehen hatte. Ich drehte meine Hände um und krallte meine Finger ins Laken, damit ich seinen Stößen wenigstens irgendetwas entgegenzusetzen hatte.

Obwohl ich heute schon mehrfach gedacht hatte, nicht mehr ertragen zu können, wurde ich wieder eines Besseren belehrt. Mit jeder seiner Bewegungen nahm auch meine Lust zu.

»Ich will, dass du noch mal kommst.« Boris ließ mich bei diesen Worten nicht aus den Augen. Meine Hüften zuckten im Rhythmus seiner Stöße, ich wand mich und wusste kaum, wohin mit mir.

Er griff nach meiner rechten Hand und führte sie zielstrebig zwischen meine Schenkel. Trotz allem, was schon passiert war, wurde ich dennoch verlegen. Mein Widerstand brach schnell, denn seine kraftvollen Bewegungen schürten mein Verlangen aufs Neue.

Meine Finger fanden die feuchte Perle und rieben sie. Boris war so tief in mir, dass ich es kaum fassen konnte; es war, als würde er mich vollkommen besitzen.

Heiß baute der Höhepunkt sich in meinem Unterleib auf, sorgte dafür, dass meine Pussy sich krampfend immer wieder um seinen harten Schaft zusammenzog. Ich fühlte mich wie im freien Fall, glücklich und berauscht und gleichzeitig ängstlich vor dem Aufprall, der unweigerlich folgen musste. Der Höhepunkt war so intensiv, dass er fast schon schmerzhaft war und mir alles abverlangte.

Boris stöhnte unterdrückt auf, stieß tief in mich, blieb dort, während er sich ergoss.

Ganz langsam ließ er seinen Oberkörper sinken, stützte die Unterarme rechts und links neben meinem Kopf ab, presste einen harten Kuss auf meine Lippen. Er schien in meinen Augen irgendeine Antwort zu suchen, nickte schließlich zufrieden. »Das Warten hat sich gelohnt, das kannst du nicht bestreiten.«

»Nein.« Fast hätte ich die Hand vor den Mund geschlagen, so entsetzt war ich darüber, wie heiser meine Stimme klang. Hatte ich wirklich so laut geschrien?

Ich zuckte zusammen, als Boris sich aus mir zurückzog. Wieder störte mich das Gefühl der plötzlichen Leere. Vorsichtig tastete ich nach der Bettdecke und zog sie über mich.

Mein Bräutigam legte sich neben mich und küsste meine nackte Schulter. Im Gegensatz zu mir deckte er sich nicht zu und gab mir die Gelegenheit, ihn ausgiebig zu bewundern. Er war tatsächlich überall tätowiert. Hier und da waren noch ein paar vereinzelte, maximal handflächengroße Stellen, die frei waren, aber insgesamt bot er ein sehr eindrucksvolles Bild.

Weil ich nicht widerstehen konnte, streckte ich die Hand aus und fuhr die Umrisse des anatomischen Herzens nach, das er mitten auf der Brust tätowiert hatte.

»Das ist aus London, da hatte ich mal einen Termin auf einer Convention«, erläuterte er mir.

Zaghaft deutete ich auf den Säbel, der sich über seine linke Seite erstreckte.

»Berlin.«

Neugierig zeigte ich auf den Globus, der mit einem Dolch durchbohrt war, und sah Boris an.

»Mailand, aber von einem deutschen Tätowierer.«

»Du bist ja ein wandelndes Reisetagebuch«, murmelte ich und streichelte weiter seine weiche Haut. Irgendwie konnte ich davon gerade überhaupt nicht genug bekommen. Ich fühlte mich sehr zufrieden, zufrieden und schläfrig.

»So kann man das auch sehen«, sagte Boris. Im Gegensatz zu mir schien er überhaupt nicht müde zu sein.

»Stört es dich, dass ich nicht tätowiert bin?«

»Nein, warum sollte es? Stört es dich, dass ich tätowiert bin?«, konterte er direkt.

»Erstaunlicherweise nicht«, stellte ich selbst überrascht fest und zeichnete die Konturen der Sanduhr nach, die er auf dem rechten Innenarm tätowiert hatte.

Er lachte. »Erstaunlicherweise nicht? Weil ich trotzdem in ganzen Sätzen reden kann? Oder, weil du gerade so befriedigt bist?«

Empört schlug ich nach ihm und spürte dabei, wie mein Gesicht feuerrot wurde. Es war nicht gerade nett von ihm, mich darauf anzusprechen. Sollte er sich nicht lieber wie ein Gentleman verhalten und schweigen?

Bevor ich überhaupt die Chance hatte, ihn zu treffen, fing Boris meine Hand ab, bog die Finger nach außen und küsste meine Handfläche. Das Gefühl kribbelte durch meinen Körper.

»Du solltest mich nicht schlagen, Prinzessin. Sonst gerate ich möglicherweise in Versuchung, das Gleiche zu tun.« Er schlang den Arm um mich und tätschelte unter der Decke meinen nackten Hintern.

Im gleichen Moment sah ich das Verlangen in seinem Blick aufflackern und erschrak. Er konnte doch unmöglich schon wieder Sex wollen, mein Puls hatte sich noch nicht einmal wieder beruhigt.

Seine Hand glitt von meiner Pobacke nach vorne und legte sich auf meinen Venushügel, die Geste hatte etwas Besitzergreifendes und mir stockte der Atem.

Als ich den Kopf schüttelte, lächelte er mich nur an und umfasste mit der freien Hand meinen Nacken. Er zog mich zu sich, küsste mich, während sein Finger meine Schamlippen teilte und meine Klit streifte.

Mir war klar, dass er tatsächlich wollte, dass ich ein weiteres Mal kam und ich fragte mich ernsthaft, wie viel Betteln wohl bringen würde.

Der unnachgiebige Gesichtsausdruck machte die Frage überflüssig und verkündete mir gleichzeitig die Antwort.

Mit gleichmäßigen, sanften Bewegungen streichelte er meine Knospe und schon bald spielte ich mit dem Gedanken, um ganz andere Dinge zu betteln – einen weiteren Höhepunkt beispielsweise.

Meine Finger flatterten, als ich sie auf seine Brust legte. »Boris.« Ich wimmerte eher, als dass ich sprach.

Fragend zog er eine Augenbraue hoch, behielt aber die zarten Berührungen bei, die einfach nicht genug waren, um mich kommen zu lassen. Wie machte er das bloß? Erfahrung oder lag es daran, dass er mich wie ein offenes Buch lesen konnte?

Von unten sah ich ihn durch meine Wimpern an und konnte nicht glauben, was ich da sagen wollte. »Bitte«, flüsterte ich. »Fick mich!«

Mit einem triumphierenden Geräusch packte Boris meine Hüften und drehte mich um, sodass ich auf dem Bauch lag. Bevor ich mich auf den Händen abstützen konnte, hatte er meinen Po hochgezogen, ich kniete vor ihm und er drang sofort in mich ein.

Mein lautes Stöhnen erfüllte den Raum, dabei waren meine Knie so weich, dass ich mich kaum aufrecht halten konnte. Boris' Finger tasteten nach meiner Klit und dieses Mal waren seine Berührungen alles andere als sanft.

Unkontrolliert zuckte ich, als der Orgasmus mich mit sich riss. Immer härter stieß Boris in mich hinein, vögelte mich mit kraftvollen Bewegungen, die mich noch höher katapultierten.

Dieser letzte Höhepunkt erschütterte mich bis in die letzte Zelle, ermattet sank ich zusammen, wurde nur noch von Boris' Armen hochgehalten. Das süße Ziehen schien überhaupt nicht enden zu wollen und ich schluchzte leise, bekam nur am Rande mit, dass auch Boris kam. Er hauchte eine ganze Reihe Küsse auf meinen Rücken, bevor er sich wieder neben mich legte.

Behutsam legte er einen Arm um mich und ich kuschelte mich an ihn. Sein Duft war mir inzwischen so vertraut, dass er beruhigend wirkte. Meine Augen fielen zu.

6

Genervt, aber ohne die Augen zu öffnen, tastete ich nach dem Wecker und warf ihn dabei unabsichtlich vom Nachttisch. Es gab ein hässliches, knirschendes Geräusch, das vermuten ließ, dass ich wohl einen neuen Wecker würde kaufen müssen.

Doch das lästige Piepen verstummte einfach nicht. Genervt schrie ich auf und zog das Kissen über meinen Kopf. Ich hatte doch Urlaub, warum hatte ich den Wecker gestellt?

Das Schrillen hörte auf, nur um kurz darauf von vorne zu beginnen. Je länger ich dem absolut unangenehmen Geräusch lauschte, desto wacher wurde ich.

Meine Muskeln schmerzten. Vom kleinen Finger bis hinunter in die Zehen zog alles in mir, doch mit Abstand am schlimmsten waren die Oberschenkel. Bilder zogen an meinem inneren Augen vorbei: Meine Finger, die sich ins Laken krallten, meine Fersen, die sich in die Matratze stemmten – ich lächelte und erinnerte mich an die Nacht mit Boris.

Boris! Heute war die Hochzeit! Und das war nicht mein Wecker, sondern mein Handy.

Ich sprang aus dem Bett und bereute diese Entscheidung unmittelbar danach. Nicht nur mein Körper kreischte protestierend auf, auch mein Kreislauf machte schlapp und ein dumpfer Druck baute sich in meinem Kopf auf.

Als das Schlimmste vorbei war, stürzte ich ins Wohnzimmer und nahm mit zittrigen Händen das Handy in die Hand. Erstaunlicherweise war es trotz des harten Aufpralls, der so fies geklungen hatte, noch immer an einem Stück.

Es war Boris, der mich anrief.

»Hey, du wirst mich hier doch nicht hängenlassen, oder?«

»Was?« Meine Stimme klang krächzend und verschlafen.

»Wir sind in zwanzig Minuten dran. Erinnerst du dich an den Teil mit der Hochzeit, war deine Idee«, sagte er trocken und mein Kopf drohte nun wirklich zu explodieren.

»Ich bin sofort da. Ich verspreche es.« Hastig warf ich das Handy weg und überlegte, was ich zuerst machen sollte. Duschen würde aus Zeitmangel also ausfallen müssen. Von mir aus waren es genau fünf Minuten zu Fuß zum Standesamt, das gab mir einen Spielraum von 15 Minuten.

Schnell rannte ich ins Bad und klatschte mir eiskaltes Wasser ins Gesicht, dann Zähneputzen, Mascara und ab ins Schlafzimmer. Um nicht zu formal zu wirken, hatte ich mir ein leichtes Sommerkleid gekauft, das ich mit einer Strickjacke und High Heels tragen wollte.

Mit zittrigen Fingern zog ich den Reißverschluss zu, warf meine Sachen in die passende Handtasche und suchte nach den Schuhen. Leider waren sie noch im Karton und die Etiketten abzuknibbeln, kostete mich wertvolle Minuten.

Normalerweise hätte ich all diese Dinge gestern Abend erledigt, aber jemand war über mich hergefallen und hatte mich nach allen Regeln der Kunst gevögelt. Ein wohliger Schauer lief über meinen Rücken.

Obwohl mir jede Bewegung wehtat, konnte ich es kaum erwarten, die Erfahrung zu wiederholen.

Ich sah mich noch einmal um, aber ich schien an alles gedacht zu haben. Schnell rannte ich zur Tür hinaus und zog sie hinter mir zu.

Völlig außer Atem kam ich am Standesamt an, Boris stand bereits draußen und er sah einfach nur umwerfend aus. Ich hingegen hatte kaum die Zeit gefunden, mir die Haare zu kämmen. Meine Wangen färbten sich rot.

Er kam mir entgegen und lächelte sanft. Natürlich hatte er eine Jeans an, dazu wieder ein T-Shirt mit der bekannten Anzugweste und ein schmal geschnittenes Jackett, das sowohl die Taille als auch die Schultern betonte – unglaublich attraktiv, mein zukünftiger Mann.

Boris gab mir einen Kuss. Der Duft von Sandelholz umspülte mich, machte mich sofort wieder trunken vor Lust. »Du bist gekommen«, stellte er fest und für einen

Moment war ich mir nicht sicher, ob er sich auf den Augenblick oder die vergangene Nacht bezog. Denn da war ich wirklich gekommen ... sehr oft und sehr hart.

»Es tut mir wirklich leid, ich habe verschlafen.«

»Lange Nacht gehabt?«, fragte er anzüglich und ich lachte, bevor ich ihm einen leichten Hieb mit meiner eleganten Tasche versetzte.

Die Tür ging auf und wir waren an der Reihe. Mit einem Mal klopfte mein Herz hart gegen meinen Brustkorb und ich schluckte schwer. Boris nahm meine Hand und gemeinsam gingen wir hinein.

***

Falls es den Standesbeamten irritierte, dass nur wir beide gekommen waren, war er sehr diskret, denn er sagte nichts. Allerdings kam das vermutlich öfter vor, als mir bewusst war. Er fasste sich kurz, ließ es sich aber natürlich nicht nehmen, ein paar Takte über die Ehe zu erzählen und sie mit der typischen Symbolik vom Schiff und dem sicheren Hafen zu versehen.

Dann lächelte er, zog die kleine Schublade neben sich auf und holte ein Kissen heraus, auf dem zwei Ringe lagen.

Ich wollte protestieren, dass wir keine Ringe mitgebracht hatten, doch im letzten Moment drückte Boris meine Hand und hielt mich davon ab. Überrascht sah ich ihn an, doch er lächelte nur und nahm den Ring, der offensichtlich für mich bestimmt war, vom Kissen und schob ihn über meinen Finger. Meine Kehle war wie zugeschnürt.

Der Ring war perfekt. Hätte ich mir jemals selbst einen ausgesucht, hätte ich genau diesen ausgewählt. Es war ein matt gebürsteter Spannring mit einem einzelnen, großen Stein in der Mitte. Je länger ich das Material anstarrte, desto sicherer war ich mir, dass es weder ein künstlicher Stein noch ein minderwertiges Metall war. Ich war mir sogar ziemlich sicher, dass Boris mir soeben einen Platinring an den Finger gesteckt hatte.

Plötzlich wurde ich mir der neugierigen Blicke bewusst und meine Wangen wurden prompt wieder rot.

Verlegen nahm ich den Ring und steckte ihn an Boris' Finger, während ich selbstverständlich sagte: »Ja, ich will.«

Mein Brustkorb schien immer kleiner zu werden und ich konnte kaum noch atmen. Warum hatte Boris' Ringe besorgt und wo hatte er das Geld für so erlesene Stücke her? Wieso konnte er meinen Geschmack so punktgenau abschätzen?

Die Fragen schienen gar kein Ende zu nehmen. Im Gegensatz zu der kleinen Zeremonie, die nun ihren Abschluss fand. Meine Unterschrift wirkte schwungvoll wie immer, als ich sie auf die Urkunde setzte.

Dabei fühlte ich mich alles andere als schwungvoll. Der Ring an meinem Finger schien Tonnen zu wiegen und fühlte sich gleichzeitig so gut an.

War es das gewesen, was Boris gemeint hatte, als er gesagt hatte, dass wir genauso gut eine richtige Ehe führen könnten?

Er nahm meine Hand und wir verließen gemeinsam das Zimmer, vor dessen Tür schon die nächste Gesellschaft ungeduldig auf den großen Moment wartete.

Draußen auf den Stufen zum Rathaus blieben wir stehen. Boris brach schließlich als Erster das Schweigen. »Also eigentlich bin ich kein großer Fan von so etwas, aber ich glaube, das hier schreit nach einem Selfie.«

Er beschrieb uns beide mit einer Handbewegung und ich lächelte. »Vermutlich tut es das.«

Boris legte einen Arm um meine Taille und zog sein Handy hervor. Er streckte den Arm aus und ich konnte uns beide auf dem Display sehen. Mein Lächeln wirkte unglaublich verkrampft. Doch ich konnte nichts dagegen tun.

Mein Mann runzelte die Stirn und sagte: »Hey?«

»Ja?« Verwirrt wandte ich ihm das Gesicht zu und er küsste mich. Es war ein kurzer Kuss auf die Lippen, aber ich entspannte mich merklich. Wie aus weiter Ferne hörte ich das Geräusch des Auslösers, und als er sich wieder von mir zurückzog, zeigte Boris mir triumphierend das Bild.

Es war wunderschön und hielt den Moment perfekt fest. »Würdest du es mir schicken?«

»Natürlich«, seine Finger glitten über die Tastatur. »So, schon passiert. Wenn ich mich recht entsinne, habe ich dir ein Frühstück versprochen.«

Wieder nahm er meine Hand und wir liefen gemeinsam die restlichen Stufen hinunter.

»Ich –«, begann ich den Satz, brach aber ab und versuchte es erneut. »Danke für den Ring.«

»Gern.« Er drückte im Laufen einen Kuss auf meine Schläfe und ich beschloss, das merkwürdige Gefühl abzuschütteln. Vermutlich brauchte ich einfach nur einen Kaffee.

»Wieso bist du eigentlich nicht geblieben?«, fragte ich vorsichtig und hoffte, dass meine Wangen nicht so heiß wurden, wie sie sich anfühlten.

Er schenkte mir ein hinreißendes Lächeln. »Weil ich keine Klamotten dabei hatte. Ich habe versucht dich zu wecken, aber du hast geschlafen wie ein Murmeltier und da habe ich es nicht übers Herz gebracht.«

Ich nickte nur stumm, immerhin war es eine logische Erklärung. Außerdem wusste ich auch nicht, wie ich hätte reagieren sollen, wenn er heute Morgen noch in meinem Bett gelegen hätte.

Das Frühstück entpuppte sich als Drei-Gänge-Menü im besten Restaurant der Stadt – offensichtlich hatte Boris sich ein paar Gedanken mehr über diesen Tag gemacht als ich.

»Da es schon etwas zu spät für ein Frühstück ist, war ich so frei, einen Tisch zu reservieren.«

Aber es kam noch besser, der Hausherr persönlich brachte uns zum Tisch. Ich kannte ihn vom Sehen, da er ein Klient meines Vaters war. Dem höflichen Smalltalk, den Boris und er austauschten, hörte ich nicht zu, weil ich zu sehr nach Koffein gierte. Für meinen Geschmack hatte der Tag viel zu abrupt angefangen.

»Kann ich Euch schon etwas bringen?«, fragte der Besitzer nun.

»Einen Cappuccino für die Dame und ich nehme einen Espresso.«

Als er außer Hörweite war, fragte ich Boris: »Woher kennst du ihn?«

»Rudolfo ist ein Kunde.«

Verblüfft blinzelte ich dem etwa 60-jährigen Mann hinterher, der mit strammen Schritten in der Küche verschwand. »Ach komm, du nimmst mich auf den Arm.«

»Warum sollte ich das tun? Er hat ein Backpiece von mir. Kann wirklich gut sitzen, der Mann.«

»Ein was?« Ich kam einfach nicht mehr hinterher.

»Den ganzen Rücken – ein großes Motiv, das sich über die ganze Rückseite erstreckt.«

»So wie deins?«, wagte ich zu fragen. Dabei trieb mir die Erinnerung an die letzte Nacht noch immer die Schweißperlen auf die Stirn.

Boris lächelte mich verführerisch an. »So wie ich.« Es war absolut klar, dass er an das Gleiche dachte wie ich. Hoffentlich hatte es ihm auch gefallen, mit mir Sex zu haben. Im Nachhinein hatte ich doch Gefühl, etwas passiv gewesen zu sein, doch andererseits hatte er mir die Hälfte der Zeit verboten, mich zu bewegen. Ich sollte besser an etwas anderes denken, sonst würde ich gleich hier im Restaurant über ihn herfallen.

»Ich habe leider um 14.30 Uhr einen Termin, aber wenn du möchtest, kann ich am späten Nachmittag zu dir kommen.«

Als ich nickte, fiel mein Blick wieder auf den Ring und ich strich ehrfürchtig darüber. In diesem Moment kam Rudolfo mit dem Kaffee zurück, den ich so dringend benötigte.

***

Vor dem Restaurant verabschiedeten wir uns mit einem Kuss, der meinen Magen flattern ließ. Wir hatten es tatsächlich getan und geheiratet.

Natürlich hatte Boris Rudolfo davon berichtet und der Nachtisch war ein Tiramisu in Herzform gewesen, zu dem ich verstohlene Glückwünsche bekommen hatte.

Da ich noch zu aufgekratzt war, um nach Hause zu gehen und dort alleine herumzusitzen, beschloss ich, in der *Kaffeetante* vorbeizusehen.

So langsam musste ich mir Gedanken darum machen, wie ich Kat die ganze Geschichte eigentlich beibringen wollte.

Ich stieß die Tür auf, bei dem verführerischen Kaffeeduft beschloss ich sofort, dass ich einen weiteren Cappuccino benötigte. Kat war allein und außer mir befand sich niemand im Laden.

Sie wischte über die Theke und sagte: »Hey, ich wünschte, ich könnte mich zu dir setzen, aber du siehst ja, wie der Laden brummt.«

Lachend setzte ich mich an meinen Lieblingstisch, der mit dicken, gemütlichen Ledersesseln umgeben war. »Die Ruhe vor dem Sturm?«

»Die kostbare halbe Stunde, bevor die Meute hereinbricht, die nachmittags Koffein und Süßes braucht.«

»Das bedeutet nur noch zwei Stunden bis zum wohlverdienten Feierabend«, flötete ich und Kat nickte lächelnd.

Ohne zu fragen, machte sie mir meinen üblichen Cappuccino mit Karamellsirup und setzte sich zu mir. Sie selbst machte sich ironischerweise nichts aus Kaffee, sondern trank lieber Tee, weshalb die *Kaffeetante* auch eine Vielzahl an Teesorten anbot und eine noch größere Kundschaft anzog.

»Wie läuft's mit Schwiegerzilla? Muss ich meine Axt schärfen?«, fragte ich.

Kat verzog das Gesicht. »In den letzten Tagen war sie erstaunlich friedlich, aber ähnlich wie die halbe Stunde hier gerade gehe ich davon aus, dass das die Ruhe vor dem Sturm ist. Wer weiß, was sie ausheckt. Wie ist der Urlaub bisher so?«

Ich zuckte mit den Schultern. »Angenehm würde ich sagen. Ich weiß gar nicht mehr, wann ich das letzte Mal so viele Tage am Stück freihatte.« Als ich nach der Kaffeetasse greifen wollte, quiekte Kat schrill auf und packte meine Hand.

»Das hast du nicht getan!«, japste sie und sah mich anklagend an.

Der Ring! Ich hatte einfach vergessen, dass ich ihn nun trug, und meine beste Freundin hatte ihn sofort entdeckt.

Hilflos klappte ich den Mund auf, schloss ihn wieder. Wie sollte ich ihr das jetzt erklären? Doch Kat fragte gar nicht nach. Stattdessen sprang sie resolut auf. »Das gibt es doch nicht! Wie hast du das Geheimnis denn so lange für dich behalten können? Du rufst jetzt den Bräutigam an, und wenn ich hier dicht mache, gibt es Cupcakes für alle. Der Wahnsinn!«

Die Klingel über der Tür kündigte neue Kundschaft an und Kat lief zum Tresen.

»Warte«, rief ich und suchte fieberhaft nach den richtigen Worten. »Ich muss dir etwas sagen.«

»Das hat Zeit bis nachher. Und versuch gar nicht erst, dich herauszureden! Ich möchte jedes kleine Detail wissen, danach entscheide ich, wie beleidigt ich bin.« Sie zwinkerte mir zu, die Tür ging auf und immer mehr Kunden strömten herein.

Beleidigt? Sie würde mich umbringen und vermutlich durch ihre Kaffeemühle drehen. Aber jetzt mit all den Leuten hier wäre es nicht unbedingt leichter, ihr die Wahrheit zu sagen. Ich würde einfach warten, bis sie zu mir kam und ihr dann alles gestehen.

***

Nervös tigerte ich durch die Wohnung. Bald würde mein Teppich blank gewetzt sein, so oft, wie ich hier in letzter Zeit meine Runden drehte.

Viel zu schnell ertönte meine Türklingel und ich zuckte schuldbewusst zusammen. Das würde jetzt sehr unangenehm werden, so viel stand fest.

Ich ließ Kat herein und sie kam außer Atem die Treppe hochgesprintet. Auf dem Arm trug sie ein silbernes Tablett voller Cupcakes. Das Frosting war rosa und mit kleinen weißen und roten Herzen aus Zuckerguss bestreut. Mein Herz verkrampfte sich. Kat machte sich so viel Arbeit und ich war nicht einmal richtig verheiratet.

Sie stellte das Gebäck schwungvoll auf meinem Tisch ab und umarmte mich stürmisch. »Jetzt lass dich erst einmal drücken!«

Die Luft entwich aus meinen Lungen, weil Kat sie einfach aus mir herauspresste.

Japsend wich ich von ihr zurück. »Ich muss dir etwas sagen.«

Sie strahlte mich aus ihren großen Augen an. »Du hast ja keine Ahnung, wie froh ich bin, dass du dich entschieden hast, es für dich zu behalten und alles still und leise über die Bühne zu bringen. Eine zweite Hochzeit wäre viel zu viel für meine zarten Nerven gewesen. Aber ich hoffe, ihr habt wenigstens viele Bilder gemacht?«

Abwehrend wedelte ich mit der Hand und suchte nach dem richtigen Anfang. »Es ist alles ganz anders, als du denkst. Ich –«

»Ah, da ist ja auch der glückliche Bräutigam. Komm her!«

Sie wirbelte herum und mir fiel erst jetzt auf, dass ich vergessen hatte, die Wohnungstür zu schließen. Als ich mich umdrehte, wollte ich einfach auf der Stelle sterben.

Henning stand sonnengebräunt vor mir und blendete mich mit seinen makellosen Zähnen. Hätte ich mir nicht schon vor langer Zeit angewöhnt, nicht lautstark zu fluchen, hätte ich in diesem Moment einiges zu sagen gehabt. Verdammte Scheiße, zum Beispiel.

Ich hatte schlicht und ergreifend vergessen, dass Henning existierte und einen anderen Mann geheiratet – einen Mann, mit dem ich gestern schon geschlafen hatte. Das machte mich zum offiziell schlimmsten Menschen der Welt! Entsetzt schlug ich die Hände vors Gesicht. Dann erinnerte ich mich wieder daran, was ich als Letztes zu Henning gesagt hatte: Nämlich, dass er sich nicht bei mir melden brauchte. Erstaunlich, wie mühelos er sich daran gehalten hatte!

»Wir heiraten?«, fragte Henning und klang dabei, als hätte er absolut kein Problem damit, dass ich diese Entscheidung offenbar in seiner Abwesenheit getroffen hatte. Das Wort »Waschlappen« lag mir auf der Zunge, aber ich schluckte es mit großer Mühe hinunter.

»Ich denke, ihr habt schon geheiratet?« Kat runzelte sichtlich verwirrt die Stirn.

Henning schüttelte langsam den Kopf. »Nein, ich bin doch gerade erst zurück.« Er musterte mich und blieb schließlich an meiner Hand mit seinem Blick hängen. Er griff nach meiner Hand und sein Mund öffnete sich verblüfft.

»Aber wen hast du dann geheiratet?« Meine beste Freundin stemmte die Hände in die Hüften.

»Das wäre wohl ich.« Boris' Stimme erklang hinter mir, vollkommen trocken.

Jetzt war offiziell der Zeitpunkt erreicht, an dem ich mich in das nächstbeste Samurai-Schwert stürzen wollte, um meinem Leben ein Ende zu setzen. Ich hatte meiner besten Freundin die Hochzeit verschwiegen, meinen Freund vergessen – nun gut, jetzt wohl eher Ex-Freund – und statt ihnen allen das Chaos in Ruhe erklären zu können, tauchte mein Ehemann auf und regelte das für mich.

Kat musterte ihn von oben bis unten, sehr langsam und eindringlich. Dann sah sie zu mir, dann zu Henning. Je länger die Stille andauerte, desto beklemmender wurde sie.

Schließlich sagte Kat: »Gut.« Einfach so, ohne Zusammenhang, mit einer Stimme, als wäre sie gerade aus einem Koma erwacht.

Bevor ich auch nur die geringste Chance hatte, zu reagieren, griff sie nach dem Tablett mit den bezaubernden Cupcakes und klatschte es Henning mit voller Wucht ins Gesicht.

»Sehr gut«, keifte sie. »Ich konnte dich nie leiden, du widerlicher, rückgratloser Klugscheißer! Du hast eine Frau wie Anika überhaupt nicht verdient! Und Mühe hast du dir auch nie gegeben!«

Henning stand völlig verdattert da und schwieg, während pinkfarbenes Frosting von seinem Gesicht tropfte. Kat drehte sich zu mir und für einen Moment hatte ich Angst, dass sie mich mit dem Tablett verprügeln würde. Doch sie wies nur mit dem Zeigefinger auf mich und zischte: »Und du! Du erscheinst morgen um Punkt 21 Uhr im Laden, dann erwarte ich einen Bericht.«

Sie drehte sich zu Boris, unterzog ihn erneut einer intensiven Musterung, bohrte ihren Finger in meinen Bauch. »Und der Bericht wird besser sehr, sehr, sehr gut.«

Zu Boris sagte sie noch: »Gestatten, Kat«, bevor sie sich auf dem Absatz umdrehte und die Treppe nach unten trampelte.

Mein Ehemann nickte unauffällig in Richtung Küche und zog sich dezent zurück, während ich überlegte, was ich am besten zu Henning sagen sollte. Zuerst sollte ich vermutlich die Cupcakes aus seinem Haar entfernen.

»Komm mit«, sagte ich. Henning folgte mir ins Badezimmer und setzte sich auf den Wannenrand. Ich brachte ihm ein paar Handtücher und half ihm, den Kuchen, so gut es ging, zu entfernen.

»Möchtest du duschen?«

Er schüttelte den Kopf. »Danke, das mache ich lieber bei mir.« Plötzlich griff er nach meiner Hand. »Hast du wirklich geheiratet?«

Seine Berührung löste ein unangenehmes Gefühl auf meiner Haut aus und ich entzog ihm die Finger. »Ja, habe ich. Es tut mir leid, dass ich vergessen habe, dich vorher zu informieren.«

»Hm«, machte er nur. »Ich hatte schon befürchtet, dass du es ernst meintest, als du gesagt hast, dass ich mich nicht mehr melden soll. Schade. Eigentlich haben wir gut zusammengepasst.«

Henning war der einzige Mensch, den ich kannte, der es schaffte, einfach alles mittelmäßig klingen zu lassen. Gut zusammengepasst?

Seit gestern Abend war ich mir ziemlich sicher, dass es wesentlich besser ging als nur gut. Wenn diese Episode vorbei war, würde ich mir jemanden suchen, der den gleichen Funken in mir entfachte, den Boris entfachen konnte. Stumm unter einem Mann zu liegen machte nämlich nicht halb so viel Spaß, wie ich vorher gedacht hatte.

Ich hielt inne und betrachtete das Handtuch in meiner Hand. »Hast du jemals daran gedacht, mich trotzdem anzurufen? So eine Art Kampfgeist zu zeigen, um mich umzustimmen?«

Henning betrachtete mich so verblüfft, dass mir klar wurde, dass er nicht einen einzigen Gedanken daran verschwendet hatte. Verlegen räusperte er sich. »Dann sind wohl Glückwünsche angebracht. Weiß dein Vater es schon?«

»Nein, und es wäre schön, wenn ich es ihm selbst erzählen könnte.«

Er nickte verständnisvoll, bevor er aufstand. Noch immer hatte er Kuchenkrümel überall, aber ich nahm an, dass er ohnehin direkt zu sich fahren würde. »Eigentlich bin ich davon ausgegangen, dass wir heiraten würden. Naja, kann man nichts machen. Würde es dich stören, wenn ich mit Richterin Ehlkes ausgehen würde?«

Nun starrte ich ihn sprachlos an. Was mich daran mehr schockierte, wusste ich gar nicht. War es die Tatsache, dass er alles einfach akzeptierte und mit einem »Kann man nichts machen« quittierte – oder der Punkt, dass er nahtlos weitermachen wollte?

»Richterin Ehlkes?«

»Eigentlich heißt sie Beate, wir sehen uns ab und zu auf dem Golfplatz.«

»Henning?«

»Ja?«

»Bitte, triff dich mit ihr. Ich hasse Golf!« Das stimmte – zumindest war es mir gerade klargeworden. Eigentlich war ich immer nur für Henning und meinen Vater mitgegangen.

Henning nickte knapp und verließ das Bad; so gefasst, wie es ihm mit roten und weißen Herzchen in den Haaren und auf dem Hemd möglich war.

Boris lehnte lässig in der Küchentür, nickte Henning zu, der die Geste erwiderte, und lächelte mich an.

An der Tür drehte Henning sich um, gab mir einen Kuss auf die Wange, richtete sich auf und ging. Irritiert stellte ich fest, dass ich absolut nichts erschnuppern konnte. Nach all den Jahren konnte ich nicht sagen, wonach mein Ex-Freund roch. Das war doch verrückt.

Als der Duft nach Sandelholz mich einhüllte, wurde der Unterschied zwischen den beiden Männern nur noch offensichtlicher.

»Jammerschade«, sagte Boris leise neben meinem Ohr. »Ich hätte sehr gern einen Cupcake probiert.«

Zu meiner eigenen Schande war ich so mit den Nerven fertig, dass mir nicht einmal mehr eine gute Antwort einfiel. Stattdessen brach ich einfach in Tränen aus.

»Hey, was ist denn los?« Mein Mann schlang die Arme um mich und zog mich an sich. Die tröstende Geste sorgte nur dafür, dass ich noch heftiger schluchzte. Er streichelte meinen Rücken und strich über meine Haare, während ich mitleiderregend schniefte.

Ich wagte es nicht, auch nur einen Ton zu sagen, aus Angst, es könnte nur eine Mischung aus Schnodder und unverständlichem Gestammel aus meinem Mund kommen. Warum fühlte ich mich gerade so hundeelend?

Mit sanftem Druck umfasste Boris meine Schultern und brachte mich ins Schlafzimmer. »Ich schlage vor, dass du jetzt erst einmal ein Ründchen schläfst. Das war wohl alles etwas viel für unsere kleine Prinzessin, hm?«

Da ich mir nicht sicher war, ob ich ihn für die Bezeichnung »Prinzessin« ohrfeigen oder dankbar für die Nötigung zum Schlafen sein wollte, nickte ich einfach nur ergeben und kletterte ins Bett.

Mein frischgebackener Ehemann breitete die Decke über mir aus und streichelte noch eine Weile meinen Rücken. Obwohl meine Nase verstopft war und meine Wangen ganz feucht von den Tränen waren, wurden meine Lider sofort schwer.

Die letzte Frage, die durch mein Bewusstsein schwebte, war, warum zum Teufel Boris eigentlich nie müde zu sein schien. Dann fielen mir die Augen zu.

7

Als ich wieder aufwachte, lag meine Wohnung im Dunkeln und kein Geräusch war zu hören. Zwar fühlte ich mich einigermaßen erfrischt und nicht mehr ganz so emotional angeschlagen, aber fit ging auch anders.

Ein leichtes Druckgefühl hinter der Stirn, das Kopfschmerzen anzukündigen schien, versicherte mir, dass es besser wäre, aufzustehen und etwas zu trinken zu holen. Barfuß schlich ich durch das Wohnzimmer in die Küche und knipste das Licht an.

Auf dem Küchentisch lag ein Zettel mit einer handgeschriebenen Notiz von Boris.

Seine Handschrift erschien mir schon unglaublich vertraut. *»Musste ins D4rkster. Wenn du dich nicht mehr meldest, komme ich heute Nacht wieder zu dir, vermutlich so gegen 2 Uhr. Solltest du nicht wollen, dass ich komme ... hast du Pech gehabt!«*

Ich musste lächeln. Er hatte ja bereits angekündigt, dass er tatsächlich mehr Zeit mit mir verbringen wollte und ich war froh über die Aussicht, mich nicht alleine durch das Bett wälzen zu müssen.

Es hatte mich nie gestört, dass Henning nicht über Nacht bei mir geblieben war, deswegen verblüffte es mich umso mehr, dass ich mich darauf freute, die ganze Nacht mit Boris zu verbringen.

Inzwischen war es halb eins, ich konnte also noch Zeit totschlagen, bevor er bei mir auftauchte. Zuerst leerte ich allerdings fast eine ganze Ein-Liter-Flasche Wasser, erst dann hatte ich das Gefühl, nicht mehr durstig zu sein.

Ich nahm Boris' Nachricht noch einmal in die Hand. Was für ein Etablissement war eigentlich das *D4rkster* schon wieder?

Mit dem Laptop machte ich es mir auf der Couch gemütlich und warf die Suchmaschine an. Eigentlich überraschte es mich nicht groß, dass die Beschreibung vom *D4rkster* denen vom *Starfox* und *Diary* ähnelte. Mein

Mann schien ein Schema zu haben, wenn es um die Klubs ging, die er besuchte.

Noch immer verstand ich nicht, wieso er überhaupt so viele Abende dort verbrachte. Ein kleiner Teil von mir war sogar beleidigt, dass er nicht alles stehen und liegen ließ, um bei mir zu sein. Gleichzeitig war natürlich klar, dass das absoluter Unsinn war, immerhin bestand zwischen uns lediglich ein Abkommen auf Zeit.

Dann kam ich zum ersten Mal auf die Idee, auf das Impressum der Homepage zu klicken. Langsam scrollte ich nach unten, aber die Ahnung hatte sich bereits in mir breitgemacht.

Eilig tippte ich nacheinander der Internetadressen des *Diary*, des *Starfox*, von *Heritage Custom Tattoo* und des Ladens in Berlin ein, den Boris erst am Wochenende besucht hatte. Überall stand unter Inhaber und Geschäftsführer der gleiche Name: Boris Goosen. Ich schnappte geräuschvoll nach Luft und war froh, dass niemand außer mir da war. Das zweite gigantische Fettnäpfchen heute, in das ich mit großem Anlauf gesprungen war.

Maggie hatte ihn mit »Boss« angesprochen, er ging in den Büros ein und aus, der Barkeeper im *Diary* hatte ihn angerufen, als er mich gesehen hatte und trotzdem hatte ich mich von Boris' Äußerem täuschen lassen und gedacht, dass er keine anständige Arbeit hatte.

Ich schämte mich gehörig in Grund und Boden und fühlte mich im gleichen Moment unfassbar unzulänglich. Woher nahm dieser Mann die Energie für das alles? Kein Wunder, dass ihn das Geld, das ich ihm geboten hatte, überhaupt nicht gereizt hatte.

Mein Blick fiel wieder auf den Ring, den ich seit heute Vormittag am Finger trug. Sollte meine Vermutung über das Material tatsächlich stimmen? Ich wagte es nicht, den Gedanken weiter zu verfolgen und schüttelte eilig den Kopf, als könnte ich ihn so vertreiben. Ob Boris mir jemals von sich aus erzählen würde, dass er ein offensichtlich ziemlich erfolgreicher Geschäftsmann war – und, wenn ich die Kommentare auf der Facebook-Seite von *Heritage Tattoo* ernst nahm, ebenfalls ein sehr guter Tätowierer?

Auf was hatte ich mich da nur eingelassen? Ach nein, es war ja meine Idee gewesen, da konnte ich die Schuld schlecht auf jemand anders schieben.

Uninspiriert klickte ich durch die Bildergalerie auf der Homepage des *Diary* und entdeckte irgendwann einen knallroten Haarschopf. Die Bildbeschreibung sagte, dass es die Eröffnung des Klubs war.

Konnte das wirklich Yvette auf dem Foto sein? Meine Neugier war geweckt, und obwohl ich mich ein wenig schäbig fühlte, gab ich den Namen bei Google ein. Dabei hatte ich nicht einmal ihren Nachnamen, aber vielleicht würde ich ihr Facebook-Profil finden.

Die Mühe musste ich mir gar nicht machen. Der erste Treffer reichte vollkommen aus, der erste Treffer von insgesamt mehreren Millionen Treffern. Wie es aussah, war Yvette sehr erfolgreich und sehr bekannt, denn sie war eine Pornodarstellerin.

Mein Unterkiefer klappte nach unten, als ich mir ihre Internetseite ansah. Damit hatte ich nun wirklich nicht gerechnet, doch ich musste zugeben, dass ich nie wirklich viel für Pornos übrig gehabt hatte, da las ich lieber erotische Romane.

Ob Henning eine Vorliebe für Pornos hatte, konnte ich nicht einmal sagen, da wir im Prinzip eigentlich sehr wenig Zeit miteinander verbracht hatten. Und was Boris anging – da musste ich ihn wohl fragen.

Ob Boris wohl mit Yvette geschlafen hatte? Bestimmt. Das konnte ich ihm kaum verübeln, denn sie war auf ihre ganz eigene Art schon sehr verführerisch.

Auf der Seite waren gleich mehrere Filme verlinkt und ich konnte nicht widerstehen. Zwar sagten die Inhaltsbeschreibungen so ziemlich das Gleiche aus, aber ich versuchte dennoch, mir einzureden, dass ich meine Entscheidung natürlich danach traf und nicht nach den Covern, auf denen Yvette sich in den erdenklichsten Posen rekelte.

Vorsichtshalber drehte ich die Lautstärke etwas herunter, weil ich nicht die Nachbarn mitten in der Nacht aus dem Bett werfen wollte, obwohl die Vorstellung etwas Amüsantes hatte.

Eine halbe Stunde später war ich zutiefst beeindruckt davon, wie gelenkig Yvette war. Fassungslos betrachtete ich den Bildschirm und versuchte ein weiteres Mal, nachzuzählen, wie viele Männer sich jetzt mit ihr im Raum befanden und wie viele davon eigentlich in ihr waren.

Die Türklingel riss mich aus dieser hochgradig wissenschaftlich wichtigen Aufgabe. Ich drückte die Pause-Taste und ließ Boris herein. Wäre es sinnvoll, ihm einen Schlüssel zu meiner Wohnung zu geben? Vermutlich wäre es das. Aber wollte ich das auch? Zu meinem eigenen Erstaunen lautete die Antwort ja.

Boris inklusive zerwühltem Haarschopf kam die Treppe nach oben. Meine Entdeckung, was er eigentlich alles beruflich machte, fiel mir wieder ein und ich ärgerte mich, dass ich noch immer so wenig über ihn wusste, während er mich wie ein offenes Buch lesen konnte.

Zur Begrüßung bekam ich einen Kuss, der mich fast von den Füßen fegte. Wie immer zog er mich fest an seinen Körper und machte mich atemlos. Seine Gesten drückten aus, wie besitzergreifend er war. Jedes Mal wieder sorgte er so für ein Flattern in meinem Magen.

Seine Augen leuchteten, als er mich ansah. Sein Verlangen spiegelte sich darin und ich hielt die Luft an. Doch dann veränderte seinen Ausdruck und er strich zärtlich eine meiner Locken hinter mein Ohr. »Geht's dir besser?«

Ich ließ ihn endlich herein und schloss ab. »Ja, danke. Ich denke, du hattest recht. Es war wohl doch alles etwas viel.«

Er nickte nur und sah mich noch einen Moment an, bevor er mich losließ und seine Jacke auszog. Im Gehen warf er sie auf den Sessel und betrachtete interessiert den Bildschirm des Laptops, der auf dem Wohnzimmertisch stand. »Störe ich?«, fragte er süffisant.

Belustigt zwinkerte ich ihm zu. »Ich versuche nur, Yvette besser kennenzulernen.«

Boris legte den Kopf schräg, dann noch etwas schräger, bevor er sagte: »Ah, jetzt habe ich sie erkannt. Das ist aber ein ganz alter Film.«

»Schön, dass du dich da so gut auskennst«, entgegnete ich spitz, setzte mich auf die Couch und schlug ein Bein unter.

»Sie zwingt mich auf regelmäßiger Basis dazu, mir Ausschnitte anzusehen. Wenn du sie kennenlernen möchtest, kann ich dir auch einfach ihre Nummer geben. Andererseits steht sie auf dich und dann kann ich sie nicht mit dir alleine in einem Raum lassen.«

Er setzte sich neben mich. »Gib mir den mal«, verlangte er und griff schon nach dem Computer.

Ich musterte ihn von der Seite und überlegte, wie ich es formulieren sollte. Mein Mann lachte. »Frag schon, es steht dir förmlich auf der Stirn geschrieben.«

»Hast du mit ihr geschlafen?« Mein Herz klopfte schneller als gewöhnlich.

»Ja, aber das ist ewig her. Wir haben uns in der Uni kennengelernt und schnell festgestellt, dass wir unglaublich gut zusammenarbeiten können. Wie das halt so ist, haben wir uns angefreundet, ein bisschen verknallt und hatten irgendwann Sex. Aber wir harmonieren nicht wirklich gut im Bett.«

Verblüfft starrte ich ihn mit großen Augen an, überrascht, dass er mir das so bereitwillig erzählte. »Und was meinte sie mit dem geplatzten Deal, als wir sie im *Diary* getroffen haben?«

»Ach das«, er winkte ab. »Das war nur so halb ernst gemeint. Yvette ist ungefähr der einzige Mensch, dem das Jura-Studium noch weniger Spaß gemacht hat als mir und als wir eine ganz schlimme, deprimierte Phase hatten, haben wir einen kleinen Pakt geschlossen. Sollten wir die Uni abbrechen und in der Gosse enden, keinen Partner finden, haben wir vereinbart, zu heiraten, wenn wir 40 sind, weil wir auf diese Weise nicht alleine wären und es uns beide nicht stören würde, wenn der andere seine sexuellen Gelüste außerhalb dieser Beziehung befriedigt.«

»Oh. Dann seid ihr wohl ziemlich gut befreundet.«

Er nickte. »So ziemlich, aber sie ist noch mehr unterwegs als ich, deswegen ist es manchmal schwierig, sich auf dem Laufenden zu halten.«

»Zum Beispiel, wenn man spontan heiratet.«

»Zum Beispiel.« Er lachte, dann legte er eine Hand auf mein Knie. »Okay, bist du bereit?«

»Wofür?«, fragte ich ängstlich.

»Das, was Yvette mittlerweile macht. Sie arbeitet inzwischen hauptsächlich mit einem großen Internetportal zusammen und hat mir einen Account dort geschenkt.«

»Zeig her!« Ich war viel zu neugierig, um abzulehnen.

Kurze Zeit später zuckte ich zum wiederholten Male zusammen und bereute meine Zustimmung ein wenig. Yvette konnte erstaunlich gut mit allerlei Schlaginstrumenten umgehen und benutzte diese nach Herzenslust auf devoten Männern, die voll auf ihre Kosten zu kommen schienen.

»Um Himmels willen! Was ist das?«, fragte ich entsetzt und zeigte auf den Bildschirm.

»Das ist eine Bullenpeitsche. Wir können auch aufhören, bevor du Alpträume bekommst.«

Halb verbarg ich mein Gesicht hinter Boris' Schulter. »Ich kann nicht, es ist wie ein Zugunglück. Eigentlich will ich nicht gucken, aber ich kann nicht wegsehen.«

Das leise Lachen ließ seinen Brustkorb vibrieren und ich freute mich, dass ich ihn zum Lachen bringen konnte.

»Und Yvette ist so in Lack und Leder gekleidet irgendwie auch sehr ansehnlich«, gab ich zu. »Aber ich verstehe, wieso ihr im Bett nicht harmoniert habt.« Vorsichtig schaute ich zu ihm hoch. »Stehst du auf so was?« Dabei wedelte ich unbestimmt mit der Hand Richtung Monitor.

»Nein. Ich stehe eher auf die Dinge, die wir gestern Abend getan haben – und noch ein paar andere Sachen, aber da kannst du dich ja überraschen lassen.« Er zwinkerte mir zu und sofort brannte mein Gesicht wieder. Wie schaffte er es nur, mich andauernd in Verlegenheit zu bringen?

»Ich hätte da noch eine Frage. Was für Sport machst du?« Das beschäftigte mich schon seit gestern.

Boris runzelte die Stirn. »Wie kommst du darauf, dass ich Sport mache?«

»Willst du mir jetzt erzählen, dass du von Natur aus …«

Verlegen brach ich ab, denn sein Grinsen verriet mir, dass ich voll in die Falle getappt war.

»Von Natur aus was?«, fragte er neugierig und breitete seine Arme selbstzufrieden auf der Rückenlehne der Couch aus.

Ich rollte mit den Augen und presste mühsam zwischen meinen Zähnen hervor. »Von Natur aus so gut gebaut bist.«

»Oh, die Prinzessin findet, dass ich gut gebaut bin? Sieh an, sieh an.« Boris hatte viel zu viel Spaß daran, mich zu ärgern.

»Und wenn schon!«

Seine Finger bewegten sich unauffällig in meine Richtung und begannen, meinen Nacken zu streicheln. »Keine Sorge, ich finde dich auch gut gebaut – oder sollte ich lieber eng gebaut sagen?«

»Du bist unmöglich!«

»Und du denkst an Sex.« Der Triumph war deutlich aus seiner Stimme heraus zu hören.

»Was für ein Zufall, wenn im Hintergrund ein Porno läuft und wir über nichts anderes reden.«

»Gut, dann lass uns das Thema wechseln«, schlug er vor.

»Einverstanden«, sagte ich, ohne die geringste Ahnung, dass ich blind in die nächste Falle lief.

»Mich würde beispielsweise interessieren, wer eigentlich Henning ist, obwohl ich es mir nach heute Nachmittag halbwegs zusammenreimen kann.«

Nur mit Mühe widerstand ich dem Impuls, mein Gesicht unter einem der Sofakissen zu verstecken. »Man könnte sagen, dass es mich etwas aus der Bahn geworfen hat, dass er aufgetaucht ist«, begann ich.

Boris lachte erstickt. »Frag mich mal!«

Ich ignorierte ihn und fuhr einfach fort: »An dem Tag, als wir uns das letzte Mal gesehen haben, hatte ich Streit mit meinem Vater und folglich auch mit Henning, weil er grundsätzlich die Meinung meines Vaters teilt. Henning war sozusagen mein fester Freund und ist an diesem Abend auf eine dreiwöchige Golftour geflogen. Keine Ahnung, wie das passieren konnte, aber er hat sich nicht gemeldet und ich habe seine Existenz einfach vergessen.«

»Hm, klingt nach einer interessanten Beziehung.«

»Zu seiner Verteidigung muss ich anmerken, dass ich zum Abschied zu ihm gesagt habe, dass er sich nicht melden muss, weil er mir in den Rücken gefallen ist. Dass er sich so akribisch daran halten würde, damit konnte ich ja nicht rechnen.«

Boris rieb sich über das Kinn, das kratzige Geräusch ließ einen angenehmen Schauer über meinen Körper rieseln und erinnerte mich daran, wie sich die besagten Stoppeln auf der Innenseite meiner Oberschenkel angefühlt hatten. »Wie lange wart ihr zusammen?«

Der Mann stellte aber auch Fangfragen, ich musste eine Weile nachdenken. »Ich glaube, knapp fünf Jahre.«

»Hattet ihr Sex?«

Prompt wurde ich wieder rot. »Natürlich.«

»Aha.« Boris sagte dies, als würde es eine Menge erklären.

»Was soll das heißen?«

»Nichts Besonderes, du kamst mir nur nicht vor, als hättest du irgendwann in den letzten zehn Jahren Sex gehabt.«

Dieses Gespräch war an Peinlichkeit kaum zu übertreffen. »Weil ich so überrascht war, als ich gekommen bin?«

»Jepp«, sagte er knapp. »Und zwar jedes einzelne Mal. Ich möchte wirklich nicht das Wort ›Mitleid‹ benutzen, aber hatte Henning irgendeine Ahnung, was er da tut?«

»Kann ich die Aussage verweigern?«

Boris rieb sich mit der Hand übers Gesicht. »Oh Mann. Das macht mich echt traurig. Warum hast du ihm denn nicht gesagt, was du magst?«

Jetzt, jede Sekunde, musste mein Kopf explodieren. Es ging einfach nicht anders. »Dir musste ich auch nicht sagen, was ich mag«, nuschelte ich zwischen den Zähnen hindurch, während ich angestrengt meine Finger betrachtete.

»Ich bin aber auch sensibel und kann dich ganz gut lesen.«

»Das stimmt, du kannst mich wirklich sehr gut lesen.« Den letzten Teil des Satzes schnurrte ich schon fast, aber Boris ließ sich nicht so leicht ablenken.

»Und was ist mit den Männern davor? Irgendeiner davon muss dich doch zum Kommen gebracht haben?«

»Natürlich, aber es waren eher die Ausnahme. Ich dachte, es liegt an mir und hab mir nicht weiter Gedanken darum gemacht«, gestand ich zerknirscht.

Mit einem gequälten Geräusch ließ mein Mann den Kopf nach hinten sinken und massierte sich die Nasenwurzel.

Bevor er etwas Falsches dachte, fügte ich noch schnell hinzu: »Und so viele Männer waren es gar nicht, du bist der Vierte.«

Er starrte mich an, als hätte ich etwas absolut Absurdes gesagt. »Du läufst mit diesem Körper durch die Gegend und willst mir weismachen, dass du nur mit vier verschiedenen Männern Sex hattest?«

War das ein Kompliment oder eine Beleidigung gewesen? »Ja.«

»Du machst Witze!«

»Wieso? Mit wie vielen Frauen hast du denn geschlafen? Und bitte sag mir nicht, dass wir den dreistelligen Bereich ankratzen.«

Jetzt sah er endlich einmal empört aus. »Natürlich nicht. Aber vier zu übertreffen ist nicht gerade schwer. Sieben oder acht, würde ich sagen.«

»Würdest du sagen? Du weißt es nicht einmal genau?«

Abwehrend hob er die Hände. »Es gibt da ein oder zwei sehr betrunkene Nächte als Teenager, bei denen ich mir nicht sicher bin, ob ich Sex hatte oder einfach eingeschlafen bin.«

Das Gespräch fing doch an, mir Spaß zu machen. »Okay. Wann hattest du dein erstes Mal?«

»Mit 17. Und du?«, kam sogleich die Gegenfrage.

»Mit 15. In der Schule hatte ich zwei feste Freunde und dann erst wieder nach dem Studium Henning.«

»Ich sehe schon, du bist eine total wilde Partymaus.«

Lachend lehnte ich mich gegen ihn. »Total, sieht man doch.«

Es tat gut, sich so unbeschwert mit ihm unterhalten zu können.

»Wie kommt es, dass du während des Studiums keinen Freund hattest?«

Verlegen zuckte ich mit den Achseln. »Vermutlich war ich zu sehr mit Studieren beschäftigt. Ich habe ständig Praktika gemacht, hatte Auslandssemester und habe schon in der Kanzlei meines Vaters ausgeholfen, da blieb nicht viel Zeit übrig.«

Er nickte verständnisvoll und sagte dann völlig zusammenhangslos. »Escrima.«

»Gesundheit.«

Boris bekam sich fast vor Lachen nicht mehr ein. »Nein, das ist die Sportart – du hattest doch vorhin gefragt.«

»Escrima? Noch nie von gehört.«

»Das ist eine philippinische Kampfkunst, mache ich schon ziemlich lange. Der Trainer ist ein Kunde von mir und wir kommen uns gegenseitig mit den Terminen etwas entgegen.«

»Was bedeutet das?«

»Dass ich auch schon mal um 5 Uhr morgens eine Einzelstunde bekomme.« Boris grinste mich an. »Aber wenn du mich gut aussehend findest, lohnt sich das ja.«

»Blödmann!« Empört schlug ich nach ihm.

Mit einer schnellen Bewegung zog er mich auf seinen Schoß, schlang die Arme um mich und nahm mir jede Möglichkeit, mich zu befreien. »Vorsichtig, was du sagst, Prinzessin.«

Ich starrte in seine blauen Augen. »Wie wäre es mit ›Küss mich‹?«

Er nickte langsam. »Schon besser.«

»Bitte?«, fügte ich noch hoffnungsvoll hinzu.

Um noch besser genießen zu können, schloss ich meine Augen, als ich seine Lippen auf meinen spürte. Die Art, wie er mich streichelte, reichte schon aus, um in meinem ganzen Körper Reaktionen hervorzurufen, dafür musste ich schockierenderweise nicht einmal nackt sein. Eine Hand strich über meinen Rücken, die andere legte sich um meine Brust. Die Berührung schlug wie ein Blitz ein, schoss durch meine Nervenbahnen und sorgte dafür, dass ich sofort feucht wurde. Getrieben von Lust und niederen Instinkten drückte ich den Rücken durch, schob mich ihm entgegen.

Er verstand die stumme Aufforderung, mich härter anzufassen, fester zu streicheln, eindringlicher zu küssen und gab meinem Drängen nach.

Leicht wie eine Feder glitt der seidige Morgenmantel von meinen Schultern; ich hatte nicht einmal bemerkt, dass Boris sich an dem Gürtel zu schaffen gemacht hatte. Seine Finger umfassten die zarten Träger des Nachthemds und streiften den Stoff nach unten. Kurz blieb er an meinen harten Brustwarzen hängen, bevor Boris ihn ganz nach unten zog.

Ich wimmerte leise, als er sich vorbeugte und begann, nacheinander an meinen Nippeln zu saugen und zu knabbern. Das süße Ziehen mischte sich mit dem leichten Schmerz. Atemlos bewegte ich meine Hüften, rieb meine Scham an seinem Bein.

Mein Mann umfasste meine Taille und zwang mich, von seinem Schoß aufzustehen. Er drehte mich so, dass ich mit dem Rücken zu ihm stand. Seine Hand legte sich zwischen meine Schulterblätter und drückte mich nach unten.

Mir blieb nichts anderes übrig, als meine Hände auf dem weichen Polster der Couch abzustützen. Das Nachthemd hing noch immer um meine Taille und ich fragte mich, ob ich einen solch verruchten Anblick bot, wie ich mich fühlte.

Boris streichelte meinen nackten Hintern; ich hörte, wie er seine Hose öffnete und wurde noch erregter. Zaghaft presste ich mich gegen seine Hand. Seine Finger wanderten über die erhitzte Haut, bevor er seinen Daumen tief in meine Nässe schob.

Ich unterdrückte meinen Aufschrei. Mit dem Fuß schob Boris meine Schenkel etwas weiter auseinander, während sein Daumen mein Inneres erforschte und meine Erregung noch weiter anfachte.

Er zog den Finger zurück und ersetzte ihn mit seinem Schwanz. Ich war so feucht, dass er ungehindert in mich eindringen konnte. Meine Knie knickten ein, doch er hielt mich fest, schlang einen Arm um meine Mitte.

Besitzergreifend legte seine Hand sich auf meinen Venushügel, seine Fingerspitzen drangen weiter vor, fanden meine Klit. Binnen Sekunden zitterte ich unter ihm und hörte mich selbst stöhnen. Immer fester stieß Boris in mich hinein, mein ganzer Körper bebte unter den Bewegungen. Meine Finger versuchten, Halt auf dem Sofa zu finden, damit ich nicht unter ihm zusammenbrach.

Als meine inneren Muskeln sich verkrampften, schnappte Boris nach Luft, das überraschte Geräusch ließ mich lächeln. Noch immer pulsierte mein Inneres, Welle für Welle schwappte über mich und erst, als Boris einen Kuss auf meinen Rücken drückte, bemerkte ich, dass er auch gekommen war.

Vorsichtig richtete ich mich auf, meine Beine fühlten sich gefährlich wacklig an. Unsicher sah ich über die Schulter. Mein Mann lächelte mich an und küsste mich.

»Ich denke, wir sollten ins Bett gehen.« Das Glitzern in seinen Augen verriet mir, dass er dabei nicht unbedingt an Schlafen dachte ...

8

Zuerst hatte ich es für eine gute Idee gehalten, Boris in seinem Laden zu besuchen, denn ich wollte Interesse an ihm und seiner Arbeit zeigen. Irgendwie machte es mir Spaß, ganz neue Dinge kennenzulernen und mehr zu erfahren.

Ich würde zwar eher sterben, als mich tätowieren zu lassen, aber den Prozess an sich fand ich wahnsinnig spannend. Boris hatte mich letztens sogar eine Maschine halten lassen, als er bei mir gewesen war. Er hatte sie importiert und vom Zoll abgeholt, bevor er zu mir gekommen war. Das Ding war erstaunlich schwer gewesen. Mein Mann hatte gelacht und seinen Bizeps angespannt, als ich meine Verwunderung laut ausgesprochen hatte.

Jetzt war ich von meinem Vorhaben nicht mehr so überzeugt, denn als ich die Tür zu *Heritage Tattoo* aufstieß, saß Boris direkt neben Veronika auf der Couch und lachte; beide hatten Kaffeetassen in der Hand.

Ich bildete mir ein, dass sie mich schuldbewusst ansah, und fragte mich zum hundertsten Mal, wie eigentlich das Verhältnis zwischen den beiden eigentlich war.

Mein Mann drehte den Kopf, seine Augen funkelten vergnügt. »Ah, gut, dass du hier bist. Anika, das ist eine meiner Lieblingskundinnen Veronika. Veronika, das ist Anika. Anika ist übrigens Anwältin.«

Veronika hielt mir die Hand hin und ich schüttelte sie, weil mir nichts anderes übrig blieb – dabei hatte ich allerdings Angst, ihre zarten Finger zu zerquetschen, so feingliedrig fühlten sie sich in meiner Hand an.

Er kicherte leise. »Sag mal, Anika, du als Anwältin: Veronika hat mir gerade erzählt, dass sie ihren Freund aus Spaß in Vegas geheiratet hat, weil es hier ja nicht legal ist.«

Hm, offenbar waren spontane Hochzeiten in seinem Freundeskreis gar nicht so ungewöhnlich. Sie tat mir ein bisschen leid, weil sie so vollkommen überrumpelt dasaß und ich ihr ansehen konnte, dass es hinter ihrer Stirn kräftig arbeitete.

Ich räusperte mich. »Es tut mir leid, dich aus deinem Luftschloss holen zu müssen, aber die Hochzeit ist hier vollkommen legal. Du bist verheiratet. Ihr müsst die Heirat hier nur noch mit einer beglaubigten Kopie vom Standesamt in Nevada nachtragen lassen.«

Unsicher blickte sie zu Boris. »Wir haben keine beglaubigte Kopie.«

Gerade als ich ansetzen wollte, ihr zu erklären, dass man diese auch ganz leicht rückwirkend anfordern konnte, kam Boris mir zuvor: »Ich bin bereit, ein Monatsgehalt darauf zu verwetten, dass Don sich darum gekümmert hat.«

Veronika wühlte in ihrer Tasche, ihre Wangen hatten sich auffällig rot gefärbt. »Okay, hier ist das Shirt-Design für Felix. Ich gehe jetzt meinen Ehemann umbringen. Eine Anwältin kenne ich ja jetzt schon, die mich dann vertreten kann.«

Mein höfliches Lächeln war wie auf meinem Gesicht festgetackert, während ich mir den Kopf darüber zerbrach, wie ich Boris endlich entlocken konnte, wie er zu Veronika stand.

»Ich komme dich auf jeden Fall im Knast besuchen. Eigentlich wollte ich schon immer mal so eine Träne unterm Auge tätowieren.«

Boris zwinkerte Veronika zu und sie fauchte aufgebracht: »Wie schön, dass du über meine Misere lachen kannst.«

»Du bist ein cleveres Mädchen. Wenn du dich so von einem Mann einwickeln lässt, bist du selber schuld.«

Veronikas Schultern sanken nach unten und mit einem knappen Nicken in meine Richtung verließ sie den Laden.

Boris sah ihr einen Moment hinterher, dann klopfte er neben sich auf die Couch. Eigentlich widerstrebte es mir, Veronika nahtlos zu ersetzten, aber dann erschien es mir kindisch und ich setzte mich.

»Ach, jetzt habe ich ganz vergessen, ihr zu sagen, dass nicht ich nach Berlin fahre, sondern Felix.«

Jetzt war ich verwirrt. »Ich dachte, das Design wäre für Felix.«

»Ja, aber wir haben zwei Felixe. Es ist Dilemma ohnegleichen, weil von beiden der Nachname auch noch mit demselben Buchstaben anfängt und sie partout nicht wollen, dass wir sie Felix Nummer 1 und Felix Nummer 2 nennen.«

Wie auf Bestellung ertönte Felix' Stimme von hinten aus dem Laden. »Das habe ich gehört!«

Mein Mann grinste nur, bevor er sich näher zu mir lehnte und mir einen langen Kuss auf den Mund gab. »Was machst du eigentlich hier?«

»Ach, ich war nur neugierig, wie ihr hier so euren Tag verbringt, und wollte dir vom Firmenfest erzählen, das nächste Woche ist.«

»Ich nehme an, das ist der besagte gesellschaftliche Anlass, der so wichtig ist?«

Er war einfach zu clever, das musste ich ihm lassen. »Ja.«

Weiter kamen wir gar nicht, denn die Tür ging auf und ein junger Mann kam herein. »Boris«, sagte er und nickte uns zu.

»Christoph, hallo.« Boris warf einen Blick auf seine Uhr. »Du bist aber früh dran. Das ist meine Frau Anika.«

Christoph sah mich überrascht an, hielt mir aber sofort die Hand hin und schüttelte sie ausgiebig.

Verlegen lächelte ich und stellte mir dabei die Frage, wieso er Christoph direkt sagte, dass wir verheiratet waren, während er es in Veronikas Gegenwart mit keiner Silbe erwähnt hatte. Eifersucht nagte heiß an mir.

»Wie sieht's aus?«, wollte Boris wissen.

»Super!« Christoph drehte sich um und zog sein Shirt hoch. Sein ganzer Rücken war von einem einzigen Motiv bedeckt: Eine Meerjungfrau, die mit einem Hai kämpfte, im Hintergrund ging ein Schiff unter. Allerdings waren bisher nur die schwarzen Linien und Schattierungen zu sehen, also würde heute vermutlich die Farbe folgen. Boris war so nett gewesen, mir den Aufbau einer Tätowierung zu erklären.

Interessiert stand er auf und inspizierte seine Arbeit. »Sehr cool. Sollen wir direkt loslegen?«

Sein Kunde seufzte gequält. »Gern.«

Boris grinste nur, klopfte ihm auf die Schulter und verschwand durch die Schwingtür, die nach hinten in den Laden führte. Kurz darauf kam er zurück und sah mich an: »Bleibst du noch ein bisschen?«

»Wenn ich darf?«

»Natürlich.« Er sah mich an, als wäre es absolut selbstverständlich und unglaublich, dass ich überhaupt fragte.

Christoph folgte ihm und ich beschloss, noch ein wenig sitzen zu bleiben, bis die beiden angefangen hatten und ich Boris über die Schulter gucken konnte; gerade würde ich ohnehin nur im Weg stehen.

Philip, der dritte Tätowierer, der bei *Heritage* arbeitete, kam und hob grüßend die Hand. »Hallo, Prinzessin.«

Boris ging an der Tür vorbei, blieb stehen und stieß sie mit dem Fuß auf, weil er sich gerade die Hände desinfizierte. »Nenn sie noch einmal so und ich breche dir beide Hände«, verkündete er liebenswürdig.

Sein Kollege zuckte schuldbewusst zusammen und ich versuchte, nicht allzu rot zu werden. Eigentlich hatte es mich immer gestört, wenn Boris mich so nannte, aber da er die Bezeichnung gerade sozusagen zu seinem privaten Spitznamen erklärt hatte, fand ich es jetzt irgendwie niedlich.

»Sorry.«

Mein Mann nickte nur und verschwand wieder aus meinem Sichtfeld. Philip drehte sich wieder um und sagte zu mir ebenfalls noch einmal: »Sorry.«

»Schon okay«, winkte ich ab.

Philip stellte seinen Rucksack ab, setzte sich neben mich auf die Couch und nahm den Whiskey-Karton in die Hand, den Veronika dagelassen hatte. Treffsicher fragte er: »War Veronika da?«

»Ja, und stell dir vor: Sie ist jetzt auch verheiratet, hat ihren Freund wohl in Las Vegas geheiratet.«

Philip sah schnell zu der Schwingtür, dann wieder zu mir.

»Und wie hat Boris das aufgenommen?«, fragte er leise.

Die Frage verwirrte mich und bestätigte gleichzeitig meinen Verdacht, dass ich irgendeine Schwingung zwischen meinem Mann und Veronika aufgeschnappt hatte. »Gut, warum fragst du?« Obwohl mein Tonfall eigentlich recht neutral war, wich Philip verlegen meinem Blick aus. Vermutlich war ihm im letzten Moment doch eingefallen, dass er möglicherweise zu viel verriet.

»Ach nur so.«

»Keine Chance«, entgegnete ich hart. »Entweder du beantwortest meine Frage oder ich erzähle Boris, dass du mich schon wieder Prinzessin genannt hast.«

»Das ist unfair«, zischte Philip und behielt nervös den hinteren Teil des Ladens im Auge.

»Ich weiß. Spuck's aus!«

»Eigentlich ist es ja gar nichts Besonderes.« Nervös wischte er sich die Handflächen an der Hose ab.

»Philip«, sagte ich mit strafendem Tonfall und ließ meine Drohung mitschwingen.

»Er stand auf Veronika und hat sie gefragt, ob sie nicht mal ausgehen wollen, aber da hat sie irgendwie schon bei diesem Don gewohnt und abgelehnt. Und Boris wollte deswegen dann doch nicht – eigentlich habe ich da nie so ganz durchgeblickt. Ich weiß nur, dass sie sich irgendwann mal geküsst haben.«

Mein Magen verkrampfte sich. Boris stand also auf Veronika. Damit war für mich klar, dass ich überhaupt nicht sein Typ war, was eigentlich keine große Überraschung sein sollte, aber trotzdem fühlte ich mich elend.

»Anika?«, rief Boris nach mir.

»Ja?« Ich stand auf und ging nach hinten.

»Ihr wart so ruhig, das hat mir direkt Sorgen gemacht.«

Glücklicherweise konzentrierte er sich auf die Haut vor seiner Nase und sah nicht zu mir, sonst hätte er bemerkt, dass mein Lächeln etwas verkrampft wirkte.

»Tz, was du immer gleich wieder denkst. Ich hatte überlegt, ob ich bei Kat vorbeischaue, schließlich schulde ich ihr ja noch immer den Bericht.«

An dem Abend, als Kat mich eigentlich zu sich bestellt hatte, hatte sie absagen müssen und seitdem hatten wir uns noch nicht wieder gesehen.

Von oben sah ich auf Boris' Kopf und fragte mich, ob er Veronika auch so leidenschaftlich wie mich geküsst hatte? Und ob es nur bei dem Kuss geblieben war?

»Mach das.«

»Okay. Bis später.«

Mit einem Mal hatte ich es furchtbar eilig, den Laden zu verlassen. Blitzschnell schnappte ich meine Tasche, ignorierte mit voller Absicht den fragenden Blick meines Mannes und stürmte zur Tür hinaus.

Auf der Straße holte ich tief Luft und versuchte, meine flatternden Nerven zu beruhigen. Warum war es mir so verdammt wichtig, alles über Boris' Gefühle herauszufinden?

Es war jetzt kurz nach 17 Uhr, eigentlich die perfekte Zeit, um Kat mit einem kleinen Besuch zu überraschen. Sie würde gleich die *Kaffeetante* schließen, dann konnte ich den versäumten Bericht über Boris nachholen.

Es interessierte mich schon, was sie wohl dazu zu sagen hatte.

Um mich direkt gut mit ihr zu stellen, ging ich zuerst in den nächsten Supermarkt, kaufte eine Flasche Rotwein und jede Zeitung zum Thema Hochzeit, die verfügbar war.

Wie zu erwarten, war in der *Kaffeetante* nichts mehr los und ich blieb direkt an der Tür stehen, um das »Leider geschlossen«-Schild umzudrehen, sodass es von außen lesbar war.

Kat lächelte schwach und wischte weiter über den makellosen Tresen.

Ich hievte den Stapel Magazine auf die glänzende Fläche und stellte den Wein daneben. »Hier bin ich, bereit für das Jüngste Gericht.«

Meine beste Freundin lachte und spülte den Lappen aus, bevor sie ihn sehr sorgfältig an den Rand des Waschbeckens legte. Sie ignorierte die Brautmagazine und griff direkt nach dem Wein. »Ist es okay, wenn wir ihn gleich aufmachen?«

»Aber natürlich, er muss doch atmen.«

»Gut, ich suche den Flaschenöffner und irgendetwas, das Weingläsern ähnlich sieht und du kannst mit deinem Bericht beginnen.«

»Wie laufen denn die Hochzeitsvorbereitungen?«, versuchte ich, mir noch eine letzte Gnadenfrist zu verschaffen.

»Darüber können wir später noch reden, das Thema läuft ja nicht weg. Ich will jedes Detail hören.« Kat verschwand in der angrenzenden Küche und ich hörte es scheppern und poltern, bevor sie mit einem triumphierenden Geräusch und dem Korkenzieher wieder auftauchte.

Ich kletterte auf einen der Barhocker vor dem Tresen und stützte meine Ellenbogen auf, legte mein Kinn in die Hände und seufzte theatralisch, während ich beobachtete, wie Kat den Wein entkorkte.

»Mein Vater hat mir eröffnet, dass er mich nicht zur Partnerin machen wird.«

»Was?« Vor Entsetzten verschüttete Kat ein bisschen Wein.

»Jepp, ich konnte es auch nicht fassen. Stattdessen fing er auf einmal damit an, dass er sich Sorgen machen würde, ich könnte mein Privatleben vernachlässigen und sollte vielleicht erst darüber nachdenken, ob ich nicht heiraten will und Kinder möchte.«

Während Kat an meinen Lippen hing, holte sie zwei große Wassergläser aus dem Schrank, die sie fast bis zum Rand vollgoss.

»Henning saß hinten im Auto, als Papa mir den Vortrag gehalten hat und ich bin ausgeflippt, weil sie mir beide dermaßen in den Rücken gefallen sind. Erst arbeite ich jahrelang auf dieses Ziel hin und dann fällt ihnen auf, dass ich ja eine Frau bin, also bitte schön erst Kinder bekommen. Das ist einfach scheiße!«

Kat langte über den Tresen und drückte meine Hand. Dann stießen wir mit dem Rotwein an, was mit den vollen Gläsern gar nicht so einfach war.

»Cheers«, murmelte sie und nahm einen sehr viel größeren Schluck als ich.

»Ich bin wütend aus dem Auto gestiegen, habe Henning gesagt, dass er sich ja nicht bei mir melden soll, und habe den ersten Mann, der mir vor die Füße gelaufen ist, gefragt, ob er mich heiraten will. Das war Boris.«

An der Rotweinflasche schnüffelnd zog Kat skeptisch eine Augenbraue hoch. »Ist hier irgendetwas außer Alkohol in dem Wein? Ich hätte schwören können, dass du gerade eine total bekloppte Story erzählt hast.«

Stöhnend ließ ich meinen Kopf auf die Theke sinken. »Nein, es ist wahr und ich bin verrückt. Ich habe Boris' Geld geboten, damit er mich heiratet, doch das hat er abgelehnt. Es war gar nicht so einfach, ihn dazu zu bringen, mich überhaupt zu heiraten. Am Samstag ist das große Sommerfest und da werde ich Boris meinem Vater vorstellen.«

»Du hast ihn geheiratet, um deinen Vater zu ärgern?«

»Nein, ich habe ihn geheiratet, um Papa klarzumachen, dass ich niemanden brauche, der sich in mein Leben einmischt. Ich bin nämlich alt genug, um meine eigenen Entscheidungen zu treffen.«

Sie warf den Kopf in den Nacken und leerte in einem Zug das Glas. Danach sah sie mich mit gespitzten Lippen an. »Wow. Ich weiß nicht einmal, was ich dazu sagen soll. Was hättest du denn gemacht, wenn der erste Typ, dem du über den Weg gelaufen wärest, ein ekliger Kerl gewesen wäre?«

»Du findest Boris also nicht eklig?«

»Bist du schon betrunken? Natürlich nicht. Er ist heiß. Und wie!« Kat sah mich verträumt an und für einen Moment hatte ich das Bedürfnis, sie daran zu erinnern, dass sie bereits einen Verlobten besaß. »Zeit für die Teenager-Fragen: Habt ihr euch schon geküsst?«

Meine Wangen wurden feuerrot und ich nippte schnell an dem Wein.

»Aha!« Kat zeigte mit dem Finger auf mich. »Ihr habt also schon mehr als Küssen getan. Wie war es?«

Sie beugte sich zu mir, ihre Augen funkelten und für einen Moment fühlte ich mich wieder sehr jung und unbeschwert – ein bisschen, als wären wir noch in der Schule und müssten uns nicht mit dem Erwachsensein herumschlagen.

»Fantastisch! Ich fürchte, deswegen habe ich auch vergessen, vorher mit Henning Schluss zu machen.«

»Vergiss Henning, ich will mehr von Boris hören. Ist er überall so tätowiert?«

Zaghaft nickte ich, bevor ich herausplatzte: »Und er hat einen Körper, das ist nicht normal!«

»Sixpack oder großer Schwanz?«, fragte Kat und sah mich an, als würden wir über Schuhe reden und nicht ein total unanständiges Gespräch führen.

Völlig gegen meinen Willen musste ich breit grinsen. »Beides. Und schräge Bauchmuskeln wie aus dem Anatomie-Lehrbuch!«

»Oh! Das ist einfach total unfair! Wenn ich jetzt hier rausgehe und den erstbesten Mann anspreche, erwische unter Garantie einen arbeitslosen Alkoholiker und du bekommst einen Boris?«

»Krieg dich wieder ein, es ist nur auf Zeit. Das haben wir von vornherein festgelegt.«

Kat wollte ihr Glas wieder auffüllen, doch die Flasche war bereits leer. »Für wie lange?«

»Vier Wochen war die Vereinbarung.«

Sie schnalzte anzüglich mit der Zunge. »Für vier Wochen würde ich ihn auch nehmen – sehr gern sogar.«

Ich hatte nicht einmal gewusst, dass sie offenbar ein Faible für Tattoos hatte. Also, das wurde mir jetzt aber zu bunt.»Wann kann ich eigentlich mal dein Kleid sehen?«

»Wenn es fertig ist. Es muss noch geändert werden, damit Schwiegerzilla sich auch traut, mich darin ihren unzähligen Bekannten zu zeigen.«

»Und der Kuchen? Backst du ihn jetzt selbst?«

»Ja.« Kats Antwort fiel knapp und kühl aus, ganz so, als hätte sie nicht die geringste Lust, ihre Hochzeit überhaupt zu thematisieren. »Und nach vier Wochen lasst ihr euch einfach wieder scheiden? Ist das nicht sehr viel Aufwand?«

Ich zuckte mit den Achseln. »Wir werden sehen, bisher habe ich mich noch nicht groß damit auseinandergesetzt. Meine Zeit ging dafür drauf, Boris zu überzeugen, dass meine Idee nicht absolut idiotisch ist.«

»Du weißt aber schon, dass sie es ist? Absolut idiotisch, meine ich.« Meine beste Freundin grinste mich an.

Nachdenklich schüttelte ich den Kopf, denn inzwischen war ich froh, dass ich es getan hatte. Auf seine ganz eigene Art hatte Boris dafür gesorgt, dass ich insgesamt irgendwie entspannter geworden war. »Wir werden sehen«, sagte ich noch einmal. »Bist du dir eigentlich sicher, dass es keine Brautjungfernkleider geben wird?«

»Ja.«

»Und wirklich keine Party vor der Trauung?«

»Nein.« Ihre Miene wurde immer düsterer.

»Kann ich dir sonst noch irgendwie helfen? Tischkarten schreiben oder so?«

»Nein. Hör zu, ich will nicht darüber reden, okay?« Sie packte den Stapel Magazine und pfefferte ihn mit Anlauf in den großen Mülleimer, der unter der Theke stand. »Mir kommt diese verdammte Hochzeit bald zum Hals raus. Der Nächste, der mich danach fragt, endet in den Cupcakes, die auf dem Empfang serviert werden! Sobald der Spuk vorbei ist, werde ich mich mit Genuss daran machen, das verdammte Kleid und alles, was mit der Hochzeit zu tun hat, zu verbrennen. Seit Wochen fragt mich jeder danach und ich will nicht mehr! Ich bin immer noch ich und habe immer noch diesen Laden, unabhängig von der Farbe der Einladungskarte.« Schwer atmend starrte sie mich an, hektische rote Flecken waren auf ihren Wangen aufgetaucht und stachen schrill aus ihrem blassen Gesicht hervor.

»Es tut mir leid, ich wusste nicht, dass du nicht darüber reden willst.«

Kat blinzelte zweimal hintereinander, bevor sie in Tränen ausbrach. Sie schlug die Hände vors Gesicht, ihre Schultern bebten. »Es tut mir leid!«, murmelte sie erstickt.

Ich stand auf, umrundete die Theke und nahm sie in den Arm. »Schon gut. Du wirst bestimmt von allen Seiten mit dem Thema bombardiert. Ich wollte nur nicht, dass du denkst, ich würde nur über mich reden und mich nicht für die Hochzeit interessieren.«

»Das weiß ich doch, ich bin nur fertig mit den Nerven. Über jedes Detail muss ich mich streiten und überhaupt! Immer gibt etwas Neues: die Blumen, die Deko, das Gesteck für den Tisch, die Musik – ich kann mich zu Hause kaum noch bewegen, ohne über Kataloge, Muster und Ähnliches zu stolpern. Ich wollte das alles doch gar nicht.«

Unbeholfen wischte ich die Tränen von ihren Wangen. »Alles wird gut. Ich glaube, zum Teil ist das normal. Ich werde das Thema jetzt einfach nicht mehr anschneiden und wir reden nur noch über andere Sachen.«

»Wie Boris?«, fragte Kat.

»Von mir aus. Was möchtest du wissen?«

»Keine Ahnung. Wenn mir noch etwas einfällt, sage ich dir Bescheid.«

»Aber natürlich.« Ich umarmte sie, so fest ich konnte.

Es dauerte trotzdem eine ganze Weile, bis sie sich wieder beruhigt hatte. Sie schniefte. »Gut, dass der Laden schon geschlossen war.«

»Vermutlich. Geht's?«

Sie nickte. »Ich glaube, ich gehe jetzt gleich nach Hause, schalte das Handy aus und gönne mir den Luxus, einfach jetzt schon ins Bett zu gehen.«

»Das klingt nach einem fabelhaften Plan.« Vermutlich war es ihr dezenter Hinweis, dass ich jetzt verschwinden sollte, aber ich zögerte noch. »Kann ich dich wirklich alleine lassen?«

»Ja, ich werde jetzt ganz lange duschen gehen und nach Möglichkeit nicht darüber nachdenken, dass ich unberechtigterweise meine beste Freundin angebrüllt habe.«

»Hey, dafür bin ich da. Hauptsache, dir geht es besser.« Ich drückte sie noch einmal, dann brachte sie mich zur Tür. Mit einem letzten Winken verabschiedete ich mich und ging nach Hause.

***

Allerdings fand ich überhaupt keine Ruhe. Zuerst versuchte ich es wie immer mit Lesen, doch ich konnte mich kaum auf den Text konzentrieren, meine Gedanken schweiften einfach ab.

In meinem E-Mail-Postfach, sowohl privat als auch beruflich, herrschte gähnende Leere; ich hatte nicht einmal Korrespondenz, um mir die Zeit zu vertreiben.

Der Zeiger auf meiner Wanduhr kroch Millimeter für Millimeter und ich vermied es, mir allzu viele Gedanken um Kat zu machen. Wahrscheinlich war sie wirklich nur überarbeitet und konnte das Thema nicht mehr hören. Es musste unwahrscheinlich nerven, von allen immer wieder die gleichen Fragen gestellt zu bekommen.

Sie tat mir ein bisschen leid, denn sie hatte immer von einer kleinen Feier gesprochen und sich dann der Familie ihres Zukünftigen zuliebe zu diesem riesigen Zirkus überreden lassen. Wenn mir nur etwas einfallen würde, um sie abzulenken und aufzumuntern ...

Aber ich schätzte, dass dies wohl bis nach der Hochzeit warten musste, glücklicherweise war es ja nicht mehr lange hin. Bis dahin hätte ich mich schon von Boris getrennt. Dieser Gedanke sorgte für ein merkwürdiges Kribbeln in meinem Magen.

Wieder sah ich zur Uhr. Vielleicht sollte ich einfach versuchen, das Beste von allem mitzunehmen. Kurzentschlossen griff ich zu meinem Handy. *»Wo bist du heute Abend anzutreffen?«*

Boris' Antwort ließ etwas auf sich warten, was vermutlich bedeutete, dass er tätowierte. *»Ab 23 Uhr im Diary.«*

»Gut. Ich schau dann mal vorbei!«

»Ich kann es kaum erwarten.«

Manchmal verwirrte er mich. War das jetzt ernst gemeint oder nur Ironie? Vermutlich war es ernst gemeint und ich machte mir einfach nur zu viele Gedanken.

9

Als ich in den Spiegel sah, war ich ausnahmsweise mehr als zufrieden. Eigentlich machte ich mich selten so richtig »ausgehfertig«, weil ich schlicht selten ausging.

Doch heute hatte ich mal das ganze Programm abgespult und im gefühlt sechzehnten Versuch sogar den geschwungenen Lidstrich über beiden Augen hinbekommen – das machte mich für den Rest des Abends praktisch unbesiegbar.

Wie jedes Mal, wenn ich Informationen aus Boris herausbekommen wollte, beschloss ich, dass es das Beste war, wenn ich ihn so sehr ablenkte, wie es mir möglich war. Für heute Abend bedeutete das einen ungewohnt kurzen Rock und einen ebenso ungewohnt tiefen Ausschnitt.

Wenn ich mich überwinden konnte, würde ich vielleicht sogar roten Lippenstift auflegen, aber ich hatte noch ein bisschen Zeit, mich dazu durchzuringen. Erst einmal musste ich die passenden Schuhe zu dem Rock raussuchen.

Ich hatte die Nike Sneakers zwar lieb gewonnen, doch zu diesem Rock passten sie absolut nicht, das war sogar mir Anfängerin klar. Da ich auf Sex spekulierte, verzichtete ich auf die Unterwäsche – und fühlte mich sehr mutig dabei. Ein Taxi, das mich um kurz vor elf zum *Diary* bringen würde, hatte ich auch schon bestellt. Ich war also bestens gerüstet, um Boris auf Veronika anzusprechen.

Die Zeit verging plötzlich wie im Flug, und als es an der Tür klingelte, zuckte ich erschrocken zusammen. Ich hatte gerade erst probehalber den Lippenstift aufgetragen und würde ihn jetzt nicht mehr entfernen können, ohne wie ein unglücklicher Clown auszusehen.

Genervt drückte ich auf den Knopf der Gegensprechanlage. »Ich komme.«

Also würde ich heute Abend wohl doch Lippenstift tragen. Probehalber bewegte ich meine Zehen in den engen High Heels, das würde ich überleben. Ich schnappte mir meine Tasche und stöckelte langsam die Treppe hinunter – nicht, weil ich in den Schuhen nicht laufen konnte, sondern weil der knappe Rock keine andere Fortbewegungsmöglichkeit bot. Aber der Mann sollte mir schließlich auf die Beine starren, statt die Motivation meiner Neugier zu hinterfragen.

Der Taxifahrer strahlte mich schon so begeistert an, dass ich annahm, mein Outfit würde gut ankommen. Ich erwiderte sein Lächeln freundlich und setzte mich auf den Rücksitz, dabei hielt ich den Rocksaum panisch umklammert. Der Fahrer schien zwar nett zu sein, aber wissen, dass ich keine Unterwäsche trug, musste er trotzdem nicht.

Das würde noch ein aufregender Abend werden, so viel stand fest. Ich war mir nicht einmal sicher, ob Boris mich – von der Hochzeit abgesehen – schon in etwas anderem als Hosen gesehen hatte.

Die Fahrt dauerte nicht lang und ich fühlte mich ein wenig schäbig, weil ich die Strecke auch hätte laufen können. Mein Blick fiel auf meine Schuhe und ich korrigierte mich in Gedanken: nein, hätte ich nicht.

Als ich den Fahrer bezahlte, hörte ich eine überraschte Stimme meinen Namen sagen. »Anika?«

Langsam drehte ich mich um und lächelte Veronika höflich an. Neben ihr stand ein großer Mann, der sie um mindestens zwei Köpfe überragte und mich um einen. Sie deutete mit der Hand auf ihn. »Das ist Don, mein Mann«, stellte sie uns vor. »Das ist Anika.«

Sie hatte ihn also anscheinend doch nicht umgebracht. Er sah langsam an mir herunter und murmelte dann fasziniert: »Das pastellfarbene Problem.«

Veronika wurde rot und rammte ihm alles andere als dezent den Ellenbogen in die Seite. Er jaulte auf und legte schützend die Hand über die Stelle. »Tut mir leid«, sagte er.

Ich winkte ab. »Ach, nicht schlimm. Ich schätze, der Spitzname passt schon irgendwie.«

»Heute nicht«, stellte Veronika fest und musterte meinen schwarzen Rock und das graue Oberteil. »Schöner Lippenstift«, fügte sie noch hinzu.

Weil ich nicht genau wusste, was ich dazu sagen sollte, zuckte ich mit den Schultern und strich meine Haare hinters Ohr.

Veronikas Augen wurden groß, doch ihr Mann war schneller. Mit einer Geste, die gerade noch als sanft durchging, packte er meine Hand und hielt sie direkt unter die Nase seiner Frau. »Haha, ich gehe jede Wette ein, dass das ein Ehering ist.«

Beide sahen mich neugierig an.

»Schuldig im Sinne der Anklage«, antwortete ich ein wenig verwirrt.

»Ich glaube es nicht!«, japste Veronika. »Und mir gegenüber hat er die Frechheit nur zu sagen, dass es kompliziert wäre! Ich habe mir gleich gedacht, dass er irgendetwas ausheckt. Herzlichen Glückwunsch.«

Völlig überrumpelt ließ ich mich drücken, das Lächeln fest ins Gesicht gemeißelt.

»Das wäre schon fast ein Anlass zum Feiern«, sagte Don und zwinkerte mir zu. Ich brachte es nicht übers Herz, ihnen zu gestehen, dass ich praktisch schon wieder auf dem Weg aus Boris' Leben war.

»Ja, das ist es wohl. Vielleicht lässt sich da mal etwas arrangieren«, redete ich mich unverbindlich raus.

»So, dann lassen wir dich mal zu deinem Ehemann, wir wollten sowieso woanders hin.«

»Okay, euch noch einen schönen Abend.«

Eilig betrat ich das *Diary*, die Dame im Kassenhäuschen winkte mich einfach wieder durch und ich schlug gleich den Weg zu Boris' Büro ein.

Wann wollte er mir eigentlich sagen, dass er hier der Boss war?

Ich spürte etliche Blicke auf mir, als ich den Klub durchquerte und mich an der Theke vorbeischob, um in den schmalen Gang daneben zu gelangen. Vor der Tür blieb ich stehen, zögerte einen Moment, klopfte dann aber trotzdem. Zuerst hatte ich überlegt, einfach hineinzugehen, doch das war mir zu aufregend.

»Ja«, ertönte es hinter der Tür und ich trat ein.

Das Erste, was ich erblickte, war Yvettes feuerroter Haarschopf – dieses Mal rekelte sie sich lasziv auf der Couch, war aber wenigstens bekleidet. Sie musterte mich eindringlich, schnalzte dann mit der Zunge und sagte: »Canon.«

Mein Französisch reichte noch aus, um zu wissen, dass »canon« umgangssprachlich für heiße Frau war. Prompt wurde ich rot.

Boris lehnte sich in seinem Schreibtischstuhl zurück, verschränkte die Arme hinter dem Kopf und lächelte mich an. Sein Lächeln verhieß puren Sex und galt ganz eindeutig mir. Er sah nicht einmal in Yvettes Richtung, was mich ein wenig beruhigte.

»Hi. Ich bin da.«

»Oh«, gurrte Yvette. »Das ist nicht zu übersehen. Wir haben gerade über dich geredet.«

»Ach ja?« Unsicher blickte ich zu Boris, der nur die Stirn runzelte.

»Ja. Ich versuche, deinen Mann dazu zu überreden –«

»Yvette!«, fuhr Boris dazwischen. Eine unmissverständliche Warnung lag in seiner Stimme und ich wurde nur noch neugieriger.

»Ups. Ich fürchte, ich muss gehen, bevor ich Ärger bekomme.« Sie zwinkerte mir zu und stand mit einer fließenden, unglaublich eleganten Bewegung auf. Wie lange sie es wohl trainiert hatte, sich so zu bewegen?

Als sie an mir vorbeiging, konnte ich einen Hauch von Erdbeeren riechen und aus irgendeinem Grund lief mir das Wasser im Mund zusammen. Bis gerade hätte ich meine Hand dafür ins Feuer gelegt, absolut hetero zu sein, aber Yvette brachte eine interessante Seite in mir zum Klingen. Ganz flüchtig streiften ihre Finger meine Hüfte, dann verschwand sie im dunklen Flur.

»Mach die Tür zu«, bat Boris und ich kam seinem Wunsch nach, bevor ich mich auf die Couch setzte.

Als ich mich endlich hindrapiert hatte, sodass mein Rock nicht direkt ganz hochrutschte, hob ich meinen Kopf und blickte geradewegs in Boris' Augen, die mich einer langsamen Musterung unterzogen.

»Du überraschst mich immer wieder«, sagte mein Mann und es klang sehr verheißungsvoll.

Ich nahm meinen ganzen Mut zusammen, und wollte gerade entgegnen, dass er erst einmal meine Unterwäsche sehen müsste, als die Tür mit einem lauten Scheppern gegen die Wand flog.

»Huch, da war ich wohl etwas sehr schwungvoll.« Maggie spazierte herein und klimperte mit ihren langen Wimpern in Boris' Richtung.

Für einen kurzen Moment zuckte ein Muskel am Unterkiefer meines Mannes, aber er hatte sich wirklich gut unter Kontrolle. »Maggie, das nächste Mal würde ich es sehr begrüßen, wenn du klopfen könntest.«

»Sorry, Boss«, kicherte sie. Es klang nicht gerade überzeugend. Ob sie mich überhaupt gesehen hatte?

Sie baute sich vor dem Schreibtisch auf, stützte die Arme darauf, beugte sich nach vorne und bot Boris so ungehinderte Einblicke in ihren Ausschnitt. Er runzelte die Stirn. »Du erinnerst dich an meine Frau, Anika.«

Mit der Hand zeigte er auf mich und Maggie drehte sich verwirrt um. Als sie mich erblickte, wurden ihre Augen schmal. »Frau?«

Boris nickte belustigt. »Ja, wie in Ehefrau.«

Ihre Augen wurden noch schmaler und sie funkelte mich böse an, was mich nicht unbedingt beeindruckte, da ich an die Tatsache dachte, dass sie erst 19 war. Stattdessen lächelte ich freundlich und führte innerlich ein Freudentänzchen auf, weil er mich wenigstens als seine Frau vorgestellt hatte.

»Was wolltest du eigentlich?«, fragte er jetzt und Maggie fuhr ertappt herum.

»Hat sich erledigt«, presste sie zwischen den Zähnen hervor und verließ das Büro mit dem gleichen Tempo, mit dem sie hereingekommen war.

Die Tür fiel scheppernd ins Schloss und Boris stöhnte. »Es geht nicht anders, ich muss sie feuern, fürchte ich.«

»Oh, warte. Ist das jetzt etwa das Bekenntnis, dass das *Diary* dir gehört?« Ich verschränkte die Arme und sah ihn herausfordernd an.

»Du bist schon dahinter bekommen? Ich bin beeindruckt. Aber wieso hätte ich es dir erzählen sollen? Du hattest deine Meinung schon gebildet, als du zum ersten Mal vor mir standest – ich muss nicht herumprotzen, um dich vom Gegenteil zu überzeugen.«

Verächtlich schnaubte ich. »Als ich dich zum ersten Mal getroffen habe, wusste ich auch nicht, was du für ein Weiberheld bist. Was hat das also damit zu tun? Du hättest es mir doch einfach erzählen können.«

»Weiberheld?«

»Du weißt ganz genau, was ich meine. Es fällt mir schwer, zwischen den ganzen ...«

Ich wedelte auf der Suche nach dem richtigen Wort mit der Hand und hätte um ein Haar »Schlampen« gesagt. »Zwischen den ganzen Groupies den Durchblick zu behalten.«

»Groupies?«

»Sag mal, gibt es hier ein Echo?«

Boris lehnte sich in seinem Stuhl zurück, sein Blick lag nachdenklich auf meinem Ausschnitt. Ich widerstand dem Impuls, den Stoff hochzuziehen, nur um ihn zu ärgern.

»Ich versuche nur zu ergründen, wovon du eigentlich redest.«

»Wovon ich rede? Jedes Mal, wenn ich hierher komme, ist eine andere Frau in deinem Büro, manchmal sogar ganz nackt, dann hätten wir noch Veronika und wer weiß, wie viele Frauen sich nur von dir tätowieren lassen, weil sie dich sexy finden – von Maggie mal ganz zu schweigen.«

Seine Miene verfinsterte sich. »Was genau hat Veronika in der Aufzählung zu suchen?«

Ich wusste sofort, dass ich einen empfindlichen Punkt erwischt hatte. »Du hast sie geküsst!«

»Streng genommen hat sie mich geküsst – und ich bringe Philip um.«

»Wieso? Weil er es mir erzählt hat? Es spielt doch ohnehin keine Rolle, wir sind nur auf Zeit verheiratet. Du kannst von mir aus küssen, wen du willst.«

Trotzig rümpfte ich die Nase. Boris' Gesichtsausdruck wurde immer finsterer. »Wenn das so ist, warum schreist du mich dann gerade an?«

Verdammt, das war eine berechtigte Frage. »Weil –« Mist! Mir fiel kein guter Grund ein. »Deswegen!« Großartig, ich bewegte mich argumentativ auf dem Level einer Grundschülerin.

»Stört es dich, wenn ich andere Frauen küssen würde?«, hakte er nach und mir wurde heiß. So hatte das Gespräch nicht laufen sollen.

»Solange du es nicht auf der Firmenparty vor den Augen meines Vaters tust, ist es mir egal.«

»Aha.« Er nickte nur. »Verstehe.«

»Schön, dann sind wir uns ja einig.« Ich verschränkte die Arme und drückte mich tiefer in das Sofa. Das Gespräch hatte eigentlich nicht so aus dem Ruder laufen sollen.

»Wir sind uns überhaupt nicht einig. Solange wir verheiratet sind, Prinzessin, wird hier niemand anderes geküsst! Weder von mir, noch von dir – habe ich mich klar ausgedrückt?«

»Was?« Empört sprang ich auf.

»Weshalb bist du hier?«, fragte er und stand ebenfalls auf.

»Ich wollte dich besuchen.«

»Genau. Und das ist der einzige Grund, weshalb du so hierher kommst? Nur, um mich zu besuchen oder hast du noch irgendetwas anderes vor?«

Ich konnte ihm wohl schlecht verraten, dass ich ihn über Veronika hatte ausfragen wollen und auf Sex spekuliert hatte – meiner Meinung nach war nämlich beides gründlich schief gelaufen. »Leider habe ich nicht die geringste Ahnung, wovon du redest. Ich gehe jetzt.«

Für mich erschien es nur logisch, die Flucht zu ergreifen, bevor diese Situation vollkommen aus dem Ruder lief. Boris schien für seine Verhältnisse ziemlich wütend zu sein.

»Du bleibst hier!« Er kam auf mich zu. »Du wirst mich gefälligst nicht mitten im Streit hier stehenlassen.«

Ach nein? Da würde er aber Augen machen. Meine Hand lag schon am Türknauf, als Boris einen Arm um meine Taille schlang und mich an sich zog. Die Tür lag nun außerhalb meiner Reichweite und ich versuchte, seinen Arm wegzudrücken.

»Lass mich los!«

»In Ordnung.« Er gab mich so abrupt frei, dass ich das Gleichgewicht verlor und wie ein nasser Sack auf dem Sofa landete. Boris stand über mir und blickte finster auf mich hinunter. »Lass mich meine Frage umformulieren: Bist du hier, weil du mich darüber aufklären willst, dass du noch einen anderen Mann triffst?«

»Bist du bescheuert?« Es rutschte mir einfach so heraus und ich schlug erschrocken die Hand vor den Mund.

»Oh«, machte er und fuhr sich mit der Hand durch die Haare.

»Ich habe Veronika vor der Tür getroffen und Yvette hier drin, ist es dann so abwegig, dass ich mich frage, mit vielen Frauen du gerade herumtändelst?«

Er legte den Kopf in den Nacken und atmete geräuschvoll aus. »Da kann ich dich beruhigen, momentan bin ich absolut nur daran interessiert, mit einer Frau herumzutändeln.«

Vorsichtig richtete ich mich auf und zupfte meine Kleidung zurück. »Und was ist mit Veronika?«

»Was soll mit ihr sein?« Er setzte sich neben mich und zwang mich so, ein Stück zu rutschen, um Platz für ihn zu machen.

»Hast du Gefühle für sie?«

Er machte ein nachdenkliches Gesicht. »Wenn überhaupt war ich vielleicht ein bisschen verknallt, aber das war noch in Berlin. Hier hat sich ziemlich schnell herausgestellt, dass sie schon vollkommen mit Don beschäftigt war. Zu meiner eigenen Überraschung war ich nicht mal sonderlich eifersüchtig. Außerdem musst du dich da aus dem Fenster lehnen! Ich war wenigstens wirklich Single, als wir geheiratet haben.«

»Au«, protestierte ich. »Der hat gesessen.«

»Aber ich habe recht.«

»Ja«, gab ich zerknirscht zu.

»Dann wolltest du mich wirklich nur besuchen?«

»Mir ist zu Hause die Decke auf den Kopf gefallen und ich hatte Sehnsucht nach dir.« Ich warf ihm einen Blick durch meine Wimpern zu und biss mir auf die Unterlippe, weil ich wusste, dass er mir dann nicht widerstehen konnte.

Er schluckte. »Ich denke, ich sollte die Tür abschließen. Nur für alle Fälle.«

Boris stand auf und drehte den Schlüssel im Schloss herum. Ich stand ebenfalls auf und blieb vor dem

Schreibtisch stehen – der Gedanke verfolgte mich, seit ich das erste Mal in seinem Büro gewesen war.

Als mein Mann sich wieder umdrehte, saß ich bereits auf dem Schreibtisch. Er lächelte. »Du hattest Sehnsucht, verstehe.«

Es kostete mich unglaublichen Mut, aber ich brachte es tatsächlich über mich, meinen Rock hochzuziehen und quälend langsam meine Beine zu spreizen. »Und wie!«

Verlangen erfüllte jede Faser meines Körpers und in meinem Bauch breitete sich ein feines Prickeln aus, als Boris auf mich zukam.

Ich stöhnte leise, als er seine Hände auf meine entblößten Oberschenkel legte, es war die pure Vorfreude, die aus mir sprach. Seine Daumen streichelten meine Haut, ich bot ihm meinen Mund an, den er bereitwillig nahm.

Der Kuss raubte mir den Atem und meine Lider flatterten, als Boris sich von mir löste. Mit den Fingerspitzen zeichnete er meine Schlüsselbeine nach, bevor er meine Schultern umfasste und mich nach hinten drückte.

Dabei stand er zwischen meinen Beinen, beugte sich über mich und zeichnete mit der Zunge eine heiße Spur durch mein Dekolleté. Durch den Stoff meines Oberteils biss er erst in den einen, dann den anderen steifen Nippel.

Wimmernd bog ich den Rücken durch, seine Hände lagen wieder auf meinen Oberschenkeln, drückten sie. So fest, wie er mich hielt, war es gut möglich, dass er Spuren hinterlassen würde. Der Gedanke machte mich an.

Seine Zähne lösten sich von meinem Nippel und nur wenige Sekunden später spürte ich seinen Atem zwischen meinen Schenkeln. Unwillkürlich wollte ich meine Beine schließen, doch sein harter Griff verhinderte es.

Die Berührung seiner Zunge reichte fast, um mich gleich explodieren zu lassen. Jeder einzelne Nerv prickelte, meine Pussy zog sich hungrig zusammen und ich legte die Hände über meinen Kopf, hielt mich an der Schreibtischkante fest.

Er umkreiste meine Perle, saugte sie zwischen seine Lippen. Meine Finger verkrampften sich so schmerzhaft, dass sie mich von dem Verlangen abhielten, meine Lust laut herauszuschreien; immerhin waren wir in seinem Büro.

Meine Hüften zuckten auf dem Tisch, das Beben setzte ein und zitterte unkontrolliert. Glücklicherweise hielt Boris mich fest, sonst wäre ich sicherlich vom Tisch gerutscht.

Wie aus weiter Ferne hörte ich, dass mein Mann seine Hose aufknöpfte. Er packte meine Hüften und zog mich näher an die Kante heran. Seine Finger berührten meine nassen Schamlippen und ich keuchte auf, weil ich so vollkommen überreizt und empfindlich war.

Boris drang in mich ein, nur ein ganz kleines Stück, dann verharrte er vollkommen ruhig.

Verwirrt sah ich ihn an. Sein Lächeln erschien mir geradezu teuflisch. Ich wollte ihm entgegenkommen, ihn endlich in mir spüren, doch sein eiserner Griff sorgte dafür, dass ich mich nicht einen Millimeter bewegen konnte.

»Bitte, Boris«, flehte ich und seine Augen leuchteten auf, als ich seinen Namen sagte.

»Du solltest deine Wünsche expliziter formulieren, sonst muss ich raten, was du willst. Einen weiteren Orgasmus beispielsweise?« Er legte seinen Daumen auf meine Klitoris und ließ ihn kreisen.

Meine Bauchmuskeln spannten sich an. Der Daumen kreiste weiter, drückte ein wenig fester und ein heißes Brennen breitete sich in meinem Unterleib aus. »Fick mich!«, murmelte ich und schaute ihn direkt an. »Bitte fick mich!«

Ich hörte Boris' Keuchen, als er mit voller Wucht in mich stieß. Sein Daumen bewegte sich schneller und ich kam zum zweiten Mal an diesem Abend. Er gab sich nicht einmal Mühe, sich zurückzuhalten und verlängerte das Beben mit jedem seiner fast schon schmerzhaft tiefen Stöße.

Mein Wimmern, das Zucken und Zittern – es schien nicht enden zu wollen, während meine Pussy sich um seinen harten Schaft verkrampfte.

Seine Hand legte sich um mein Kinn, er zwang mich dazu, ihn anzusehen, bevor er mich küsste. Schockiert schmeckte ich mich selbst auf seiner Zunge. Sein Schwanz zuckte in mir und ich spürte sein unterdrücktes Stöhnen an meinen Lippen.

Nach einer Weile zog er sich aus mir zurück und hielt mir die Hand hin, damit ich mich aufsetzen konnte. Mit einer liebevollen Geste, die mir die Kehle zuschnürte, strich er meine Haare nach hinten und versuchte, das Chaos in meinen Locken zu glätten.

»Daran könnte ich mich glatt gewöhnen«, sagte er und drückte einen sanften Kuss auf meine Stirn.

Seine Worte versetzten mir einen so heftigen Stich, dass ich es mit Mühe schaffte, nicht laut nach Luft zu schnappen. Er sollte sich gar nicht erst an mich gewöhnen, ich sollte mich nicht an ihn gewöhnen. Es war eine absolut blöde Idee gewesen, hierher zu kommen. Was hatte ich mir nur dabei gedacht, seine Nähe zu suchen? Das musste aufhören – und zwar schnell.

10

Boris legte meine E-Book-Reader zur Seite und seufzte. »Jetzt setz dich doch endlich hin, du siehst wundervoll aus.«

Ich ließ die Bürste sinken, die ich gerade noch durch meine Locken gezerrt hatte. »Danke«, sagte ich verblüfft und sah an mir herunter. Eigentlich hatte ich gedacht, dass ihm mein rosafarbenes Kleid überhaupt nicht gefallen würde. Allerdings hatte ich es schon vor Monaten gekauft und wollte mich nun nicht auf eine erneute Jagd begeben, nur weil mein Mann keine Pastellfarben mochte.

Über dem Kleid, das meine Figur elegant umschmeichelte, würde ich eine leichte graue Strickjacke tragen. Nur meine Haare erschienen mir heute eine Katastrophe – doch vermutlich spielte mein Gehirn mir damit nur einen Streich, um mich von der Tatsache abzulenken, dass meine Nerven absolut blank lagen. Ich hörte mich in Gedanken schon sagen: Hallo Papa, das ist mein Mann Boris.

Allein die Vorstellung sorgte für ein ganz merkwürdiges Gefühl in meinem Brustkorb. Boris saß auf der Couch und sah so lässig-elegant aus, dass ich fast neidisch war. Natürlich hatte er direkt gesagt, dass er keinen Anzug anziehen würde, und trug wieder eines seiner T-Shirts mit einer schwarzen Anzugweste, dazu eine tiefblaue Jeans. Nur die Schuhe waren etwas eleganter als sonst und er trug eine teuer aussehende Armbanduhr.

Nervös strich ich meine Haare nach hinten und wischte unter meinen Augen herum, so lief ich eher Gefahr etwas zu verschmieren, als zu verbessern, aber wenigstens hatte ich etwas zu tun.

»Sag mal, ist das mein E-Book-Reader?« Das war mir erst jetzt aufgefallen.

Boris grinste. »Oh ja, und es ist hochgradig aufschlussreich. Ihre Nippel sind gerade hart wie kleine Kieselsteine und er denkt nur darüber nach, sie zu der Seinen zu machen.« Er sah mich an und zwinkerte. »Allerdings bin ich mir nicht sicher, ob er damit meint, dass er sie heiraten will oder nur die Entjungferung?«

»Beides«, presste ich zwischen den Zähnen hindurch und spürte, wie die Röte bis in meine Haarwurzeln kroch.

»Hm, du musst mir unbedingt verraten, wie ›Lodernde Herzen – Die Leidenschaft in den Armen des Verführers‹ ausgeht. Das interessiert mich ungemein.«

Die Lippen fest aufeinandergepresst, stolzierte ich zur Couch und riss ihm das Gerät aus den Fingern. »Sehr witzig.«

Mein Mann grinste und seine Augen funkelten. »Ich hätte nie gedacht, dass du solche Schinken liest.«

»Nackenbeißer«, sagte ich trocken.

»Was?«

»Sie heißen umgangssprachlich ›Nackenbeißer‹. Historische Liebesromane eben.«

Seine Mundwinkel zuckten, aber er war klug genug, nichts mehr dazu zu sagen. Zum hundertsten Mal fuhr ich mit der Hand durch meine Haare, während ich den Reader auf den Wohnzimmertisch legte.

»Ich glaube, ich weiß, was das Problem mit deiner Frisur ist«, sagte Boris, starrte auf meinen Kopf und streckte die Hand aus, als hätte er etwas entdeckt.

Eilig beugte ich mich ihm entgegen, doch dem miesen Schuft ging es gar nicht um meine Haare. Stattdessen legte er seine Finger blitzschnell um meinen Hinterkopf und zog mich zu sich hinunter. Unsere Lippen berührten sich und ich fiel genau auf ihn. Meine Hände landeten auf seiner Brust, meine Schenkel auf seinen.

Er schob seine Zunge in meinen Mund, neckte meine Zunge, reizte mich, machte mich atemlos. Seine Finger wühlten sich in meine Haare, vergruben sich darin und zwangen mich, stillzuhalten, mich ganz dem Kuss zu ergeben.

Als er mich endlich losließ, fühlten sich meine Lippen geschwollen an und mein Herz klopfte bis in den Hals.

»Jetzt ist es perfekt«, murmelte er mit belegter Stimme und ich konnte seinen harten Schwanz zwischen unseren Körpern spüren. Er hauchte kleine Küsse auf meinen Hals, ließ mich hier und da seine Zähne spüren, ich erschauerte. »Es tut mir leid, aber wir müssen leider los«, sagte er zwischen zwei Küssen und schob mich sanft von sich herunter.

Schnell ging ich noch einmal ins Bad, meine Haare sahen aus, als hätte ich mich bis gerade leidenschaftlich durch die Laken gerollt. Wie sollte ich das jetzt noch retten?

Hoffnungslos zupfte in an einigen Strähnen, als es auch schon an der Tür klingelte. Das musste der Fahrer meines Vaters sein, der uns abholte. Ich klemmte mir meine Tasche unter den Arm und funkelte meinen Mann böse an. »Jetzt sehe ich wegen dir aus, als hätte ich gerade Sex gehabt.«

»Und das ist schlecht, weil ...?«, fragte er belustigt.

Empört schlug ich ihm die kleine Tasche gegen die Brust und sah zu, wie er hinter uns die Wohnungstür abschloss.

Auf der Treppe nach unten spürte ich immer wieder, wie er an meinen Haare herumzupfte. Kurz vor der Tür murmelte er neben meinem Ohr. »Wie neu.«

Mit Mühe hielt ich ein wohliges Geräusch zurück, als sein warmer Atem über meine Haut strich.

***

Wie immer war die gesamte Rasenfläche hinter dem Bürogebäude sorgfältig zur Partylocation umfunktioniert worden. Lange weißgedeckte Tische bogen sich förmlich unter dem Gewicht des üppigen Büffets, ebenso weiß war die große Theke, an der die Getränke ausgegeben wurden.

Lampions steckten schon am Rand des Rasens, um nach Einbruch der Dunkelheit entzündet zu werden, Lautsprecher beschallten die Fläche mit gedämpfter Hintergrundmusik, noch niemand tanzte.

Fast alle standen in kleinen oder größeren Gruppen zusammen und unterhielten sich. Viele nahmen dafür die aufgestellten Stehtische in Anspruch, um ihre Getränke abzustellen. Der Duft von gegrilltem Fleisch hing in der Luft, doch ich verspürte keinerlei Appetit.

»Schade«, sagte Boris neben mir. Ich war bei ihm eingehakt und sah überrascht zu ihm hoch. Er zwinkerte mir zu. »Ich hatte zumindest auf eine Hüpfburg gehofft.«

Widerwillig lachte ich und meine Anspannung verflog für einen Moment. »Bedaure, Kinder sind hier eher nicht erwünscht, also auch keine Kinderbelustigung.«

»Versteckt sich hier vielleicht denn irgendwo ein Maislabyrinth, in das ich dich später zerren kann, um mich lüstern an dir zu vergehen?«

Wieder versetzte ich ihm einen Schlag mit der Tasche. »Wenn du nicht bald aufhörst, mich mit den historischen Liebesromanen aufzuziehen, werde ich wirklich noch sauer.«

»Wieso aufziehen? Ich meine es ernst. Immerhin hast du mich gerade heißgemacht, es aber nicht zu Ende geführt.«

Mein Mund musste weit offen stehen, so empört war ich. Ich beugte mich näher zu ihm und zischte leise, damit mich niemand hörte. »Soll das ein Witz sein? Du hast mich doch geküsst und auf dich gezogen.«

»Ja, aber ich kann nicht dafür, dass du dann immer so zappelst und dich verführerisch an mir reibst, kleines Luder.«

Ob es irgendetwas bringen würde, wenn ich ihn jetzt zum dritten Mal mit der Tasche schlagen würde? Vermutlich nicht. Also seufzte ich nur theatralisch. Boris legte seine Hand auf meine und drückte meine Finger kurz.

Als ich daraufhin aufsah, bemerkte ich, dass Henning mit Richterin Ehlkes im Schlepptau genau auf uns zusteuerte. Mein Mann hatte mich dezent gewarnt und für einen kurzen Moment schmolz ich dahin. Es war schwer zu glauben, wie gut wir zusammenpassten. Immer, wenn ich versucht hatte, Henning einen solchen Hinweis zu geben, hatte er mich verständnislos angesehen und übertrieben laut gefragt, was denn los sei.

Ich hingegen hatte sofort gewusst, dass Boris mir irgendetwas hatte mitteilen wollen. Unauffällig straffte ich die Schultern und machte mich auf eine unangenehme Begegnung gefasst.

»Richterin Ehlkes. Henning.« Ich nickte den beiden zu.

Henning streckte tapfer die Hand aus und Boris ergriff sie. »Mein Name ist Henning. Ich fürchte, ich habe bei der letzten Begegnung vergessen, mich vorzustellen.«

Die Richterin sah zwischen uns hin und her und ich war mir ziemlich sicher, dass sie nicht wusste, worum es gerade ging.

»Boris«, sagte mein Mann knapp und lächelte. Allerdings fiel mir bei näherem Hinsehen auf, dass das Lächeln seine Augen überhaupt nicht erreichte. An seinen Manieren gab es nach außen hin überhaupt nichts auszusetzen; er wirkte, als hätte er solche Veranstaltungen schon hunderte Male besucht.

Henning ergoss sich in Phrasen über das Wetter und die Partie Golf, die er am Vormittag offenbar mit der Richterin gespielt hatte, die sich kurze Zeit später als »Beate« vorstellte.

Vermutlich war es ihr zu blöd, sich die ganze Zeit mit »Richterin« ansprechen zu lassen.

Nach einer Weile sagte Boris: »Ich schätze, wir sollten uns mal auf die Suche nach deinem Vater machen.«

»Gute Idee. Ihr entschuldigt uns?«, fragte ich und war froh, ihnen zu entkommen. Meinen Vater hatte ich schon vor einigen Minuten entdeckt, allerdings war ich für dieses Zusammentreffen noch nicht bereit – absolut überhaupt nicht bereit.

Unauffällig lotste ich meinen Begleiter zum Büffet. »Also ich kann ihn leider nirgendwo sehen. Sollen wir nicht erst einmal was essen?« Mein Magen war zu einem harten Knoten verschlungen, aber ich würde eher ein ganzes Spanferkel herunterwürgen, als jetzt schon zu meinem Vater zu gehen.

Boris legte eine Hand ans Kinn und schüttelte mitleidig den Kopf. »Es ist wirklich erbärmlich, wie schlecht du lügen kannst, Prinzessin. Dein Vater steht da drüben, direkt neben dem Bürgermeister und der Schuldirektorin des Schiller-Gymnasiums. Ich gehe jetzt Hallo sagen. Ob du mitkommst, bleibt dir überlassen.«

Panisch packte ich seinen Arm; spürte, wie die festen Muskeln sich unter meinen Fingern anspannten. »Warte. Wozu die Eile? Woher weißt du überhaupt, wie mein Vater aussieht?«

»Es gibt da so eine brandneue Erfindung namens Google, solltest du bei Gelegenheit mal ausprobieren. Dein Vater ist ja jetzt nicht unbedingt ein unbeschriebenes Blatt.«

»Okay. Lass uns trotzdem noch etwas warten.«

Er schüttelte den Kopf. »Das ist doch einfach unglaublich. Du hast den ganzen Aufwand doch nur für heute betrieben.«

Als mein Mund aufklappte, zeigte er mit dem Finger auf mich. »Versuch ja nicht, es zu leugnen. Du wolltest mich unbedingt hierher schleppen, damit du den bösen, tätowierten Mann als deinen Ehemann vorstellen kannst. Also bitte, worauf warten wir?«

Darauf hatte ich leider keine Antwort. Sanft bog Boris meine Finger auf und nahm meine Hand von seinem Arm. »Ich gehe mich jetzt vorstellen.«

Eigentlich wollte ich ihm folgen, doch ich konnte nicht. Meine Füße waren wie angenagelt und meine Beine schienen Tonnen zu wiegen, ließen sich beim besten Willen nicht bewegen.

Mit einer Mischung aus Panik und Entsetzen sah ich zu, wie Boris ganz lässig auf meinen Vater zusteuerte, sich in die Gruppe schob und etwas sagte, woraufhin alle lachten. Mein Vater hob den Blick, schüttelte die Hand meines mehr oder weniger frischgebackenen Ehemanns und suchte dann die Rasenfläche ab. Schnell versteckte ich mich hinter dem Champagnerturm, der ganz rechts auf dem langen Büffet-Tisch stand.

Boris zuckte mit den Achseln, sagte wieder etwas und wieder lachten alle. Worüber zum Teufel redeten sie?

»Anika. Schön, dich zu sehen.«

Ertappt wirbelte ich herum und starrte in Sörens gut geschnittenes Gesicht. Er streckte die Arme aus und wollte offensichtlich eine Umarmung. Mit einem innerlichen Seufzen fügte ich mich, brachte danach jedoch schnell wieder Abstand zwischen uns.

Er fuhr mit der Hand durch seine blonden Haare und schenkte mir sein strahlendes Lächeln, gegen das ich inzwischen immun war. Sören war ein einmaliger Fehler, der mir mit Anfang zwanzig passiert war. Obwohl wir nur einmal Sex gehabt hatten, hielt das den attraktiven Anwalt nicht davon ab, mir einmal im Jahr auf der Feier seine Aufwartung zu machen. Es war damals schon schwer genug gewesen, ihn loszuwerden und ich ärgerte mich, vergessen zu haben, dass er vermutlich auch hier sein würde.

Ich hielt tapfer meine Position hinter dem Turm aus Champagnergläsern und versuchte, meine Fähigkeiten im Lippenlesen zu verbessern. Was fanden sie nur alle an Boris so unterhaltsam? Die Truppe unterhielt sich und niemand der werten, geschätzten Persönlichkeiten der Stadt schien sich daran zu stören, dass er bis unter die Zähne tätowiert war.

Irgendwie hatte ich mir das anders vorgestellt. Mein Nacken prickelte und als ich erschreckt herumfuhr, wich Sören ertappt einen Schritt zurück. »Hast du an mir gerochen?«, fragte ich spitz.

Er schüttelte abwehrend den Kopf, sah dabei aber nicht sonderlich überzeugend aus.

Mit einem knappen Hochziehen der Augenbraue sah ich wieder zu meinem Vater. »Lass das bitte.«

Sören räusperte sich, noch immer stand er für meinen Geschmack viel zu dicht bei mir. Also machte ich einen Schritt zur Seite.

»Mir ist aufgefallen, dass Henning mit Beate hier ist.« Er kam wieder näher, damit er nicht so laut reden musste.

»Hm.«

»Dann seid ihr nicht mehr zusammen?«

»Was?«, fragte ich abwesend, weil ich mich nur auf meinen Vater und Boris konzentrieren konnte. Ob er schon verkündet hatte, dass wir verheiratet waren?

»Ob du und Henning nicht mehr zusammen seid?«

»Ach so. Nein, sind wir nicht.« Mein Vater klopfte meinem Mann auf die Schulter. Warum klopfte er ihm bitte auf die Schulter?

Schon wieder spürte ich die Hitze von Sörens Körper dicht neben mir und ging zwei Schritte zurück, auf die Hecke zu, die hinter uns die Rasenfläche vom Nachbargrundstück abgrenzte.

»Ist Henning schon ausgezogen?«, wollte Sören jetzt wissen.

Ich hatte die Hoffnung, dass er mich vielleicht schneller in Ruhe lassen würde, wenn ich einfach seine Fragen beantwortete und sonst keinerlei Interesse für ihn zeigte. »Wir haben nicht zusammengewohnt.«

»Dann lebst du allein?« Die Zufriedenheit in seiner Stimme ließ mich stutzig werden und ich drehte mich wieder zu ihm um.

Fast stieß ich mit der Nase an seine Brust, verärgert brachte ich Abstand zwischen uns. »Nein, ich habe geheiratet.«

Sören legte den Kopf in den Nacken und lachte schallend. Ich hingegen fand die Unterhaltung nicht ganz so amüsant.

»Was ist daran so witzig?«

Mein ehemaliger Liebhaber strich eine meiner Haarsträhnen von meiner Schulter und schüttelte nur vergnügt den Kopf, so als würde ich den Witz ohnehin nicht verstehen. Wütend stieß ich seine Hand zur Seite.

»Mein Mann redet gerade mit meinem Vater«, stellte ich klar und deutete mit dem Daumen über meine Schulter.

Zum ersten Mal sah Sören verunsichert aus und hob den Blick. Er verschränkte die Arme. »Willst du mir weismachen, dass du *den da* geheiratet hast?«

»Natürlich. Und was bitte heißt denn ›den da‹?«

Als Sören sich zu seiner ganzen Größe aufrichtete, stieg mir bereits die Mischung aus Sandelholz und Mandarine in die Nase. Ganz langsam drehte ich mich um, sah Boris' zufriedenes Lächeln.

»Hi, Papa«, sagte ich gequält, zwang meine Mundwinkel in die Höhe und küsste ihn auf die Wange. Nervös suchte ich in seinem Gesicht nach Anzeichen von Wut, aber er sah vollkommen normal aus. Hätte ich ihm eine Emotion zuteilen müssen, hätte ich wahrscheinlich sogar gesagt, dass er fröhlich wirkte.

»Sören, entschuldigst du uns? Ich muss mit den Kindern reden.«

Unter normalen Umständen hätte ich mich darüber geärgert, in meinem Alter als Kind bezeichnet zu werden, aber da nun Sören gezwungen war zu verschwinden, lächelte ich nur milde.

Widerwillig nickte er meinem Vater zu und schlenderte davon. Boris sah ihm mit zusammengezogenen Augenbrauen hinterher.

»Ich sollte dir vermutlich gratulieren, habe ich gehört.« Papas Tonfall täuschte mich nicht darüber hinweg, dass er zumindest beleidigt war, die Neuigkeiten nicht von mir gehört zu haben.

»Danke«, sagte ich und zu meinem Entsetzen spürte ich das Blut in meine Wangen steigen.

Beide Männer starrten mich eindringlich an – wenn auch aus unterschiedlichen Gründen, wie ich vermutete, während ich die Spitzen meiner Schuhe bewunderte.

»Henning ist ja relativ schnell darüber hinweggekommen«, spottete mein Vater und verschränkte seine Arme. Boris gab sich nicht einmal Mühe, sein Grinsen zu verbergen und ich nahm die Farbe einer überreifen Tomate an.

»Ich würde jetzt nicht behaupten, ihm Hoffnungen gemacht zu haben, dass es zwischen uns noch einmal etwas geben würde.«

Jemand winkte meinem Vater zu und er nickte in die Richtung. »Das freut mich zu hören und macht mich nicht unbedingt traurig. Ich muss leider dort rüber und mich unterhalten, amüsiert euch noch gut.« Er drückte meinen Arm und lächelte mich warm an. »Bleibt aber nicht zu lange, ihr habt sicher Besseres zu tun.«

Damit ging er mit langen Schritten davon und ich starrte ihm verblüfft hinterher. »Hast du ihn hypnotisiert?«, fragte ich meinen Mann.

Boris lachte und legte einen Arm um meine Schulter, zog mich an sich. »Nein, aber du solltest doch am besten wissen, wie charmant ich sein kann, wenn ich will.«

»Siehst du«, sagte ich triumphierend. »Die Betonung liegt eindeutig auf ›wenn du willst‹.«

»Oh«, murmelte er, lehnte sich gegen mich, seine Lippen streiften meine Schläfen, »in deiner Gegenwart will ich ziemlich oft.«

Verlegen räusperte ich mich und senkte die Lider, dazu hatte ich beim besten Willen nichts zu sagen.

»Wie sieht's aus? Hast du jetzt Hunger? Wir könnten das Büffet plündern und uns irgendwo ein ruhiges Plätzchen suchen.«

»Das klingt fabelhaft.« Mittlerweile verursachte der Geruch des Essens auch keine Magenkrämpfe mehr bei mir. Die Frage, woher Boris gewusst hatte, dass ich keinerlei Appetit verspürt hatte, sparte ich mir direkt. Er würde ohnehin nur wieder sagen, dass er mich gut lesen konnte und alle Gedanken angeblich auf meiner Stirn standen.

»Na dann, Prinzessin.« Er bot mir den Arm und glücklich, dass alles so glatt gelaufen war, hakte ich mich bei ihm ein.

11

Erleichtert kletterte ich auf den Rücksitz, während Boris neben mir Platz nahm. Der Fahrer meines Vaters hatte die Trennscheibe bereits diskret hochgefahren.

Ich war froh, die Feier hinter mich gebracht zu haben und verwirrt, dass mein Vater so unglaublich gelassen reagiert hatte. Andererseits war ihm inmitten der Gäste praktisch nichts anderes übriggeblieben. Mich interessierte brennend, worüber er und Boris sich so angeregt unterhalten hatten. Doch bevor ich das fragen konnte, warf mein Mann mir einen knappen Seitenblick zu.

»Erinnerst du dich noch an das Gespräch über unsere sexuelle Vergangenheit, das wir vor kurzem geführt haben?«

»Natürlich.« So lange war es schließlich noch nicht her, allerdings verstand ich den Sinn seiner Frage nicht. Obwohl die Scheibe oben war, warf ich einen kritischen Blick in Richtung Fahrer.

»Gut, dann würde ich gern wissen, wie es kommt, dass du vergessen hast, mir zu erzählen, dass du mit Sören geschlafen hast?«

Mein ganzer Körper verkrampfte sich. »Woher zum Teufel weißt du das?«

»Ach, es ist so sexy, wenn du mal fluchst – sonst bist du immer so beherrscht.«

»Beantworte meine Frage!«, fauchte ich.

»Zum einen an der Art, wie er dich angesehen hat, was mir – am Rande bemerkt – überhaupt nicht gefallen hat, und dann, wie du dich ihm gegenüber verhalten hast. Ihr habt praktisch Fangen gespielt. Du hast dich jedes Mal dezent entfernt und er ist dir gefolgt.«

»Ich dachte, du hättest dich mit meinem Vater unterhalten.«

»Ja, deswegen werde ich aber noch lange nicht blind und taub.« Boris wirkte angespannt.

»Es tut mir leid. Sören war ein ganz großer Fehler, den ich gern aus meinem Gedächtnis verdränge.«

»Wieso?«, fragte Boris kritisch.

»Komme ich irgendwie darum herum, dir das zu erzählen?«

»Nein.« Die Antwort kam knapp und klang wie in Stein gemeißelt.

Ich seufzte tief und knetete nervös meine Hände. »Es war ein dummer Fehler, okay? Im zweiten oder dritten Semester habe ich vier Wochenenden lang dieses Blockseminar besucht, das von zwei Gastdozenten geleitet wurde. Einer davon war Sören. Nach der letzten Veranstaltung sind wir alle zusammen etwas trinken gegangen. Ein paar Prosecco später habe ich mich dazu hinreißen lassen, mit ihm zu flirten. Ich bin mit ihm nach Hause gegangen, wir hatten ganz passablen Sex und im Morgengrauen habe ich mich beschämt mit einem leichten Kater nach Hause geschlichen. Da wusste ich leider nicht, dass er regelmäßig mit meinem Vater zusammenarbeitet. Im Jahr darauf haben wir uns auf dem Firmenfest gesehen, er war ganz begeistert und ich wäre am liebsten im Boden versunken. Ende der Geschichte.«

»Und worüber habt ihr heute geredet?«

»Warum interessiert dich das so brennend?«, fragte ich verärgert. Für einen Scheinehemann war er ganz schön besitzergreifend.

»Ich sagte schon, dass mir seine Art, dich anzusehen, nicht gefallen hat. Und ich weiß, dass ich zur Eifersucht neige, aber dieses Mal übertreibe ich nicht. Also erzähl mir bitte, worüber ihr geredet habt.«

Wie schaffte er es immer so mühelos, wunderschöne Komplimente nebenbei in dem zu verstecken, was er sagte? Der Gedanke, dass er eifersüchtig auf andere Männer war, bewirkte ein warmes Gefühl in meiner Magengegend. Ich wünschte, Henning wäre auch nur einmal auf eine solche Idee gekommen.

»Er hat sich nach der Trennung von Henning erkundigt, und ob wir schon getrennte Wohnungen hätten, er weiß nicht, dass Henning und ich nie zusammengewohnt haben. Abgesehen davon nichts Besonderes. Ich war ehrlich gesagt mehr damit beschäftigt, dich im Auge zu behalten, weil ich nicht wusste, wie mein Vater reagieren würde.«

»Hm«, machte Boris und dachte sichtlich angestrengt nach.

»Bist du deswegen gekommen und hast dich so an mich geschmiegt?«

Selbst im Halbdunkel konnte ich seine zuckenden Mundwinkel sehen. »Ich weiß nicht, was du meinst.«

»Bist du wirklich eifersüchtig?«

»Natürlich. Du bist eine begehrenswerte Frau und ich bin bestimmt nicht der einzige Mann, dem das aufgefallen ist.«

Mist. Unser Arrangement näherte sich dem Ende, aber Boris machte es mir nicht leicht. Bisher hatte er noch nicht einmal das Verlangen in mir ausgelöst, mich von ihm zu trennen. Das war nicht gut. Das war vielmehr katastrophal.

»Triffst du dich mit Sören?«

»Bist du verrückt? Natürlich nicht. Ich habe ihn selbstverständlich auch vor deinem Auftauchen schon darüber informiert, dass ich jetzt eine verheiratete Frau bin. Allerdings fürchte ich, dass er mir nicht geglaubt hat.«

Boris schnaubte nur und konzentrierte sich darauf, aus dem Fenster zu schauen.

Ich biss mir auf die Unterlippe und dachte nach. Mein Mann bevorzugte Ehrlichkeit, mal sehen, was er jetzt sagen würde.

»Vielleicht sollte ich anmerken, dass Sören derjenige ist, der es außer dir geschafft hat, mich zum Kommen zu bringen.«

»Ganz wunderbar«, presste Boris durch die Zähne. »Gib mir ruhig einen Grund, den Typen zu hassen und fache meine Eifersucht noch weiter an.«

Mein Magen machte einen kleinen Satz und flatterte erneut. Warum fühlte es sich so gut an zu wissen, dass Boris eifersüchtig war?

Im nächsten Moment wollte ich ihn wieder besänftigen. Ich legte meine Hand auf seinen Oberschenkel und strich mit sanftem Druck langsam vom Knie nach oben. »Aber es war nicht annähernd so gut wie mit dir. Wie sagt man im Fußball noch gleich? Das ist nicht die gleiche Liga, nicht einmal der gleiche Sport?«

Kurz vor der kritischen Stelle hielt ich inne und drückte stattdessen sein Bein sehr fest, wie ein kleines Versprechen.

Boris warf mir einen vielsagenden Blick zu. »Es wird Zeit, dass wir nach Hause kommen.«

Wir bedankten uns beim Fahrer, dann warf Boris die Autotür zu, während ich schon in meiner Tasche nach dem Schlüssel wühlte.

Als wir die Wohnung betraten, atmete ich befreit auf. Es war geschafft. Mein Mann ließ sich auf das Sofa fallen, seine Finger glitten über die Tastatur seines Handys. Es war mir ein Rätsel, wie jemand überhaupt so schnell SMS schreiben konnte.

Eigentlich wollte ich nicht so neugierig sein, aber ich konnte mich nicht beherrschen. »Wer ist das?«

»Mit wem ich schreibe?« Boris zog nur fragend eine Augenbraue hoch, sah nicht einmal vom Display auf.

»Ja.«

»Dein Vater. Wir sind morgen zum Mittagessen eingeladen, ich verhandle aber gerade noch über die Uhrzeit. 12 Uhr ist mir doch zu früh.«

»Viel Glück dabei, ich versuche schon seit Jahren, ihn zu einer späteren Uhrzeit zu überreden. Habe ich noch nie hinbekommen.«

Als Antwort zog mein Mann lediglich einen Mundwinkel leicht hoch. Seufzend ging ich ins Schlafzimmer und zog im Gehen den Reißverschluss meines Kleides runter. Kaum stand ich nur in Unterwäsche im Zimmer, erschien Boris in der Tür.

»Du hast nach mir gerufen?« Sein Blick tastete meinen Körper ab, als hätte er alle Zeit der Welt. »Morgen um 14 Uhr bei deinem Vater«, sagte er abgelenkt.

Fassungslos starrte ich ihn an. »Wie hast du das hinbekommen?«

»Ich habe einfach gesagt, dass wir das Essen mitbringen. Es gibt Sushi.«

»Mein Vater mag kein Sushi«, warf ich ein und freute mich insgeheim, dass Boris wohl doch nicht so unfehlbar war, wie er immer gern vorgab.

»Er hat gesagt, er hätte es noch nie gegessen und würde es probieren.«

Entgeistert setzte ich mich auf die Bettkante. »Was? Ich habe ihn bestimmt schon hundertmal gefragt, ob wir mal Sushi essen gehen sollen und er hat immer abgelehnt.«

Boris umfasste mein Gesicht. »Das sind meine geheimen Schwiegersohnkräfte.«

Ich gab ein verächtliches Geräusch von mir und wollte seine Hände wegschieben. Sofort wurde sein Griff fester und er übte sanften Druck aus, sodass ich gezwungen war, meinen Oberkörper nach hinten sinken zu lassen.

Ohne meinen Protest zu beachten, der ohnehin nicht sonderlich beeindruckend war, zog mein Mann die Körbchen meines BHs nach unten und leckte über die entblößten Nippel.

Ein Schauer lief über meinen Körper.

Zu meinem eigenen Erstaunen ließ er es zu, dass ich ihm seine Weste und das Shirt auszog, bevor er sich zwischen meine Schenkel schob und sich über mich beugte. Wieder saugte er die Spitzen nacheinander zwischen seine Lippen.

Unruhig wand ich mich unter ihm, versuchte, mit den Händen nach seinem Hosenbund zu greifen, doch er wich mir mehrfach aus. Als ich seine Zähne spürte, bäumte ich mich auf.

Er richtete sich auf, packte meine Hüften und drehte mich um. Ich musste wirklich aufpassen, ihn dabei nicht aus Versehen mit dem Fuß zu erwischen, so heftig wirbelte er mich herum.

Boris bedeckte meinen Körper mit seinem, das Gewicht drückte mich in die Matratze. Zart biss er in meinen Nacken, zeichnete die Spur mit seiner Zungenspitze nach. Er zog mir den BH und das Höschen aus, der Stoff seiner Jeans fühlte sich rau auf meiner Haut an.

Er nahm meine Hände weit über meinem Kopf mit einer Hand zusammen und hielt mich fest. Sein Knie drängte sich zwischen meine Schenkel und ich öffnete mich willig für ihn.

Das Geräusch der Knöpfe an seiner Hose war mir inzwischen so vertraut, dass ich nur noch erregter wurde, wenn ich es hörte. Seine Eichel streifte meine feuchte Spalte, wimmernd schloss ich die Augen. Bettelnd hob ich ihm meinen Po entgegen, bettelte darum, dass er mich endlich ficken sollte.

Doch er hielt mich hin, leckte genüsslich über mein Ohrläppchen, knabberte an der empfindlichen Haut, bevor er fest in meinen Hals biss.

Ich schrie auf, zerrte erschrocken an meinen Händen, was nur zur Folge hatte, dass sein Griff fester wurde.

Erst als ich willig und weich in die Matratze sank und meine Schenkel einladend noch ein wenig weiter spreizte, drang er in mich ein. Ein einziger, harter Stoß genügte, damit er sich ganz in mir versenken konnte.

Seine Bewegungen waren schnell und gleichmäßig, fordernd und sanft zu gleich. Zufrieden ließ ich den Kopf sinken, ein leises Stöhnen perlte von meinen Lippen.

Immer wieder berührte er den Punkt tief in mir und meine Lust stieg in schwindelerregende Höhen. Boris wusste ganz genau, wie er mich um den Verstand bringen konnte. Ohne Grund wurde er langsamer, presste zarte, federleichte Küsse auf meinen Rücken, während in mir alles danach schrie, härter angefasst zu werden.

Auf diese Weise würde ich niemals kommen können. Als könnte Boris meine Gedanken lesen, ließ er meine Handgelenke los und führte meine rechte Hand zwischen meine Beine.

Eigentlich hätte ich mich zieren oder zumindest verlegen werden müssen, aber alles in mir schrie nach Befriedigung. Wie von Sinnen reizte ich meine kleine Perle, zuckte und krampfte kurz darauf unter meinen Mann, der jetzt wieder härter und unkontrollierter in mich stieß.

Als der Höhepunkt mich erreichte, presste ich mein Gesicht ins Laken und war froh, dass meine heiseren Schreie gedämpft wurden. Nur Sekunden später kam auch Boris. Er neigte den Kopf und ich spürte seinen schweren Atem auf meiner Schulter. Sein Biss war recht sanft, sein harter Schaft zuckte in mir, während er Schub um Schub seines Spermas verspritzte.

***

Mit klopfendem Herzen schreckte ich aus dem Schlaf hoch.

»Was war das?«, murmelte Boris schlaftrunken neben mir.

»Die Türklingel.« Ich tastete nach meinem Wecker, fand stattdessen nur das Handy. Stimmte ja, ich hatte den Wecker kaputtgemacht und noch keinen neuen gekauft. Nachdem ich meine Nachttischlampe angeschaltet hatte, schielte ich aus schmalen Augen aufs Display. »Oh mein Gott, es ist halb vier! Wer ist das?«

»Ich habe da so eine Theorie und die heißt Sören«, sagte mein Mann und richtete sich auf. Das Bettlaken fiel herunter und gab den Blick auf seinen muskulösen, tätowierten Oberkörper frei.

»Was?« Seine Worte ergaben einfach keinen Sinn.

»Zum letzten Mal«, knurrte Boris. »Mir hat die Art nicht gefallen, wie er dich angesehen hat. Du musst wirklich etwas gegen die lose Haustür unten machen, ruf den Vermieter an. Es kann nicht sein, dass man nur leicht dagegen drücken muss, damit sie aufgeht.«

Es klingelte erneut und ich kletterte aufgebracht aus dem Bett. Mir war ganz mulmig zumute.

»Soll ich mitkommen?« Er hatte die Arme verschränkt und musterte mich eindringlich.

»Nicht nötig. Ich frage ihn, ob er den Verstand verloren hat, und schicke ihn weg. Vielleicht sind das auch nur Teenager, die Klingelmännchen gespielt haben.«

»Vielleicht bin ich auch der Weihnachtsmann. Würdest du dir bitte etwas drüber ziehen?« Vielsagend hob er die Augenbraue und ich sah an mir herunter. Tatsächlich trug ich nur ein dünnes Nachthemd, das nicht nur ziemlich kurz war, sondern auch einen sehr offenherzigen Ausschnitt hatte.

Ich rollte mit den Augen, nickte aber. Als ich im Badezimmer meinen Morgenmantel vom Haken nahm, klingelte es zum dritten Mal.

Genervt riss ich die Wohnungstür auf und starrte geradewegs – wie Boris schon vermutet hatte – in Sörens Gesicht. Wenn ich es richtig erkannte, musste er noch einiges getrunken haben, nachdem wir die Feier verlassen hatten.

Gewinnend lächelte er mich an. »Hi.« Sollte er so betrunken sein, wie er roch, musste ich ihm lassen, dass er es gut verbergen konnte, von den leicht glasigen Augen mal abgesehen.

»Ist dir klar, wie spät es ist? Wieso bist du hier?«

Sein Lächeln wurde breiter, er machte einen Schritt auf die Türschwelle zu. »Na, da du jetzt wieder Single bist, dachte ich, wir könnten den Abend gemeinsam ausklingen lassen.«

Als er die Hand nach mir ausstreckte, machte ich erschrocken einen Schritt nach hinten. »Welchen Teil von ›ich bin jetzt verheiratet‹ hast du nicht verstanden?«

»Ach, komm. Für mich brauchst du nicht an diesem Märchen festhalten. Der Kerl ist doch gar nicht dein Typ. Damit kannst du vielleicht deinen Vater ärgern, aber ich bin ein bisschen schlauer.«

Hinter mir erklangen Schritte und Boris legte einen Arm um meine Schultern.

»Irgendwie hatte ich den Eindruck, dass meine Anwesenheit benötigt wird.«

Dankbar lehnte ich meinen Kopf an seine nackte Brust und freute mich insgeheim, wie groß Sörens Augen wurden, als er Boris betrachtete.

Da er allerdings keine Anstalten machte, zu gehen, fügte mein Mann noch hinzu: »Ich denke, ich muss nicht unbedingt erwähnen, wie wütend es mich macht, wenn fremde Männer nachts meine Frau belästigen?«

Sörens Mund klappte auf, dann wieder zu und er warf mir einen Blick zu, den ich nicht deuten konnte. Ein unangenehmes Kribbeln auf meiner Kopfhaut setzte ein. Ohne ein weiteres Wort drehte Sören sich auf dem Absatz um und verließ gemäßigten Schrittes den Flur. Erst, als er auf der Treppe nicht mehr zu sehen war, schloss Boris nachdrücklich die Tür.

»Alles in Ordnung?«

Nichts war in Ordnung, doch ich sagte leichthin. »Klar. Sollen wir wieder ins Bett gehen?«

»Sehr gerne. Komm mit.« Boris gab mir einen Kuss auf die Schläfe und nahm meine Hand. Gemeinsam gingen wir ins Schlafzimmer. Ich gab mir die größte Mühe zu verbergen, wie aufgewühlt ich war. Das Letzte, was ich jetzt brauchte, war eine Analyse seitens meines Mannes.

»Woher wusstest du, dass er hier auftauchen würde?«, fragte ich, als wir wieder unter die Decken schlüpften.

»Ich wusste es nicht, ich habe es lediglich vermutet. Es war schon merkwürdig, dass er direkt nach der Trennung von Henning gefragt hat und ob er schon ausgezogen ist. Eigentlich sind das nicht unbedingt gängige Smalltalk-Themen, wenn man sich nur einmal im Jahr sieht.«

Boris rutschte ganz nah an mich heran, küsste meine Schulter und schlang den Arm um mich. Nach wenigen Minuten atmete er ganz ruhig und gleichmäßig, während ich mit großen Augen in die Dunkelheit starrte.

Mir hatte sich soeben erschlossen, dass ich ein großes Problem hatte und es lag direkt hinter mir. Ich war so unglaublich erleichtert gewesen, dass er aufgetaucht war und sich mit Sören auseinandergesetzt hatte, sodass ich darum herumgekommen war. Doch gleichzeitig hatte ich mich schon viel zu sehr an seine Anwesenheit gewöhnt; daran, dass er nachts da war und neben mir schlief.

In seiner Gegenwart fühlte ich mich sicher und ruhig – damit drängte sich mir die Frage auf, wie ich mich fühlen würde, wenn unser Arrangement vorbei und die Bettseite neben mir wieder kalt und leer sein würde?

Die Vorstellung allein schnürte mir die Kehle zu und machte es unmöglich, mich zu entspannen oder nur an Schlaf zu denken.

Wieder prickelte meine Kopfhaut und Boris bewegte sich hinter mir. Erschrocken hielt ich die Luft an, denn ich wollte keinesfalls, dass er aufwachte. Denn er würde fragen, warum ich nicht schlief und ich würde vermutlich in Tränen ausbrechen. Doch er wachte nicht auf, seine Hand blieb ruhig auf meiner Hüfte liegen.

Mein Dilemma war offensichtlich: Ich war auf dem besten Weg, mich in meinen Ehemann zu verlieben – wenn es nicht schon längst passiert war …

12

Noch immer war ich vollkommen fassungslos, als Boris die prall gefüllte Tüte vom Sushi-Meister persönlich entgegennahm.

»Sag mal, wen kennst du eigentlich nicht?«

Mein Mann musterte mich interessiert. »Wieso?«

»Weil sich gefühlt jeder ein Bein ausreißt, um dir einen Gefallen zu tun. Sogar mein Vater erklärt sich bereit, Sushi zu probieren. Ich kann es einfach nicht glauben!« Beleidigt stiefelte ich neben meinem Mann her, der mir mitten in der Fußgängerzone auf den Hintern schlug. Glücklicherweise war außer uns fast niemand unterwegs, sonst wäre ich vor Peinlichkeit gestorben.

»Ich bin halt ein höflicher Typ«, entgegnete er und schenkte mir ein breites Grinsen. Ich rollte nur mit den Augen. Wir gingen geradewegs auf den Wagen zu, den mein Vater samt Fahrer geschickt hatte. Boris hatte es als zuvorkommend empfunden, ich hingegen hegte eher die Theorie, dass Papa auf diese Weise einfach bloß sicherstellen wollte, dass wir auch wirklich zum Essen erschienen.

Die Fahrt dauerte nicht lang, und als das lange Tor zurückglitt, das die Auffahrt von der Straße trennte, überkam mich die gleiche Anspannung, die ich schon gestern vor der Firmenfeier verspürt hatte.

Dieses Mal würde ich mich nicht hinter einem Turm aus Gläsern verstecken können und dieses Mal waren keine anderen Gäste geladen, sodass mein Vater seinen Zorn würde zurückhalten müssen. Andererseits war er eigentlich kein Choleriker und neigte nicht dazu, herumzuschreien.

Vielleicht sollte ich es einfach auf mich zukommen lassen, statt mir den Kopf über Dinge zu zerbrechen, die ich eigentlich gar nicht beeinflussen konnte.

Boris war bereits ausgestiegen und wartete geduldig auf mich. Auffordernd hatte er die Hand ausgestreckt; nach kurzem Zögern verschränkte ich meine Finger mit

seinen. Er hob meine Knöchel an seine Lippen und küsste sie. »Entspann dich.«
Er hatte leicht reden.

***

Irgendetwas lief hier grundsätzlich schief, aber ich konnte nicht genau benennen, was es war. Mit Stäbchen zwischen den Fingern beobachtete ich jetzt meinen Mann und meinen Vater seit einer geraumen Weile.

Sie ein Herz und eine Seele zu nennen, wäre noch untertrieben gewesen. Wir hatten einen Crashkurs in Sushi-Wissenschaften hinter uns und nun erklärte Boris meinem Vater jedes einzelne Häppchen ins letzte Detail, während dieser ihm an den Lippen hing, als hätte er noch nie etwas Spannenderes gehört.

Er wirkte viel entspannter als die unzähligen Male, die ich mit Henning zum Essen hier gewesen war. Damit mein feinfühliger Mann nicht bemerkte, dass ich sie anstarrte, nahm ich mir ein Nigiri mit Omelett und tunkte es vorsichtig in die Sojasauce.

Mein Vater hob den Blick und lächelte mich spitzbübisch an. »Ich wusste gar nicht, dass du Sören schon länger kennst.«

Oh je. »Wie kommst du denn jetzt darauf?«, versuchte ich erst einmal, plump abzulenken.

Papa grinste nur, stand auf und verließ den Raum. Mir schlug das Herz bis zum Hals. Verstohlen sah ich zu Boris, der nur mit den Achseln zuckte – er hatte also auch keine Ahnung, worum es ging.

Mein Vater kehrte mit seinem Handy in der Hand zurück und setzte seine Lesebrille auf, da er sonst nichts auf dem Display erkennen würde.

Seine Mundwinkel zuckten, als er uns die Nachricht vorspielte, die ein ziemlich betrunkener Sören auf seiner Mobilbox hinterlassen hatte. Papa hieß Anton mit Vornamen – unter Alkoholeinfluss war es für Sören scheinbar leicht gewesen, meine Nummer mit der meines Vaters zu verwechseln.

Offensichtlich hatte er noch weitergetrunken, nachdem Boris ihn weggeschickt hatte und dann den Anruf getätigt. Er nuschelte so stark, dass ich kaum verstehen konnte, was er sagte.

»Es hätte so gut mit uns beiden werden können, aber das weißt du ja selbst aus Erfahrung. Wenn du mit dem tätowierten Idioten fertig bist, hast du ja meine Nummer, süße Anika.«

Verdammt, wenn er den letzten Teil einfach weggelassen hätte, wäre alles jetzt in wunderbarer Ordnung. Stattdessen lag der fragende Blick meines Vaters auf mir, während Boris die Situation viel zu sehr genoss und sich mit Mühe das Lachen verkniff.

Ich sah in die Augen, die meinen eigenen so ähnlich waren, und tat, was jede gute Tochter in so einer Situation tun würde: Lügen, dass sich die Balken bogen. »Hm. Das verstehe ich überhaupt nicht.«

Gut, es war nicht die beste Lüge aller Zeiten, aber ich hatte nicht unbedingt viel Zeit zum Improvisieren gehabt. In ein paar Sekunden würde mir sicherlich etwas Besseres einfallen.

Völlig unerwartet sagte Boris: »Ist schon in Ordnung, du musst die Wahrheit nicht beschönigen.«

Mir blieb die Luft weg und mein Magen flatterte, als ich zu ihm hinüber sah. War er von allen guten Geistern verlassen worden? Ich konnte meinem Vater doch nicht die Wahrheit erzählen!

Interessiert sah Papa zu Boris, der entschuldigend die Hände hob.

»Sören ist gestern Nacht bei uns aufgetaucht und hat uns aus dem Bett geklingelt. Er hatte schon einiges getrunken und offenbar gedacht, bei Anika landen zu können, weil sie sich von Henning getrennt hat. Ich musste ihn letztendlich hinauswerfen.«

Mein Mann schaffte es auch noch, bedauernd zu klingen, als hätte er etwas Falsches getan. Im Grunde hatte er ja die Wahrheit erzählt, nur den Teil mit der angedeuteten Erfahrung ausgelassen.

Mit einem schweren Seufzer fügte Boris noch hinzu: »Man kann ihm ja nicht einmal böse sein, so hübsch, wie deine Tochter ist.«

Während ich noch mit dem Gedanken spielte, Boris eins meiner Essstäbchen durch die Rippen direkt ins

Herz zu rammen, streckte er die Hand aus und strich mit einer unglaublich verliebten Geste über meine Wange.

Das war zu viel, viel zu viel. Das würde mein Vater ihm niemals abkaufen, viel zu dick aufgetragen!

Doch wieder wurde ich eines Besseren belehrt, mein Vater lehnte sich lächelnd im Stuhl zurück. »Dann ist es ja doppelt gut, dass du da warst. Ich lösche die Nachricht einfach und wir lassen die kleine Episode unter den Tisch fallen.«

Stumm nickte ich schnell und wartete darauf, dass das Rauschen in meinen Ohren nachließ.

»So«, sagte mein Vater. »Was war das hier noch gleich?«

»Oktopus«, sagten Boris und ich wie aus einem Mund. Das Lächeln meines Vaters vertiefte sich und ich wäre am liebsten gestorben. Überzeugender war ein verliebtes Pärchen wohl nie gespielt worden.

Das Essen neigte sich bereits dem Ende zu, als mein Vater sagte: »Dein Urlaub ist ja bald vorbei.«

Sofort war ich auf der Hut – sein Tonfall mochte zwar neutral klingen, aber ich bildete mir ein, die versteckte Frage darin ganz deutlich hören zu können. »Das stimmt. Dabei habe ich mich gerade so an die freie Zeiteinteilung gewöhnt.«

»Ich nehme an, dass du jetzt darauf bestehen wirst, zur Partnerin gemacht zu werden, immerhin hast du ja geheiratet.« Papa legte die Stäbchen weg und sah unbeteiligt hinaus in den Garten.

Krampfhaft ignorierte ich Boris' fragenden Blick, ihm war der Sinn dieser Aussage wohl kaum entgangen.

Meine Antwort überraschte mich selbst am allermeisten. »Ehrlich gesagt, glaube ich, dass ich erst einmal ein wenig kürzer treten sollte.«

Es stimmte. Durch die freie Zeit war mir aufgefallen, wie wenig ich eigentlich mit meinem Leben anfing. Ich ging nie aus, traf keine neuen Leute und nahm mir keine Zeit für Freunde. Stattdessen besuchte ich Kat auf dem Weg zur Arbeit und schwatzte bei der Gelegenheit mit Maja.

Wenn Boris erst einmal aus meinem Leben war, würde ich mir sicherlich irgendwann einen neuen Partner suchen wollen, der die Lücke ausfüllte. Ein unbestimmtes Gefühl sagte mir, dass das aus meinem Büro heraus schwierig werden könnte.

Mein Vater nickte nur. »Du kannst es dir ja noch überlegen, wir können über alles reden.«

Mit einem Mal war mein Mann sehr schweigsam und schwer damit beschäftigt, seine Papierserviette zu falten. Er vermied es, mich anzusehen und fing von sich aus kein Gespräch mehr an. Ob es meinem Vater auffiel, konnte ich nicht sagen, aber ich war sehr beunruhigt.

Wir verabschiedeten uns nicht viel später und mein Vater bestand darauf, dass wir seinen Fahrer in Anspruch nahmen, statt zu laufen, wie es eigentlich unser Plan gewesen war.

Kaum saßen wir auf dem Rücksitz, drehte Boris den Kopf von mir weg und sah aus dem Fenster, als wäre er in einem spannenden, unbekannten Land, von dem er noch nie etwas gesehen hatte.

Er war wohl kaum beleidigt, weil mein Vater angedeutet hatte, dass ich verheiratet meine Beförderung bekommen würde? Warum sollte er auch?

Die gesamte Fahrt über schwiegen wir und erst, als wir ausgestiegen waren, sagte Boris: »Irgendwie überrascht es mich, letztlich nur Mittel zum Zweck gewesen zu sein.«

Überrascht blieb ich stehen, den Wohnungsschlüssel schon in der Hand. »Was hast du denn gedacht? Liebe auf den ersten Blick?« Mein Tonfall war absichtlich spöttisch. Es war doch direkt klar gewesen, dass ich einen Mann brauchte; ich hatte es bei unserem ersten Zusammentreffen sogar explizit formuliert.

Mich interessierte viel mehr, warum er und mein Vater sich so gut verstanden. Doch bevor ich das fragen konnte, rauschte der Mann beleidigt an mir vorbei.

»Du willst mir jetzt nicht erzählen, dass du sauer bist?« Mit einem Seufzen schloss ich die Wohnungstür hinter uns.

Er rümpfte die Nase. »Ich fühle mich benutzt.«

»Das könnte daran liegen, dass ich dich benutzt habe«, klärte ich ihn auf. Musste ich das begreifen?

»Ich dachte, es würde dir nur um die Begleitung zu der Firmenfeier gehen.«

Angriffslustig verschränkte ich die Arme. »Was macht das für einen Unterschied?«

Da es auf diese Frage keine vernünftige Antwort gab, zuckte Boris nur mit den Achseln. »Trotzdem!«, erwiderte er störrisch.

»Richtig, du Armer hast es so schwer. Für dich springt ja auch rein gar nichts bei unserer Vereinbarung heraus.« Ich ärgerte mich, dass er diesen Streit so künstlich aufbauschte. Er hatte überhaupt keinen Grund sauer zu sein, stattdessen musste ich nun mit ihm argumentieren. In meinem Hinterkopf regte es sich. Hatte ich noch irgendetwas fragen wollen?

»Stimmt. Weil der Sex einseitig und nur für mich befriedigend ist und du absolut gar nichts dabei empfindest. Habe ich ganz vergessen.«

Ich kam einfach nicht drauf, was ich noch hatte wissen wollen. »Das ist lächerlich«, schnaubte ich und beendete die Auseinandersetzung auf die effektivste und schnellste Weise, die mir in diesem Moment einfiel.

Bevor Boris reagieren konnte, legte ich eine Hand auf seine Brust und drückte ihn nach hinten. Er stand nur zwei Schritte von der Wand entfernt, nachdem er einen Blick über die Schulter geworfen hatte, entschied er, nachzugeben und lehnte sich an die Wand.

Elegant ließ ich mich auf die Knie und fragte leise, während ich seine Hose öffnete: »Einseitig sagtest du?«

Sein harter Schaft federte mir entgegen und ich leckte über die samtige Kuppe. Als ich von hier aus nach oben sah, schenkte er mir ein sehr sinnliches, durch und durch männliches Lächeln. Mit der Zungenspitze strich ich über die Unterseite, zeichnete die kleine Stelle nach, an der die Eichel in den Schaft überging. Mein Mann schnappte nach Luft, seine Hand legte sich um meinen Hinterkopf und er dirigierte meinen Kopf, gab meine Bewegungen vor.

Tief glitt er in meinen Mund, meine Lippen schlossen sich eng um die heiße Haut, unter der harter Stahl zu liegen schien.

Meine Hände hatte ich auf seinen Oberschenkeln abgestützt und als diese sich anspannten, wusste ich, dass ich das Tempo beschleunigen musste. Boris lehnte den Kopf gegen die Wand, drängte sich mir entgegen, tiefer in meinen Mund; seufzte meinen Namen, als er kam.

13

Im ersten Moment hätte ich mich über den Anblick köstlich amüsieren können, aber ich wollte Boris' Gefühle nicht verletzen. Er stand unten vor dem Haus und hatte zum ersten Mal seine Hunde dabei.

Die großen, schlanken Tiere standen neben ihm und wirkten auf eine gutmütige Weise sehr gelangweilt. Eigentlich hätte Boris bei seinem Aussehen mit dreiköpfigen Höllenhunden unterwegs sein müssen, statt zwei so große Schmusetiere spazieren zu führen.

Die Hunde trotteten auf mich zu und schlichen um meine Beine. »Sie mögen mich«, stellte ich begeistert fest.

»Ich enttäusche dich nur ungern, aber sie betteln lediglich um Essen.«

»Oh, haben sie Hunger?«

Boris grinste. »Du hast keine Erfahrung, oder?«

Langsam schüttelte ich den Kopf und strich dabei über das seidige Fell hinter den Ohren des einen Greyhounds.

»Der hellere ist Holmes, der dunklere heißt Sherlock.«

»Deine Hunde heißen Sherlock und Holmes?«

»Das hat man davon, wenn man die Namenswahl seiner Schwester überlässt«, brummte er. »Eins musst du über Hunde wissen: Sie haben nie genug gefressen oder geschlafen. Davon darf man sich nicht täuschen lassen.«

Ich konnte einfach nicht aufhören, über ihre Köpfe zu streichen, die schmalen Schädel fühlten sich so gut unter meinen Händen an und den Hunden schien es ebenfalls zu gefallen.

Boris setzte sich in Bewegung und die Hunde trotteten mit ihren langen, eleganten Schritten neben uns her. Mein Mann hielt beide Leinen in einer Hand, die andere hielt er mir auffordernd hin.

Eigentlich widerstrebte das dem, was ich vorhatte, aber ich war schwach und nahm seine Finger. Für eine

Weile konnte ich mir ja noch vorgaukeln, dass alles in Ordnung war.

Dabei hatte ich eigentlich das Thema Scheidung ansprechen wollen – die vereinbarten vier Wochen waren vorbei.

Stattdessen genoss ich den Druck seiner Hand um meine, und beobachtete, wie die Hunde überall stehenblieben und schnüffelten.

»Du hast dir die Hunde gemeinsam mit deiner Schwester angeschafft?«

Boris brummte leise. »Eigentlich wollte ich keine Tiere, aber Stephanie, meine Schwester, hat sie in einem Tierheim entdeckt und mich unter einem Vorwand dorthin gelockt. Nachdem ich die beiden einmal gesehen hatte, war ich weich gekocht. Alleine könnte meine Schwester die Hunde nicht vernünftig halten, weil sie oft unterwegs ist. So stimmen wir uns immer ab, bisher funktioniert es ganz gut.«

»Hatten die beiden vorher keine Namen?«

»Sie waren noch extrem klein, gerade geboren, als sie ins Tierheim gekommen sind. Irgendjemand muss sie kurz nach der Geburt ausgesetzt haben. Als meine Schwester sie im Heim gesehen hat, hatten sie noch keine Namen, es war nicht einmal klar, ob sie aufgepäppelt werden könnten.«

»Das ist ja schrecklich!«

Er nickte nur grimmig. »Manchmal wünsche ich mir, denjenigen in die Finger zu bekommen, der sie ausgesetzt hat.«

Ich sah wieder nach vorne auf die Hunde und musste tatsächlich zweimal blinzeln, um nicht aus reiner Sympathie mit den Tieren zu weinen.

»Uff.«

»Hey, ich wollte dich nicht runterziehen«, sagte er und drückte meine Hand.

»Schon gut, ich finde es nur schlimm, dass es solche Menschen gibt. Was hat deine Schwester eigentlich in dem Tierheim gemacht?«

»Stephanie geht regelmäßig mit den Hunden spazieren. Wenn sie die Zeit findet, hilft sie hier und da ehrenamtlich aus.«

»Wie ist sie so?«, platzte ich neugierig heraus, weil es mir schwerfiel, mir ein weibliches Gegenstück zu Boris vorzustellen.

Er dachte nach. »Das ist eine Frage, die mir das letzte Mal in der Schule gestellt wurde, als ein Freund sie abschleppen wollte.«

Unwillkürlich musste ich lachen. »Hat es funktioniert?«

»Nein, sie ist fünf Jahre älter und hatte kein Interesse an einem damals 12-Jährigen.«

Ich lachte lauter und Sherlock und Holmes warfen mir neugierige Blicke zu, bevor sie wieder durch das hohe Gras schnüffelten.

»Willst du sie mal halten?«

»Okay«, stimmte ich zögerlich zu und Boris reichte mir die Leinen.

»Sie ist unglaublich spießig, arbeitet für eine große Bank und ist der Stolz meines Vaters.«

»Versteht ihr euch nicht?« Vorsichtig sah ich ihn von der Seite an.

»Doch, eigentlich sogar ziemlich gut. Nur interessanterweise haben wir wenig gemeinsam.«

»Die Hunde ausgenommen.«

»Stimmt, die Hunde ausgenommen.«

»Seht ihr euch ähnlich?«

Boris sah mich mit hochgezogener Augenbraue an.

»Sorry, dass ich so neugierig bin. Das fragt das Einzelkind in mir. Kat ist für mich, was einer Schwester am nächsten kommt.«

»Ich habe mir ehrlich gesagt noch nie Gedanken darüber gemacht, ob wir uns ähnlich sehen. Ein bisschen würde ich sagen. Sie hat nicht ganz so dunkle Haare, aber sonst ...« Er machte eine Pause, als müsste er erst überlegen, wie seine Schwester aussah. »Aber wenn du sie kennenlernst, wirst du sie mögen. Euer Humor ist ziemlich ähnlich.«

Ein enger Ring legte sich um meinen Brustkorb. So weit wollte ich es gar nicht erst kommen lassen. Bisher hatte ich das Thema Familie ganz gut vermieden, weil ich mich nicht irgendwo vorstellen wollte, nur um kurz darauf die Flucht zu ergreifen.

»So, wir sind da.«

Ich hatte gar nicht richtig aufgepasst, wo wir hingelaufen waren. Jetzt standen wir mitten in der Pampa vor einem großen Feld. Mir war gar nicht bewusst gewesen, dass die Grewestraße geradewegs aufs flache Land führte.

Als Boris den Beutel von seiner Schulter streifte, den er mitgebracht hatte, wurden die Hunde sofort aufmerksam und setzten sich gemeinsam vor ihn. Ihre Ruten wedelten aufgeregt über den Boden.

»Kannst du sie ableinen?«

»Klar. Was kommt denn jetzt?«

»Partyzeit«, erwiderte der Mann nur lächelnd und zauberte zwei Tennisbälle hervor. Die Ruten wedelten schneller über den Boden. »Okay«, verkündete er und die Hunde sprangen auf. Mit aller Kraft warf Boris einen Ball nach dem anderen und pfeilschnell schossen die Tiere los.

***

Die *Kaffeetante* war schon geschlossen, deswegen versuchte ich es gleich bei Kat zuhause. »Ja?«, meldete sie sich mit krächzender Stimme über die Gegensprechanlage.

»Huhu, ich bin's«, verkündete ich gut gelaunt. Ich freute mich, endlich einmal wieder ausgiebig mit Kat zu plaudern, ohne dass wir von den Gästen der *Kaffeetante* gestört wurden.

Zu meinem Erstaunen klang es, als würde Kat schwer seufzen. Das war nicht die überschwängliche Begrüßung, die ich mir vorgestellt hatte. Der Summer ertönte und ich drückte die Tür auf. Hatte meine beste Freundin etwa mit dem Gedanken gespielt, mich nicht hereinzulassen?

Als ich das richtige Stockwerk erklommen hatte, stand die Tür auf und ich trat ein. »Welch herzliche Begrüßung«, murmelte ich und schloss die Tür.

Kat saß auf ihrer Couch und ich wusste sofort, dass sie schlecht drauf war. Nicht nur, dass ihre Haare ungewaschen in allen Richtungen abstanden, sie trug außerdem den uralten Snoopy-Pyjama, den sie schon immer als Teenie angehabt hatte, wenn sie besonders mies gelaunt war.

Inzwischen war er unglaublich ausgewaschen und spannte über ihren Brüsten, passte ihr beeindruckenderweise aber noch. Sie klopfte auf ihr durchgesessenes Sofa neben sich. »Komm her, ich habe ein Date mit Ben und Jerry.«

Zwischen ihren Beinen stand ein riesiger Becher Eiscreme, in dem ein überdimensionierter Löffel steckte. Auf dem Bildschirm lief ein blutiger Horrorfilm – das bedeutete, dass Kat kurz vor der Explosion stand, denn normalerweise verabscheute sie solche Filme, selbst Thriller und Krimis konnte sie eigentlich nicht lesen.

Seufzend setzte ich mich und schüttelte abwehrend den Kopf, als sie mir den Eisbecher hinhielt. »Ich schaffe es nicht, Boris zu sagen, dass wir uns eigentlich trennen müssten.«

Kat warf mir einen schrägen Blick aus ihren geröteten Augen zu. »Dann sag doch nichts. Du kannst gern meine Schwiegermutter haben und ich nehme dir Boris ab.«

»So schlimm?«

»Die offizielle Version lautet, dass ich eine Magen-Darm-Grippe habe, die völlig überraschend angeflogen gekommen ist. Das hier sind meine ersten freien Stunden seit Wochen.«

Ich umarmte Kat und gab ihr einen Kuss auf die Wange. »Ich leide mit dir. Sollen wir vielleicht ein paar Brautmagazine verbrennen?«

»Darüber bin ich schon hinaus«, winkte sie ab. »Dafür werde ich einen Selbsthilferatgeber für Bräute mit übergeschnappten Schwiegermüttern schreiben, wenn die Hochzeit vorbei ist. Willst du das erste Kapitel hören?«

»Klar, vielleicht lerne ich noch etwas.«

Zuerst leckte Kat genüsslich den Löffeln Eiscreme hab, den sie sich gerade vom Boden des Bottichs zusammengekratzt hatte, bevor sie sich geräuschvoll räusperte. »Kapitel 1: Tu es nicht. Ende.«

»Echtes Bestseller-Potenzial, würde ich sagen. Aber das ist nur meine Laienmeinung.«

Kat nickte und folgte mit den Augen dem aktuellen Gemetzel auf dem Fernseher. Schließlich stellte sie das Eis weg und streckte sich aus, legte ihren Kopf auf meinen Oberschenkel.

»Es tut mir leid, dass ich momentan so beschissene Gesellschaft bin. Ich stehe einfach total neben mir. Morgens, wenn ich aufwache, gilt der erste Gedanke der Hochzeit, und abends, wenn ich schlafen gehe, denke ich an – rate mal – die Hochzeit. Torben habe ich auch seit Tagen nicht gesehen, und wenn er hier ist, will er noch einmal detailliert alles besprechen, was seine Mutter sich in der Zwischenzeit wieder überlegt hat. Du kennst doch diese chinesischen Fluglaternen?«

»Die, die inzwischen verboten sind?«

»Genau die. Schwiegerzilla hat sich aber in den Kopf gesetzt, dass wir die unbedingt steigen lassen müssen und jetzt gehen wir Freitag mit jemandem von der Feuerwehr essen, damit wir ihn überzeugen können, eine Sondererlaubnis zu bekommen.«

»Du machst Witze!«

Kat schloss die Augen und ließ das Kinn auf die Brust sinken. Müde schüttelte sie den Kopf. »Mein Leben wäre um einiges einfacher, wenn es so wäre. Schwiegerzillas Wege sind unergründlich. Willst du meinen Rat? Bleib verheiratet, dann hast du es wenigstens schon hinter dir.«

Das war nicht unbedingt die Art von Vorschlag, die ich hatte hören wollen. Waren beste Freundinnen nicht dazu da, die ungewünschten Männer wieder loszuwerden? Allerdings war der Knackpunkt: Boris gab sich nicht die geringste Mühe, ekelhaft und unerwünscht zu sein.

Ich streichelte Kats Haare, die mich von unten anstarrte. »Woran denkst du?«, fragte sie.

»An Boris. Er ist jetzt wieder mit einer seiner unzähligen Verpflichtungen beschäftigt und bringt die Hunde zu seiner Schwester. Heute Nacht kommt er wieder zu mir und ich weiß einfach nicht, wie ich das Thema ansprechen soll.«

»Bist du verknallt?«, fragte meine beste Freundin treffsicher.

»Nein«, protestierte ich hektisch, lief aber im gleichen Moment knallrot an.

»Verstehe«, sagte Kat geheimnisvoll. »Dann wünsche ich dir viel Erfolg dabei, ihn wieder loszuwerden. Er klingt ja auch, als würde er es kaum in deiner Nähe aushalten und als würdet ihr euch gar nicht verstehen. Du solltest ihn schleunigst loswerden, bevor ihr noch miteinander glücklich werdet.«

»So leicht ist das nicht.« Mein Protest hatte schon überzeugender gewirkt.

***

Ich wurde durch heiße Lippen in meinem Nacken geweckt und zuckte zusammen. Panisch wollte ich mich freistrampeln, doch jemand hockte mit gespreizten Beinen über mir und hatte eine Hand auf meinen Rücken gelegt, presste mich runter.

»Shhhh«, machte Boris und knabberte von hinten an meinem Ohrläppchen. Erleichtert, dass er es nur war, ließ ich mich in die Matratze sinken. Seine Hand strich an meinem Oberschenkel entlang, streifte mein Nachthemd.

Noch immer fühlte ich mich schläfrig, ärgerte mich, dass ich eingeschlafen war. Eigentlich hatte ich auf ihn warten wollen, um endlich über unsere Trennung zu sprechen.

Irgendwann mussten mir wohl die Augen zugefallen sein.

Mein Mann schob sein Knie zwischen meine Beine und ich spreizte sie bereitwillig. Wieso konnte ich ihm nur nicht widerstehen? Eigentlich hätte ich es schon längst beenden sollen, aber ich war süchtig, vollkommen gefangen.

Seine Finger glitten höher, erreichten meine Scham und streichelten sie geschickt. Wenige Minute später lag ich schwer atmend unter ihm, nass vor Verlangen.

Mit sanften Berührungen reizte Boris meine Klitoris, bis ich nur noch wimmern konnte. Er war nackt und doch war sein Körper so heiß, dass er mich mühelos wärmen konnte.

»Bitte«, flüsterte ich und hob ihm mein Becken entgegen. »Nimm mich«, wisperte ich in das Dunkel des Schlafzimmers hinein.

Seine Lippen strichen über meinen Nacken, bevor ich seine Zähne spürte. Er bewegte seine Finger schneller, in meinem Bauch zuckte es verräterisch, dann explodierte eine Million kleine Scherben, die gleißend auseinander stoben.

Mit fest zusammengepressten Lidern versuchte ich es lediglich irgendwie zu überleben. Mein kehliges Stöhnen klang fremd in meinen Ohren. Ich schwebte noch auf den letzten Zügen des Höhepunkts, als Boris sich zwischen meine Beine sinken ließ und in mich eindrang.

Mühelos nahm ich ihn auf, vergrub meine Finger im Bettlaken, drückte ihm meinen Po entgegen. Mein Körper bebte unter seinen Stößen, als er immer fester in mich hineinstieß, seine Haut klatschte gegen meine.

Mein Nacken brannte dort, wo er seine Zähne vergraben hatte und trotzdem wünschte ich mir, dass er das noch einmal machen sollte. Und noch einmal, noch einmal, noch einmal ...

Boris streifte einen Punkt in mir, der meine Lust aufs Neue beflügelte und ich kippte mein Becken, um das Gefühl noch einmal zu verspüren. Als hätte er genau gewusst, dass ich so reagieren würde, drang er noch tiefer in mich und ein zweiter Orgasmus baute sich auf.

Hemmungslos schrie ich meine Lust heraus, war völlig überwältigt, während ich unter ihm zitterte. Meine Muskeln verkrampften sich, mein ganzer Körper spannte sich an.

Mein Verhalten sorgte dafür, dass Boris' letzte Hemmungen schwanden, hart und tief fickte er mich, stieß noch ein letztes Mal zu, sodass ich aufschrie, bevor er ganz tief in mir verharrte und sich ergoss.

Müde sank ich ins Laken. Morgen. Morgen würde ich das Thema ansprechen müssen, das nahm ich fest vor.

Boris zog sich aus mir zurück, legte sich hin und zog mich an seine Brust. Selbst wenn ich nicht gewollt hätte, hätte er mir keine Wahl gelassen, als mich an ihn zu schmiegen. Ich inhalierte seinen Duft, gemischt mit dem Geruch unseres leidenschaftlichen Sex.

Morgen musste ich einfach mit ihm sprechen.

***

Irgendwie kam ich mir pervers dabei vor, als ich den Frühstückstisch besonders liebevoll deckte. Vielleicht wäre es ja hilfreich, wenn Boris' Laune gut war, sobald ich endlich Thema Scheidung anschneiden würde.

Hinter mir erklangen Schritte und ich flüchtete mich in die Küche, damit ich mich noch ein paar extra Sekunden wappnen konnte. Um meine Finger zu beschäftigen, hantierte ich an der Kaffeemaschine, als mein Mann in die Küche kam.

»Guten Morgen.« Im Vorbeigehen küsste er meinen Nacken, bevor er zwei Tassen aus dem Schrank holte. Es waren die scheußlichen, weißen mit dem verblichenen Rosenmuster. Warum hatte ich diese hässlichen Exemplare eigentlich noch nicht weggeworfen?

»Morgen«, nuschelte ich und verfluchte ihn dafür, dass er sich so liebevoll benahm, so ... verheiratet. Warum konnte er sich nicht wie ein Ekelpaket verhalten? Dann würde es mir viel leichter fallen, ihn wieder loszuwerden.

Stattdessen fühlte ich mich elend, weil ich das Thema überhaupt anschneiden wollte. Die Wahrheit war, dass ich mich eigentlich nicht mal von ihm trennen wollte. Schmerzhaft zog mein Magen sich zusammen und ein bitterer Geschmack lag auf meiner Zunge.

Das Problem war nur: Wenn ich zu lange warten würde, um ihn auf die Trennung anzusprechen, dann fürchtete ich, würde er mir zuvorkommen und mir das Herz brechen. Es wunderte mich ohnehin, dass er noch nichts gesagt hatte. Streng genommen waren wir schon vier Tage über die Frist hinaus.

Mit den zwei vollen Kaffeebechern schlenderte Boris zum Tisch und setzte sich auf den Platz, den er immer nahm, den ich auch jetzt für ihn gedeckt hatte.

Weil ich nicht wusste, wie ich das Thema eröffnen sollte, stürzte ich lieber einen großen Schluck Kaffee herunter, der viel zu heiß war, und verbrannte mir prompt die Zunge.

Boris sah mich erwartungsvoll an. »Willst du dich nicht setzen?«

»Natürlich.« Ich zog den Stuhl zurück, setzte mich und unterdrückte den Impuls, nervös mit den Füßen auf dem Boden herumzutrommeln.

»Gut geschlafen? Du wirkst ein wenig angespannt.« Wie immer traf er genau ins Schwarze.

Das war meine Chance, das Ganze herunterzuspielen und einfach hinter mich zu bringen. Egal, wie ekelhaft das Gefühl in meinem Bauch war. »Mir ist nur aufgefallen, dass unsere gemeinsame Zeit herum ist und wir uns langsam mit der Scheidung beschäftigen sollten.«

Mehr hatte ich nicht zu sagen und schnappte mir wieder die Kaffeetasse. Dieses Mal war ich schlauer und probierte den Kaffee zuerst vorsichtig. Er war ein wenig heruntergekühlt und ich trank die Tasse leer.

Als ich sie absetzte, fühlte ich mich zittrig, denn Boris hatte noch immer nichts gesagt. Stattdessen sah er mich ruhig an. Obwohl ich sehen konnte, dass er nachdachte, war es mir unmöglich zu sagen, worüber.

Ich hielt es nicht länger aus und brach das Schweigen. Einfach, weil ich mich unter seinem Blick so verletzlich fühlte. »Und?«

Er streckte seinen Arm aus, nahm meine Hand, hob sie an seinen Mund und presste einen Kuss auf meine Handfläche. Das Gefühl rann durch meinen ganzen Körper und ich entzog ihm die Hand.

Ohne einen Hauch von Bedauern sagte er: »Nein.«

14

Meine Stirn legte sich in Falten und ich blinzelte langsam. »Was soll das heißen? Nein?« Meine Lunge verkrampfte sich und das Atmen fiel mir zunehmend schwerer.

Boris lächelte träge, schien mit sich und der Welt vollkommen im Reinen zu sein. »Das soll genau das bedeuten, was ich gesagt habe. Ich bin gegen die Scheidung.«

Als er mich daraufhin direkt mit seinen eisblauen Augen ansah, hatte ich den Eindruck, dass er von vornherein geplant hatte, genau das zu sagen. Lässig nippte er an seinem Kaffee und blickte mich unverwandt an.

»Warum solltest das tun?«, fragte ich fassungslos und versuchte, mir einen Reim auf sein Verhalten zu machen.

Er antwortete nicht, sein Lächeln vertiefte sich lediglich.

Mein Zorn stieg. »Weißt du was? Es ist ja glücklicherweise so, dass ich deine Zustimmung nicht brauche! Genau aus dem Grund haben wir einen Vertrag geschlossen. Und wenn du glaubst, dass das hier gerade witzig ist, kann ich dir versichern: Das ist es absolut nicht!« Empört verschränkte ich die Arme, stand auf und begann, angespannt im Kreis zu laufen.

»Als wir uns das erste Mal gesehen haben, war ich beeindruckt davon, wie clever du bist und dass du eine schnelle Auffassungsgabe hast. Aber weißt du, was mich richtig gestört hat?«

Ich blieb stehen und funkelte ihn an. »Nein.«

»Dass du so arrogant bist – wobei arrogant das falsche Wort ist. Du weißt einfach, dass du intelligent bist. Das Problem ist nur, dass du dir inzwischen angewöhnt hast, nicht ein einziges Mal zu hinterfragen, ob du möglicherweise nicht die intelligenteste Person im Raum bist. Vielleicht ist jemand anders klüger als du. Ist dir das jemals in den Sinn gekommen?«

»Was?« Verständnislos starrte ich ihn an und widerstand dem Impuls, meine Hände zu Fäusten zu ballen.

»Du hast mich schon verstanden. Wahrscheinlich kannst du dir nicht einmal vorstellen, wie sehr ich mich darüber geärgert habe. Wärest du nicht so unglaublich anziehend und liebenswert, hätte ich dich wahrscheinlich spätestens bei unserem dritten Treffen erwürgt. Aber so ...« Er machte eine Pause, zog einen Mundwinkel zu seinem unwiderstehlichen Lächeln hoch. »Aber so war es einfach zu verlockend, dir eine Lektion zu erteilen. Es kann ja sein, dass du deinen Vater und Henning um den Finger wickeln kannst, aber bei mir musst du da schon ein bisschen früher aufstehen, Prinzessin.«

In meinen Ohren rauschte das Blut. Was zum Teufel wollte er mir damit sagen? Warum wollte er nicht in die Scheidung einwilligen?

»Es ist mir egal, was du sagst. Du hast den Vertrag unterschrieben und der ist hieb- und stichfest«, fauchte ich.

»Habe ich das wirklich?« Er lehnte sich vollkommen entspannt in seinem Stuhl zurück und verschränkte die Arme hinter dem Kopf.

»Natürlich«, entgegnete ich. Doch selbst mir fiel das leichte Zittern in meiner Stimme auf. Fieberhaft überlegte ich, wann ich den Vertrag eigentlich das letzte Mal in der Hand gehabt hatte? Meine Augen glitten zu meinem kleinen Sekretär, in dem ich alle wichtigen Papiere aufbewahrte.

Mein Mann folgte dem Blick und lachte. »Da ist er nicht, so viel kann ich dir verraten.«

Ich explodierte. »Wo ist er?«, schrie ich. Meine Brust hob und senkte sich schnell, ich stand vollkommen unter Strom.

Boris stand auf, spazierte zu meiner Kommode, zog die oberste Schublade auf und schob die leeren Stoffbeutel, die ich dort aufbewahrte, zur Seite. Er zauberte den Vertrag hervor und warf ihn auf den Tisch.

Mit zwei Schritten war ich da und blätterte ihn hastig durch. Auf der letzten Seite fand ich die beiden gestrichelten Linien – leer.

Boris hatte nicht unterschrieben. Ich hatte nicht unterschrieben. Der Text verschwamm vor meinen Augen und ich zwinkerte hastig die Tränen weg. »Wie zum Teufel ...«, murmelte ich und versuchte, zu rekonstruieren, was passiert war.

Boris legte seine Hand auf meine und drückte sie leicht. »Ich habe dich ausgetrickst«, verkündete er, als hätten wir gerade lediglich eine Runde Bingo gespielt.

Das Rauschen in meinen Ohren nahm zu. »Wie?«

»Indem ich am Abend vor der Hochzeit hierher gekommen bin.«

Krampfhaft starrte ich auf die Tischplatte und ignorierte das heiße Brennen in meinen Augenwinkeln. Ich würde jetzt nicht heulen!

Die Erkenntnis baute sich bitter in mir auf: Während ich den besten Sex meines Lebens gehabt hatte, war Boris lediglich in der geheimen Mission unterwegs gewesen, mich zu manipulieren. Hoffentlich war er stolz auf sich.

In mir wuchs das dringende Verlangen, mich zu übergeben. Was war ich nur für eine Idiotin, dass ich gedacht hatte, damit durchzukommen!

Er umfasste meine Hand, hob sie an seine Lippen und drückte einen Kuss auf den Handrücken. Das Prickeln, das sein Mund hinterließ, stand in krassem Gegensatz zu der kalten Wut, die ich verspürte.

»Ich habe einfach nur gewartet, bis du schläfst und deinen Wecker ausgeschaltet. Du warst so müde, dass mir klar war, dass du niemals rechtzeitig von alleine wach werden würdest.«

»Und nachdem du mich angerufen hast, bin ich einfach kopflos aus der Wohnung gerannt und habe den Vertrag übersehen«, sagte ich tonlos.

Boris schüttelte den Kopf. »Nein, den hatte ich bereits eingesteckt und mitgenommen.«

Erst jetzt fand ich die Kraft, ihm meine Hand zu entziehen.

Zu dem Rauschen in meinen Ohren gesellte sich ein schriller Piepton, der mir endgültig den letzten Nerv raubte.

»Und jetzt?«, fragte ich und machte zwei Schritte von ihm weg, als er die Hände nach mir ausstreckte. »Fass mich ja nicht an!«, fauchte ich aufgebracht.

Kalter Schweiß brach mir aus. Was sollte ich jetzt nur tun? Wut flackerte rot am Rand meines Sichtfelds und hinter meiner Stirn machte sich ein heftiges Pochen bemerkbar. Meine Knie zitterten.

Gehorsam trat Boris zurück. »Wir sollten reden.«

Es war zu spät, ich konnte es nicht mehr zurückhalten und eine Träne rollte über meine Wange. »Worüber sollen wir bitte reden?«, schrie ich. Die Wände meiner Wohnung schienen immer näher auf mich zuzukommen.

Wütend packte ich meinen leeren Kaffeebecher und wollte ihn voller Wut gegen die Wand werfen. Ich musste irgendetwas kaputtmachen, meinen Frust und meine Hilflosigkeit abbauen.

Der Becher flog durch die Luft, in diesem Moment machte Boris einen Schritt auf mich zu. »Anika«, sagte er. Weiter kam er nicht, denn der Becher traf ihn mit einem widerlichen Knirschen an der Stirn. Er zuckte zusammen und ich schnappte entsetzt nach Luft.

»Oh mein Gott, das wollte ich nicht!« Ich schlug die Hand vor den Mund und begann erst recht zu weinen.

Boris fasste sich an die Stirn und sah auf seine Finger. Sie waren blutig – und zwar sehr. »Kannst du Auto fahren?«, fragte er mich.

»Ja, natürlich.« Ich besaß bloß kein Auto, weil ich nur wenige Minuten zu Fuß von der Arbeit und allen relevanten Geschäften entfernt wohnte.

»Dann schlage ich vor, dass du mich zum Krankenhaus bringst.«

Das Blut sprudelte aus seiner Stirn, doch nicht so schnell, wie die Tränen aus meinen Augen kamen. Endlich setzte mein Verstand wieder ein und ich rannte ins Badezimmer. Ich holte ein Handtuch aus dem Schrank und brachte es Boris, der es mir abnahm und gegen seine Stirn presste.

»Es tut mir so leid«, sagte ich wieder. »Ich wollte die Wand treffen.«

Mit einer Hand hielt er das Handtuch gegen seinen Kopf gedrückt, mit der anderen holte er seinen Autoschlüssel aus der Hosentasche. Doch er sagte nichts. Ein ungutes Gefühl breitete sich in meinem Körper aus; wie eisige Kälte, die aus dem Inneren heraus strahlte.

Stumm reichte er mir den Schlüssel und mir fiel auf, dass ich nicht einmal wusste, was für ein Auto er fuhr. Ich wollte mich schon wieder entschuldigen, schluckte die Worte dann aber hinunter und nahm meine Tasche.

Boris folgte mir aus der Tür und ich schloss hinter uns ab. Unten auf der Straße blieb er von einem riesigen, silbernen Audi stehen, in dessen Kofferraum fest installierte Käfige aus Metall standen. Wären wir normal unterwegs gewesen, hätte ich ihn gefragt, ob sie für die Hunde waren. Doch in Anbetracht der Tatsache, dass das Handtuch sich immer weiter mit Blut vollsog, schloss ich lieber das Auto auf.

Er setzte sich auf den Beifahrersitz, schnallte sich mit einer Hand an und fragte vollkommen ruhig: »Weißt du, wo wir hin müssen?«

»Ja. Es tut mir so leid.«

»Anika, sei still und fahr endlich los.« Müde sah er aus dem Beifahrerfenster und presste das Handtuch gegen seinen Kopf.

Mein Magen war einziger eiskalter Klumpen, der schwer in meinem Bauch lag. Wie hatte ich alles nur so ruinieren können? Ich war vorher noch nie handgreiflich geworden. Gott, ich schämte mich so.

Während ich mit zittrigen Fingern den Schlüssel drehte und der Motor ansprang, blinzelte ich schnell die aufsteigenden Tränen weg. Wenn ich jetzt noch den Wagen vor die nächste Wand setzen würde, weil ich nichts sah, wäre mir auch nicht geholfen.

Der Mann sagte während der Fahrt fast gar nichts, gab höchstens kurze Anweisungen. »Fahr die Nächste links, das ist schneller.«

Ich konnte mich gar nicht so schnell abschnallen, wie Boris vor dem Krankenhaus aus dem Auto sprang. Bis ich schließlich eine angemessen große Parklücke gefunden und dort zufriedenstellend eingeparkt hatte, war er längst aus meinem Sichtfeld verschwunden.

Ganz langsam schlich ich in das Foyer des Krankenhauses. Da ich meinen Mann nirgendwo sehen konnte, setzte ich mich in den Wartebereich und ignorierte das Verlangen, mich an Ort und Stelle zu übergeben.

***

Mein Gesicht in die Hände vergraben schämte ich mich aktiv und starrte den polierten Boden an, während ich wartete. Irgendwann trat ein Paar Nikes in mein Blickfeld und ich hob den Kopf.

Boris stand vor mir und auf seiner Stirn prangte ein großes Pflaster. Sofort sprang ich auf und legte die Hände auf seine Brust. »Es tut mir so leid. Ich kann gar nicht sagen, wie leid es mir tut.«

Er nickte nur knapp und trat einen Schritt zurück, meine Hände glitten von seiner Brust und hingen kraftlos an meinen Seiten herunter. Ich schluckte schwer, es war nicht zu übersehen, dass Boris wütend war – und er hatte jedes Recht dazu.

»Können wir?«

»Aber natürlich. Wo soll ich dich hinbringen?«

»Zu mir«, lautete die harsche Antwort, bevor er sich umdrehte und steif aus der Halle ging.

»Musste es genäht werden?«, fragte ich vorsichtig, obwohl ich es schon ahnte.

»Fünf Stiche.« Er fuhr zu mir herum. »Fünf verdammte Stiche.« Dann fuhr er sich mit der Hand durch die Haare und seufzte. Für einen Moment glaubte ich, dass er noch etwas sagen wollte, doch er schwieg und folgte mir zum Auto.

Ich startete den Motor und Boris fummelte an dem Multimediagerät in der Mittelkonsole herum, bis das Navigationsgerät startete und die Route »nach Hause« anzeigte. Offenbar wollte er mich nicht einmal mehr lotsen.

Es dauerte nicht lange, bis ich die Stille nicht mehr ertrug. Laut Navi waren es nur noch zwei Kilometer bis zu ihm und ich wollte nicht im Streit auseinandergehen.

»Ich –«

Weiter kam ich gar nicht, denn Boris schnitt mir mit einer herrischen Handbewegung das Wort ab. »Ich verspüre gerade nicht den geringsten Wunsch, mich zu unterhalten«, knurrte er. »Mein Kopf tut weh und ich bin unglaublich wütend. Es ist der denkbar schlechteste Zeitpunkt.«

»Vermutlich hast du recht«, stimmte ich zu, um ihn nicht noch weiter zu verärgern.

»Vermutlich?«, explodierte er und starrte mich von der Seite an. Selbst ohne genau hinzusehen, bemerkte ich, wie zornig sein Blick war.

»Du hast recht«, lenkte ich schnell ein. »Absolut recht. Tut mir leid.« Dann presste ich meine Lippen fest aufeinander.

Wie das Navigationssystem mich anwies, bog ich links ab und wunderte mich sofort, ob ich hier richtig war. Allerdings war Boris so angespannt, dass der Muskel an seinem Unterkiefer zuckte, also wollte ich ihn lieber nicht noch weiter provozieren.

Wir waren in einem der besten und teuersten Stadtteile und auf der geraden, langgezogenen Straße standen nur wenige Häuser – obwohl Häuser fast die falsche Bezeichnung war. Wenn ich von der Größe der Grundstücke ausging, die von hier zu erahnen waren, traf es »Anwesen« wohl besser.

In fünfzig Metern sollte ich laut Navigationsgerät das Ziel auf der rechten Seite erreichen. Ehrfurchtsvoll fuhr ich in die Auffahrt und blickte auf das weiß geklinkerte Haus mit dem dunklen Dach.

Hinter der Einfahrt standen zwei Garagen, die durch eine Steinmauer mit Tor direkt mit dem Haus verbunden waren.

Eine große Hecke verwehrte mir den Blick auf mehr, aber ich nahm an, dass sich dahinter ein Garten versteckte – ein stattlicher Garten, wenn er zu diesem Haus gehörte.

»Hier wohnst du?«, versuchte ich es ein letztes Mal.

Boris nickte. »Ich rufe dir ein Taxi.«

Autsch. Ich wurde offiziell hinausgeworfen, noch bevor ich richtig drin gewesen war. Mein Herz verkrampfte sich. »Das kann ich schon selber machen.« Eilig schnallte ich mich ab. »Soll ich dich anrufen?«

»Vorerst nicht.«

Er ging einfach an mir vorbei, hielt die Hand auf, damit ich ihm den Autoschlüssel gab. Mit schnellen Schritten stieg er die drei Stufen zur Haustür auf, schloss sie auf.

Mit einem Geräusch, das unnatürlich laut in meinen Ohren klang, warf er die Tür zu und ich war draußen geblieben. Langsam drehte ich mich zurück und ging zum Straßenrand, während ich mein Handy aus der Tasche holte. Ich hatte eine App installiert, mit der ich ein Taxi rufen konnte, ohne tatsächlich telefonieren zu müssen. Das war gut, denn ich hatte das Gefühl, dass meine Stimme gerade nicht sehr fest klang.

Ich wagte es nicht einmal, mich zum Haus umzudrehen. Wann hatte ich das letzte Mal etwas so erstklassig versaut?

***

Eigentlich musste ich es dem Taxifahrer hoch anrechnen, dass er nicht ein Wort darüber verlor, dass ich die ganze Fahrt über wie ein Schlosshund schluchzte, heulte und vor mich hin schnodderte.

Warum hatte ich nur diese Tasse werfen müssen? Was war denn bloß los mit mir?

Die Frage überschattete sogar meine Überlegungen, warum Boris mich wegen der Scheidung zurückgewiesen hatte.

Immer wieder ging ich den Ablauf durch, wenn ich nicht so wütend gewesen wäre, wenn er nicht ausgerechnet in dem Moment einen Schritt auf mich zu gemacht hätte ...

Das brachte alles nichts. Es war passiert und spätestens jetzt würde Boris sich scheiden lassen wollen. Vielleicht hätte ich auf Kat hören und das Thema ruhen lassen sollen.

Denn mir wurde langsam klar, dass ich eigentlich nicht auf Boris' Gesellschaft verzichten wollte. Doch statt das einfach zu sagen, hatte ich sehr wirkungsvoll dafür gesorgt, dass er unter Garantie in Zukunft auf meine verzichten würde.

Vor meiner Wohnung gab ich dem Fahrer vermutlich das beste Trinkgeld, das er je bekommen hatte; es war mir einfach zu peinlich, dass ich kein gerades Wort herausbekam und überhaupt nicht redete. Ein Schulterzucken war das Beste, wozu ich in der Lage war.

Als ich aufschloss, roch ich zuerst Sandelholz und Mandarine und die Tränen sprudelten erneut. Wenn ich nicht bald etwas trank, würde ich noch dehydrieren.

Ruckartig blieb ich stehen. Vor mir lagen die Scherben der Tasse, die nachdem sie Boris getroffen hatte, auf dem Boden zerbrochen war. Mit spitzen Fingern sammelte ich sie ein und brachte sie in die Küche.

Mit dem Fuß trat ich den Mülleimer auf, doch es war kein Beutel darin. Also legte ich die Scherben auf den Tisch und wollte einen neuen Müllbeutel holen. Je länger ich die Scherben anstarrte, desto heftiger rauschte es in meinen Ohren. Ich musste hier weg!

15

Meine Beine zitterten immer noch, als ich in der *Kaffeetante* ankam. Ich musste einfach mit jemandem reden. Kat stand mit Maja, die mich freundlich grüßte, hinter dem Tresen und schien gar nicht zu bemerken, wer da vor ihr stand.

Meine beste Freundin sah schrecklich aus, um es vorsichtig auszudrücken. Das auf ihrem Kopf stellte beim besten Willen keine Frisur dar und ihre gerötete Nase verriet mir, dass sie innerhalb der letzten Stunde geweint hatte.

Wortlos nickte sie mir zu, bereitete mir einen Cappuccino und schob ihn in einem To-Go-Becher über den Tresen.

Als ich einen Schluck nahm, um mich zu sammeln, verzog ich angewidert das Gesicht. Er schmeckte fürchterlich. Den dezenten Hinweis, dass ich gar nicht erst bleiben sollte, überging ich einfach.

»Du siehst scheiße aus«, sagte sie nun endlich und kniff die Augen zusammen.

»Und du bist auf dem Weg, zur Miss Universe gekrönt zu werden«, fauchte ich zurück.

Maja sah erschrocken zwischen uns hin und her. »Warum geht ihr nicht nach hinten? Ich komme hier kurz alleine klar.«

Da die ersten Gäste schon in unsere Richtung sahen, nickte ich nur.

»Vielleicht kannst du neuen Kaffee kochen, der hier schmeckt nicht unbedingt«, raunte ich ihr leise im Vorbeigehen zu.

Kat schien keine große Lust zu verspüren, mit mir zu reden und nahm direkt eine abwehrende Haltung ein. Ihr Gesicht wirkte irgendwie dünner, fast schon eingefallen.

»Ist alles okay?«

»Sehe ich so aus, als wäre alles okay?«, schniefte sie leise und brach sofort in Tränen aus.

»Um Himmels willen! Warum hast du mich denn nicht angerufen?« Ich zog sie in meine Arme und versuchte, sie so gut es ging, zu trösten. »Was ist los?«

»Wir hatten die letzte Anprobe für das Brautkleid und Schwiegerzilla hat schon wieder an meinen Armen herumgemeckert.«

Ich erinnerte mich flüchtig daran, dass Kat mir erzählt hatte, dass ihre zukünftige Schwiegermutter die Oberarme meiner besten Freundin als »fett« bezeichnet hatte.

»Miese Kuh!«, schimpfte ich und Kat zog die Nase hoch.

»Als ich es Torben erzählt habe, hat er wenigstens gesagt, dass er meine Arme nicht zu dick findet.« Sie holte tief Luft und ich machte mich darauf gefasst, etwas sehr Unerfreuliches zu hören. »Aber meine Schenkel könnten dünner sein, hat er gesagt.«

Für einen Moment hatte ich Angst, dass mein Kopf platzen könnte. »Was hat das Arschloch gesagt?«

Sie winkte ab. »Er hat sich entschuldigt, dass es falsch rübergekommen sei, aber –«

Fuchsteufelswild fiel ich ihr ins Wort. »Der hat sie ja wohl nicht mehr alle! Was fällt dieser Familie eigentlich ein?«

Ohne ein weiteres Wort fiel Kat mir um den Hals und presste die Luft aus meinen Lungen.

»Du brauchst mich gar nicht zurückhalten. Am liebsten würde ich zu ihm fahren und ihm ein paar Takte erzählen. An deinen Schenkeln gibt's rein gar nichts zu meckern!«

Tapfer lächelte sie. »Ich denke, er hat es wirklich nicht so gemeint. Er ist genauso gestresst wie ich.«

Das wagte ich stark zu bezweifeln. Kat selbst klang nicht einmal, als würde sie das glauben. Kritisch zupfte ich an dem Halsausschnitt ihres T-Shirts und betrachtete ihre Schlüsselbeine.

»Wann hast du denn das letzte Mal was Anständiges gegessen?«

Treffer, versenkt. Sie wurde rot und wich meinem Blick aus. Es war wirklich schrecklich, dass wir uns gegenseitig überhaupt nicht anlügen konnten. »Ist schon etwas her. Kurz nach der Sache mit den Schenkeln, war das Probedinner Nummer 1 und ich musste gefühlt 3.000 Menü-Kombinationen probieren, danach war mir der Appetit gründlich gegangen.«

»Gut, dass ich hier bin. Ich verordne zur kurzfristigen Linderung aller Symptome zwei Flaschen Wein und eine riesige Portion deines Lieblingsessens.«

Glücklicherweise war Kats Lieblingsspeise das einzige Gericht, das ich im Schlaf kochen konnte: Käsespätzle.

Sofort leuchteten ihre Augen auf. »Aber ich kann hier nicht weg.«

»Genau«, nickte ich. »Maja wirkt ja auch in der Tat, als wäre sie gnadenlos überfordert. Das war keine Frage, das war ein Befehl. Marsch, marsch.«

Meine beste Freundin wiegte nachdenklich den Kopf. »Na gut. Aber warum siehst du eigentlich aus, als hättest du schlimmen Heuschnupfen?«

Sofort fasste ich mir an die Nase, als könnte ich so ungeschehen machen, dass ich Rotz und Wasser geheult hatte. »Ich hätte auf dich hören sollen«, murmelte ich, bevor ich zum wiederholten Male heute in Tränen ausbrach.

»Ach herrje. Wir haben uns echt gesucht und gefunden, was?«, fragte Kat und tätschelte nun meinen Rücken.

Innerhalb von Sekunden hatten wir die Rollen getauscht.

»Ich habe etwas Schreckliches getan«, murmelte ich.

»Ja, dein Plan war, guten Sex aufzugeben, nur um deinem komischen Abkommen mit Boris gerecht zu werden.«

»Schlimmer«, hauchte ich kraftlos.

»Jetzt rück aber raus mit der Sprache.«

»Versprichst du, dass du mich nicht für einen schlechten Menschen hältst?«

»Ich gebe mein Bestes.«

»Heute Morgen habe ich Boris erklärt, dass wir über die Trennung sprechen sollten. Und er hat sich geweigert.«

»Er wollte nicht über die Trennung sprechen oder sich nicht von dir trennen?«

»Ich weiß es nicht genau, um ehrlich zu sein. Ich weiß nur, dass ich so wütend geworden bin, dass ich eine Tasse an die Wand geworfen habe.«

Kat lachte. »Das ist doch nicht schlimm! Weißt du, wie oft ich hier drin schon Sachen durch die Gegend geworfen habe?«

Die Tränen rannen in Strömen über meine Wangen. Ich gab mir nicht einmal Mühe, beim Sprechen nicht erstickt oder schnodderig zu klingen. »Aber ich habe nicht die Wand getroffen, ich habe meinen Mann an der Stirn getroffen und er musste mit fünf Stichen genäht werden. Mit fünf Stichen! Ich bin der schrecklichste Mensch auf der Welt!«

Eigentlich hatte ich Trost und Unterstützung erwartet, doch stattdessen fing Kat an, vollkommen hysterisch zu lachen. »Du hast ihm eine Tasse an den Kopf geworfen?«

Sie lachte und lachte und lachte. Ihr Kopf wurde rot, während sie nach Luft schnappte. Sie hielt sich die Rippen und krümmte sich vornüber. Ich schwankte zwischen dem Verlangen mitzulachen, weil es so ansteckend war, und ihr eine zu klatschen. Hundeelend fühlte ich mich – das war kein Grund zu lachen!

»Du bist die beste Freundin der Welt!«, japste sie. »Ich hätte nicht gedacht, dass ich vor der Hochzeit nochmal so lachen würde. Das ist zu gut!« Erst nach einigen Minuten brachte sie den nächsten, verständlichen Satz zwischen unkontrollierten Kicherattacken heraus: »Aber ich glaube dir kein Wort.«

Eingeschnappt rümpfte ich die Nase. »Ach nein? Dann komm mal mit.«

***

Kurze Zeit später standen wir in meiner Küche und Kat starrte die Scherben der Tasse an. Sie hielt zwei Minuten durch, bevor sie wieder in Gelächter ausbrach. »Du hast wirklich diese Tasse nach ihm geworfen! Da klebt ja Blut!«

»Hör auf zu lachen. Sag mir lieber, was ich machen soll!«

»Was empfindest du denn?«

Entnervt stiefelte ich aus der Küche und ließ mich auf das Sofa fallen. »Wenn ich das wüsste! Eine Achterbahnfahrt ist nichts dagegen. Heute Morgen war ich der felsenfesten Ansicht, dass eine Trennung das Beste wäre, aber nachdem ich die Tasse geworfen hatte, hab ich mich geärgert, das Thema überhaupt anzusprechen.«

»Hm«, machte Kat und ließ sich neben mich fallen. »Bevor wir weiterreden: Du hattest etwas von Wein gesagt?«

»Klar, ich mach die Flasche auf und koch schon mal Spätzle.«

»Ach, ich liebe dich.« Kat seufzte behaglich und putzte sich – genau wie ich – zum dreihundertsten Mal heute die Nase. »Bevor ich es vergesse, ich muss um 19 Uhr zurück in den Laden und schlappe 400 Cupcakes für eine Hochzeit backen. Die werden morgen abgeholt.«

»Mein Vorschlag: Wir schlagen uns die Plauze voll, dann nehmen wir eine weitere Flasche Wein mit und backen zusammen. Das haben wir schon ewig nicht mehr gemacht.«

Kat grinste mich an. »Klingt gut. Danke, dass du mir hilfst.«

»Purer Eigennutz. Wenn ich den ganzen Abend hier sitze und die Stelle an der Wand anstarre, an der die Tasse hätte landen sollen, dann hole ich mir noch ein Seil und hänge mich an einem der nicht vorhandenen Dachbalken auf.«

***

Als auch das letzte Törtchen aus dem Ofen war und auf dem Rost zum Abkühlen stand, lehnte Kat sich entspannt zurück. Der Wein hatte ihr niedliche rote Wangen gezaubert und sie wirkte viel gelöster als heute Nachmittag.

Ihre Schultern sanken ein wenig, als sie die Musik runterdrehte, die wir beim Backen gehört und viel zu laut und schief mitgesungen hatten.

Es hatte sich fast wie ein richtiger Mädelsabend angefühlt.

»Ich glaube, ich hatte seit drei Monaten keinen Sex mehr. Bitte erzähl mir etwas aus deinem Sexleben, damit ich mich wieder daran erinnere, wie das eigentlich geht.«

Überrascht sah ich Kat an, sparte mir aber die Frage, wie es dazu gekommen war. Nachdenklich biss ich mir auf die Unterlippe und wurde von einer leichten Schwermut erfasst.

An Sex zu denken, ging unwillkürlich mit dem Gedanken an Boris einher. Eigentlich wollte ich mich nicht dazu äußern und jedes kleine, kostbare Detail für mich behalten, und wie einen Schatz hüten. Aber Kats Gesicht erweichte mich.

»Er beißt.«

Sie grinste versonnen und gab einen erotischen Laut von sich. »Feste?«

»Manchmal«, gab ich zu, und musste selbst grinsen.

Mit einem Mal wurde Kat ernst und starrte auf den gefliesten Boden ihrer Küche. »Weißt du, was ich mich die ganze Zeit frage? Ich muss immerzu darüber nachdenken, wie wir früher als Teenager immer darüber gesprochen haben, unsere Freunde zu tauschen. Es war sozusagen die ultimative Bestätigung, das Prüfsiegel, wenn die beste Freundin den Typen auch genommen hätte. Und jetzt? Ich glaube, ich würde Boris sofort nehmen. Aber Henning? Den hätte ich mit einer Kneifzange nicht angefasst, nichts für ungut. Und ich bin mir sicher, dass du Torben auch nicht haben willst. Aber sollte mir das vielleicht irgendetwas sagen?«

Die Verzweiflung stand in ihren Augen geschrieben und ich legte meine Hand auf ihre. Keine Ahnung, ob da der Wein aus mir sprach, aber es machte mich wütend, Kat so leiden zu sehen. Zumal ihr Zukünftiger nicht viel zu unternehmen schien, um es ihr irgendwie leichter zu machen. Wenigstens seine Mutter hätte er ja zurückpfeifen können.

»Weißt du, du musst nicht heiraten, wenn du nicht willst. Wir lieben dich alle. Denk an die Leute, die dir am nächsten stehen: Hühnchen, Maja und ich wären beispielsweise sicher nicht sauer, wenn du dich zu deinem eigenen Wohl dazu entscheidest, die Hochzeit abzusagen.«

Sie sah mich lange an und ein kleiner Funke leuchtete in ihrem Gesicht auf, ein Funke, der mich entfernt an die alte Kat erinnerte. Langsam nickte sie, bevor sie völlig unerwartet in die Hände klatschte. Ich zuckte zusammen und hätte beinahe einen Rost mit Cupcakes von der Arbeitsfläche gefegt.

»So, ich habe hier noch irgendwo eine Notration Wein, das Frosting muss gerührt werden. Auf geht's!«

Sie drehte die Lautstärke der Stereoanlage wieder hoch und begann lauthals, die Spice Girls bei ihrem Gesang zu unterstützen. Nach kurzem Zögern stimmte ich mit ein und holte die große Schüssel, die Kat sonst auch für ihr legendäres Frosting benutzte.

16

Im Treppenhaus war ich noch relativ betrunken, doch als ich die Tür zu meiner Wohnung aufschloss und hineintrat, war ich schlagartig vollkommen nüchtern.

Erschrocken sah ich mich um, ob ich vielleicht halluzinierte, doch sonst sah alles normal aus – abgesehen von Yvette, die an meinem Esstisch saß und die Füße auf die Tischplatte gelegt hatte.

»Mach die Tür zu«, wies sie mich an und ihre Stimme klang so herrisch, dass ich erschrocken gehorchte.

Sie tippte mit ihren Fingernägeln auf den Tisch und lenkte meine Aufmerksamkeit auf die Bullenpeitsche, die dort lag. Dass es sich um ebendieses Instrument handelte, wusste ich nur, weil Boris es mir erklärt hatte, als wir einen der Pornos mit Yvette gesehen hatten. Deswegen wusste ich leider auch, dass sie ziemlich gut damit umgehen konnte.

»Setz dich doch«, sagte sie liebenswürdig, als wäre ich bei ihr zu Gast und nicht andersherum.

»Wie bist du hier rein gekommen?« Meine Stimme zitterte ein wenig und zeigte mehr Angst, als ich eigentlich hatte verraten wollen. Yvettes Präsenz machte mich ziemlich nervös.

»Ich kann Schlösser knacken, hat Boris dir das nicht erzählt?« Das leise Schnurren täuschte mich nicht darüber hinweg, dass sie ziemlich wütend zu sein schien.

Weil meine Beine mich ohnehin nicht länger getragen hätten, setzte ich mich zwei Stühle entfernt von Yvette hin.

»Du solltest dir wirklich ein neues Schloss einsetzen lassen, das Modell war in den 70ern schon veraltet.«

Schwach nickte ich und wagte es nicht, Yvette aus den Augen zu lassen.

»Kommen wir zu dem Grund meines Besuches. Ich wollte mir spontan von Boris die angesprochenen Stellen am Tattoo ausbessern lassen, doch im Studio habe ich dann erfahren, dass er zu Hause geblieben ist. Als ich ihn besucht habe, hatte er ziemlich Kopfschmerzen und ein großes Pflaster auf der Stirn. Ich schätze es nicht, wenn man meinen Freunden wehtut.«

»Es war ein Versehen! Ich kann überhaupt nicht zielen und ich schwöre, dass ich die Tasse an die Wand werfen wollte!«

Sie musterte mich mit hochgezogener Augenbraue. »Das ist auch die Version, die Boris mir aufgetischt hat.«

»Sie stimmt«, rief ich und hielt mit Mühe die Tränen zurück. Ich fühlte mich wirklich schon schlimm genug, da brauchte ich nicht noch seine Freunde, die mir vor Augen führten, dass ich ein schrecklicher Mensch war.

Wieder verursachten ihre Nägel ein leises Klickern auf meinem Tisch. »Erzähl mir, was passiert ist. Boris hat sich geweigert, darüber zu reden.«

Genervt strich ich meine Haare nach hinten, denn ich hatte die Geschichte gerade schon bis ins Detail ausgebreitet. Außerdem wusste ich nicht, wie viel ich preisgeben konnte, wenn mein Ehemann sich geweigert hatte, ihr davon zu erzählen.

Allerdings war ich mir ziemlich sicher, dass sie bei ihm keine Bullenpeitsche zur Einschüchterung dabei gehabt hatte. Das Geräusch, das dieses Ding verursachte, klang mir noch sehr deutlich in den Ohren, obwohl es schon eine Weile her war, dass ich den entsprechenden Film damit gesehen hatte.

»Wir hatten Streit, okay?«, platzte ich hervor. »Wir haben uns gestritten, weil ich dachte, ich könnte ihn austricksen, dann hat sich herausgestellt, dass er cleverer ist als ich und mich ausgetrickst hat. Das war eine neue Situation für mich und ich bin ausgeflippt. Vor lauter Wut wollte ich etwas kaputt machen, also dachte ich, ich werfe den Kaffeebecher an die Wand. Warum ich ausgerechnet in diesem Moment mal zielsicher war, kann ich nicht sagen.«

Yvette fixierte mich eindringlich, eindringlich und sehr lange. Als ich das Gefühl bekam, unter ihrem Blick immer weiter zu schrumpfen, begann sie plötzlich zu lachen. »Keine Sorge. Ich weiß alles. Boris hat es mir erzählt, da hätte ich vermutlich auch eine Tasse nach ihm geworfen. Ich bin nur hier, um sicherzugehen, dass du jetzt nicht auf regelmäßiger Basis schwere Gegenstände nach ihm wirfst.«

Erleichtert sank ich in meinem Stuhl zusammen und vergrub das Gesicht in den Händen. »Du hast mir eine Heidenangst eingejagt. Kannst du wirklich Schlösser knacken?«

»Ja, aber nur so Alte, bei denen das einfach ist. Boris kann das auch. Er hat es mir beigebracht.«

»Natürlich hat er das«, murrte ich und wischte mir über die Augen. Mein Make-up war vermutlich sowieso schon hin.

»Aber ich meine es ernst: Wenn du das nächste Mal das Verlangen verspürst, irgendetwas zu werfen oder – was weiß ich – um dich zu treten, dann denk hier dran.« Mit einer geschmeidigen Bewegung nahm sie die Peitsche und ließ sie, nur mit einer Drehung ihres Handgelenks in der Luft knallen.

Obwohl ich es hatte kommen sehen und nur einen leichten Lufthauch spürte, zuckte ich heftig zusammen.

Yvette stand auf, kam zu mir, legte eine Hand um mein Kinn und sah mich direkt an. »Du bist wirklich süß.«

Ihre Augen hatten eine ungewöhnliche Farbe, irgendwo zwischen Bernstein und Champagner. Ob das ihre echte Augenfarbe war? Oder trug sie Kontaktlinsen?

Ich hätte sie gern gefragt, kam aber nicht dazu, denn sie küsste mich. Ihre Hand hielt mein Kinn, glitt langsam nach unten und blieb auf meiner Kehle liegen. Sicherlich spürte sie, wie mein Puls raste.

Ihre Lippen waren unglaublich weich und für einen kurzen Moment spürte ich ihre Zunge in meinem Mund, dann richtete sie sich wieder auf. »Süß, sagte ich doch.« Anzüglich leckte sie sich über die Lippen und ließ mich los. »Ich habe Boris gefragt, ob wir uns nicht an einer Ménage à trois versuchen wollen, aber ich vergesse immer, dass der alte Langweiler viel zu besitzergreifend ist, um zu teilen. Dieses Mal hat er aber noch heftiger reagiert als sonst. Was das wohl heißen mag?«

Sie schlenderte in Richtung Tür, die Bullenpeitsche lässig über die Schulter gelegt.

»Yvette, warte.«

Mit gespitzten Lippen drehte sie sich um. »Ach, ich mag es, wie du meinen Namen sagst.«

»Was soll ich jetzt machen?«

Ich brauchte nicht einmal ausführen, was ich meinte, sie verstand mich erstaunlicherweise so.

»Gib ihm ein bisschen Zeit, die braucht er jetzt. Er ist zwar sauer, aber das Kind ist noch nicht in den Brunnen gefallen. Entschuldige dich ein paar Mal per SMS, und wenn ihn das zu sehr nervt, wird er sich bei dir melden. Hat bei mir auch immer funktioniert.«

Bevor ich sie fragen konnte, worauf sie anspielte, war sie schon verschwunden. Mit zittrigen Knien ließ ich mich wieder auf den Stuhl sinken. Noch immer spürte ich den festen Druck ihres Mundes auf meinem – das hatte ich wirklich nicht kommen sehen.

Vermutlich wäre es das Beste, wenn ich einfach ins Bett ging. Dieser Tag schien einfach nicht dazu bestimmt zu sein, etwas Gutes hervorzubringen.

***

Meine nackten Zehenspitzen berührten gerade das Badewasser, das ich mir eingelassen hatte, als es an der Tür klopfte. Aufgeregt fuhr ich herum, konnte das Boris sein? Wollte er vielleicht mit mir reden?

Hastig zog ich meinen Morgenmantel über und eilte zur Tür. Ohne durch den Spion zu sehen, öffnete ich sie. Mein Seufzen konnte ich mir glücklicherweise gerade noch verkneifen. Henning strahlte mich an und für einen Moment fragte ich mich, ob ich eine Verabredung zwischen uns vergessen hatte.

Er schob sich an mir vorbei und zog seine Jacke aus, hängt sie ordentlich an die Garderobe neben der Tür. Sofort wünschte ich mir Boris herbei, der seine Jacke immer im Gehen auf den Sessel warf, bevor er mich packte und ...

Ich räusperte mich. »Hallo, Henning. Was kann ich für dich tun?«

»Ich dachte, wir könnten vielleicht reden.«

Sein Zeitpunkt hätte nicht besser gewählt sein können, aber nachdem ich für einige Wochen schlicht seine

Existenz vergessen und einen anderen Mann geheiratet hatte, fand ich, dass ich ihm zumindest das schuldig war.

»Gut. Möchtest du etwas trinken?«

Henning winkte ab. »Lass nur, ich hole mir selbst ein Wasser.«

Mit einem Schulterzucken machte ich mich auf den Weg ins Wohnzimmer, als seine aufgeregte Stimme nach mir rief. »Anika!«

»Ja?«

Mit dem ausgestreckten Zeigefinger deutete Henning auf den blutigen Kaffeebecher, dessen Scherben noch auf dem Küchentisch lagen, wo ich sie heute Morgen deponiert hatte. »Was ist denn hier passiert? Bist du verletzt? Der schöne Becher!«

Ich hatte die Tasse immer scheußlich gefunden und vergessen, dass Henning sie mir vor einigen Jahren geschenkt hatte, als wir noch gar nicht miteinander ausgegangen waren.

»Ach, das war nichts«, spielte ich den Vorfall von heute Morgen herunter.

»Das sieht aber nicht nach nichts aus«, erwiderte er und musterte mich intensiv.

»Henning, worüber wolltest du reden?«

Ich verschränkte demonstrativ die Arme, es ging ihn nämlich überhaupt nichts an, wen ich mit Tassen bewarf und wen nicht.

Sofort sanken seine Schultern nach unten und er gab nach. Mir war es manchmal ein Rätsel, wie er in seinem Job als Anwalt erfolgreich sein konnte, wenn er bei jeder Kleinigkeit sofort zurückruderte.

»In Ordnung. Sollen wir es uns gemütlich machen?«

Fast hätte ich genervt die Arme in die Luft geworfen, denn ich wollte das Gespräch einfach nur hinter mir bringen, doch ich hatte mich im Griff und nickte. Gemeinsam gingen wir ins Wohnzimmer. Ich setzte mich auf die Couch und erwartete, dass Henning sich in den Sessel setzen würde, aber er setzte sich zu mir – sehr nah zu mir.

Irritiert rückte ich ab und achtete darauf, dass mein Bademantel geschlossen blieb. Zwar wusste Henning, wie ich nackt aussah, doch so fühlte ich mich einfach anständiger. Außerdem konnte ich mir gut vorstellen, was Boris zu dem Thema zu sagen hatte. Ein wohliger Schauer lief über meinen Rücken.

»Ich habe etwas nachgedacht«, fing Henning nun an und strahlte dabei erwartungsvoll. »Eigentlich passen wir doch gut zusammen, sollen wir es nicht vielleicht noch einmal miteinander versuchen? Keine Sorge, ich weiß, dass du verheiratet bist, aber wir können die Ehe sicherlich aufheben lassen. Ich habe mich da schon mal informiert. Es wäre wirklich schön, wenn wir beide so weitermachen könnten wie bisher.«

Verblüfft blinzelte ich ihn an. So einfach stellte er sich das also vor?

Abgesehen davon, dass ich kein Verlangen danach hatte, meine Ehe mit Boris aufheben zu lassen – zumindest in diesem Augenblick nicht –, fand ich es hochgradig interessant, dass Henning mit keinem Wort das Thema Gefühle ansprach. Scheinbar ging es ihm eher um die Routine, die sich zwischen uns eingespielt hatte. Je länger ich ihn ansah, desto weniger wusste ich, was ich dazu sagen sollte.

Leider nahm er mein Schweigen als Zustimmung, beugte sich nach vorne und küsste mich. Vor Schreck erstarrte ich. Henning verwechselte meine Schockstarre mit Verlangen und wollte mich an sich ziehen.

Wäre es nicht so traurig gewesen, hätte ich hysterisch gelacht, denn das war so ziemlich das Leidenschaftlichste, was Henning jemals getan hatte.

Bevor es noch weiter ausarten konnte, legte ich Henning beide Hände auf die Brust und drückte ihn von mir weg. »Nein.«

Schuldbewusst sah er mich an. »Okay.«

Er ging tatsächlich immer den Weg des geringsten Widerstands. Kopfschüttelnd lehnte ich mich auf der Couch zurück. Boris hätte sicherlich ganz anders verhalten, wenn ich nein zu ihm gesagt hätte. »Ich dachte, du würdest mit der Richterin ausgehen.«

Henning seufzte tief. »Ja, aber das ist nicht so wie mit dir.«

Hin und her gerissen überlegte ich, ob ich nachfragen sollte. Schließlich kapitulierte ich, denn ich wollte zumindest versuchen, eine Art Kumpel für Henning zu sein. »Warum?«

»Weil sie nicht du ist«, entgegnete er unbedarft und die Antwort versetzte mir einen leichten Stich.

»Aber ihr habt doch viel mehr gemeinsam als wir beide.«

Mein Ex-Freund dachte einen Moment nach. »Das stimmt.«

»Vielleicht bist du mit der falschen Erwartungshaltung an die ganze Sache herangegangen, ein direkter Vergleich ist selten eine gute Idee.«

Nachdenklich tippte Henning sich an die Unterlippe. »Vermutlich hast du recht. Wir haben auch noch gar nicht miteinander geschlafen.«

Für meinen Geschmack waren das zu viele Informationen, aber gesagt war es jetzt sowieso schon. Erst danach bemerkte ich, dass Henning mich erwartungsvoll ansah, weil er offenbar ein ähnliches Geständnis von mir erwartete.

Es war definitiv Zeit für einen Themenwechsel. »Wo du gerade schon hier bist, habe ich noch eine Frage an dich. Kennst du Yvette?«

Henning runzelte die Stirn, doch ich hatte genau gesehen, dass ein kleiner Funke in seinen Augen erschienen war, als ich den Namen gesagt hatte. »Du meinst die Pornodarstellerin? Ich glaube, jeder Mann kennt Yvette. Warum fragst du?«

Wenigstens hatte er den Anstand, ehrlich zu sein. Er konnte nämlich nur schlecht lügen und ich hätte ihn sofort durchschaut.

»Ich habe sie zufällig kennengelernt.«

Mit offenem Mund starrte mein Ex mich an. »Wie lernt man denn zufällig eine Pornodarstellerin kennen?«

»Sie ist eine Bekannte von Boris. Sie hat mir einen Dreier angeboten, was würdest du davon halten?« Ich musste einfach ein paar empirische Daten sammeln, bevor ich Boris davon berichtete.

»Machst du Witze? Ein Dreier mit dir und Yvette? Das wäre sicher toll, aber ich glaube, ich würde vorher vor Aufregung sterben.«

Leise lachte ich und tätschelte seine Schulter.

Henning lächelte mich an, bevor ein Schatten über sein Gesicht glitt. »Wie ist Boris so? Ich habe es immer noch nicht so ganz verarbeitet, dass du ihn tatsächlich geheiratet hast. Liebst du ihn?«

Zielstrebig hatte er meinen wunden Punkt gefunden und unabsichtlich seinen Finger hineingebohrt.Der Schmerz bei der Erinnerung an heute Mittag nahm mir fast den Atem. »Ich denke, du solltest jetzt gehen«, sagte ich statt einer Antwort, weil ich einfach nicht darüber reden wollte.

»In Ordnung.« Es war keine große Überraschung, dass Henning sofort zustimmte. »Warst du in letzter Zeit mal bei deinem Vater? Er hatte heute wirklich eine merkwürdige Laune.«

»Du warst bei Papa?«

»Ja, ich habe ihn vorher natürlich gefragt, ob ich bei dir vorsprechen kann.«

»Oh mein Gott, Henning! Wir sind beide über 30, warum zum Teufel fragst du meinen Vater um Erlaubnis?«

Das war wieder einmal typisch! Er wollte nur nichts falsch machen und benahm sich wie ein 14-Jähriger aus einer ganz anderen Ära.

Verschnupft richtete Henning sich auf. »Ich wollte nur sichergehen, dass ich seinen Segen habe.«

»Und was hat er gesagt?«

Mit einem Mal wich mein Ex-Freund meinem Blick aus, was natürlich meine Neugier weckte.

»Dass ich dich in Ruhe lassen soll«, gab er zerknirscht zu.

»Was? Das glaube ich nicht!« Warum sollte mein Vater so etwas sagen?

»Doch. Das hat er gesagt und dabei vollkommen erleichtert gewirkt. Ich sage ja, dass er merkwürdig gelaunt war.«

»Henning, es tut mir leid, dass es mit uns nicht funktioniert und so abrupt geendet hat, aber es ist wirklich das Beste so.«

Ich warf einen flüchtigen Blick auf die Uhr. »Warum fährst du nicht zur Richterin? Sie freut sich bestimmt über deinen Besuch.«

Es war gut möglich, dass ich gerade das Blaue vom Himmel log, aber Hauptsache, er ließ mich alleine. Durch sein Auftauchen hatte ich plötzlich einiges, über das ich nachdenken musste.

17

Eine weitere Woche, in der Boris sich nicht meldete, ging vorbei und ich fühlte mich von Tag zu Tag immer elender. Es war schon schlimm genug, dass ich ihn aus Versehen mit der schweren Tasse getroffen hatte, aber noch weniger kam ich damit klar, dass er mich tatsächlich ausgetrickst hatte.

Wenn ich darüber zu lange nachdachte, bekam ich entweder Kopfschmerzen vor Wut oder begann zu weinen. Ich mochte ihn, ich mochte ihn wirklich sehr, das wusste ich inzwischen, aber solange ich nicht mit ihm reden konnte, wusste ich ja nicht, wie er dazu stand.

Was hatte er für einen Grund, nicht in die Scheidung einwilligen zu wollen?

Egal, wie sehr ich mir den Kopf zerbrach, ich kam einfach nicht dahinter. Und ich hatte nun schon wirklich jeden Ansatz untersucht, inspiziert und auseinandergenommen.

Inzwischen war es Samstagnachmittag und ich lag schlapp auf der Couch. Im Moment konnte ich nicht viel mit mir anfangen, zum Lesen hatte ich nicht genug Konzentration und auch sonst keine Lust zu irgendetwas.

Ich musste einfach mit Boris reden, ich hielt es nicht mehr aus. Wenn er nicht mit mir reden wollte, dann würde ich halt mit ihm reden und er würde zuhören.

Voller neuer Energie stand ich von der Couch auf und suchte mein Handy. Da Kat nicht ans Telefon ging, schrieb ich ihr eine Nachricht und fragte, ob ich mir ihr Auto leihen konnte.

Sie antwortete prompt, obwohl sie meinen Anruf nicht angenommen hatte. *»Klar, ich lege dir den Schlüssel und die Papiere auf den Küchentisch. Muss leider in zwei Minuten weg.«*

Langsam bekam ich den Eindruck, dass sie mir aus dem Weg ging. Wenn ich ihr den Wagen zurückbrachte, würde ich sie – genau wie Boris – zu einem Gespräch zwingen. In der letzten Woche hatte sie nur ausweichend auf meine Nachrichten geantwortet, wenn sie überhaupt etwas von sich hatte hören lassen.

In Rekordgeschwindigkeit zog ich mich an, speicherte Boris' Adresse in meinem Handy ein und machte mich auf den Weg zu Kat, um mir ihr Auto zu holen. Kat und ich hatten schon seit der ersten eigenen Wohnung immer den Schlüssel der anderen gehabt, ihrer hing sogar mit an meinem Schlüsselbund, so selbstverständlich gingen wir beieinander ein und aus.

Deswegen nagte es noch mehr an mir, dass ich den Eindruck hatte, ihr bei ihren momentanen Problemen aufgrund der Hochzeit nicht helfen zu können. Wir wohnten nur wenige Minuten auseinander und es kam mir vor, als wären wir momentan meilenweit auseinandergedriftet.

Als ich die Tür bei Kat aufschloss, hatte ich sofort den Geruch ihres Parfüms in der Nase. Gerade so, als wäre sie eben erst durch den Raum gegangen. Hatte sie nicht gesagt, dass sie nicht da sein würde?

Die Schlafzimmertür war geschlossen und für einen Augenblick spielte ich mit dem Gedanken, sie zu öffnen, um zu sehen, ob Kat sich dort versteckte. Aber das war Unsinn, warum sollte sie das tun?

Mit schnellen Schritten ging ich in ihre erstaunlich kleine Küche und nahm mir die Schlüssel samt Papiere vom Tisch. Das Auto parkte immer auf dem Hof hinterm Haus.

Inzwischen hatte ich auch einen Plan gefasst. Zuerst würde ich zu einer Zoohandlung fahren und irgendetwas für die Hunde kaufen, die ich erstaunlich schnell ins Herz geschlossen hatte. Außerdem würde das wahrscheinlich einen guten Eindruck bei Boris hinterlassen.

Bei ihm würde ich einfach klingeln und hoffen, dass er zu Hause war. Aber die Chancen standen gut, denn alle Klubs und Tattoo-Studios waren jetzt geschlossen. Sonst würde ich ihm eine Nachricht schreiben, dass ich vor seiner Tür stand, und gucken, wie er reagierte.

Kaum saß ich auf dem Beifahrersitz, erinnerte ich mich daran, dass ich das letzte Mal Auto gefahren war, als ich Boris zum Krankenhaus gebracht hatte. Mein schlechtes Gewissen meldete sich sofort.

Ich brauchte das Navigationssystem für beide Ziele – bisher hatte ich weder einen Grund gehabt, zu einem Tiergeschäft zu fahren noch zu Boris, denn er hatte clevererweise immer dafür gesorgt, dass wir zu mir gingen. Aber ich hatte ja nichts dagegen gehabt.

Als die Ampel grün wurde, hupte das Auto hinter mir prompt, weil ich geträumt hatte. Mit einer unwirschen Handbewegung fuhr ich an; es gab keinen Grund, direkt so unfreundlich zu werden.

In dem Zoogeschäft stand ich ratlos vor den Regalen. Was ich erwartet hatte, wusste ich auch nicht, aber die Auswahl überwältigte mich schier. Fraßen Hunde wirklich ganze, getrocknete Fische? Was war besser – Rinderhaut oder knuspriges Gebäck?

Irgendwann erbarmte sich eine der Angestellten. »Kann ich Ihnen helfen?«

»Ja, ich suche etwas für Hunde.«

»Dann sind Sie schon mal im richtigen Gang.« Sie zwinkerte mir liebenswürdig zu und ich stöhnte.

»Entschuldigen Sie«, sagte ich, weil ich das Offensichtliche gesagt hatte. »Ich habe keine Ahnung von Hunden und suche ein Mitbringsel für zwei Greyhounds.«

Die Frau nickte und ließ ihren Blick über das Regal schweifen. »Natürlich sind die Geschmäcker verschieden, aber das hier sind unsere Bestseller, die verschmäht kaum ein Hund.«

Sie hielt mir zwei runde Gegenstände hin und ich wollte gerade danach greifen, als ich genauer hinsah. »Sind das Schweinenasen?«

»Ja, getrocknete.«

Wie konnten Hunde nur so etwas fressen? Igitt. »Und die mögen Hunde wirklich?«

»Warten Sie es nur ab«, versprach sie mir. Ich zuckte mit den Schultern, was blieb mir auch anderes übrig.

»Dann nehme ich wohl zwei – und eine Tüte bitte.«

Während ich der Dame zur Kasse folgte, dachte ich zum mindestens einhundertsten Mal darüber nach, dass ich besser dran wäre, wenn ich nicht diese blöde Tasse geworfen hätte. Bewaffnet mit zwei getrockneten Schweinenasen machte ich mich auf zum nächsten Teil meines großen Vorhabens – und dem wesentlich schwierigeren. Nervös setzte ich mich wieder hinter das Steuer und folgte dem Navigationssystem bis an den Stadtrand. Kaum zu glauben, dass ich erst ein einziges Mal hier gewesen war.

Die Auffahrt war breit genug, dass ich es mir erlaubte, dort mit Kats kleinem Auto zu parken. Selbst wenn Boris weggefahren war, würde er problemlos neben mir parken können.

Obwohl meine Knie so stark zitterten, dass meine Beine mich kaum trugen, stieg ich aus und erklomm die Treppe vor der Haustür. Ich drückte auf den Klingelknopf und lauschte.

Abgesehen vom Klingeln war nichts im Haus zu hören. Mein Herz sackte nach unten. Wenn ich Pech hatte, würde Boris mich niemals mehr sehen wollen. Die Vorstellung riss mich fast entzwei.

Von allen Männern auf der Welt hatte ich mich unbedingt in ihn verlieben müssen?

Kurz hielt ich inne. Verliebt?

Aber es musste wohl stimmen, anders konnte ich mir nicht erklären, dass ich mit getrockneten Schweinenasen bewaffnet im wahrsten Sinne des Wortes an seiner Tür kratzte.

Da ich die Hoffnung nicht aufgeben wollte, klingelte ich noch zweimal, bevor ich demotiviert die Schultern hängen ließ. Ich ließ meinen Blick schweifen und merkte mit einem Mal, dass die Tür offenstand, die sich zwischen Haus und Garage befand und vermutlich in den Garten führte.

Sofort schnellte mein Puls in die Höhe. Obwohl ich mich schon bei dem Gedanken wie ein ungebetener Eindringling fühlte, schlich ich zu dem Durchgang. So viel Selbstbeherrschung, dass ich hier widerstehen konnte, hatte ich nicht. Absolut nicht.

Die Tür glitt geräuschlos nach innen auf und ich betrat den Garten. Sicherheitshalber schloss ich sie hinter mir und sah mich um. Es war ein schöner, gepflegter Garten und genauso groß, wie ich es erwartet hatte. Ich konnte mir gut vorstellen, wie Boris auf der Terrasse saß und den Hunden dabei zusah, wie sie durch das Gras streiften und an den Büschen und Bäumen schnüffelten. Leider konnte ich mir genauso gut vorstellen, wie ich dabei neben Boris saß.

Ich richtete meinen Blick auf die Rückseite des Hauses und trat langsam an die Fassade heran. Große Fenster erstreckten sich vom Boden bis zur Decke des Erdgeschosses, und wenn ich nah genug heranging, konnte ich vermutlich ins Innere sehen.

Von unstillbarer Neugier getrieben ging ich näher an die Scheiben heran. Offenbar verbarg sich hier das Wohnzimmer. Ganz links war eine Tür neben der Glasfront zu sehen, die nur im oberen Teil eine Scheibe hatte.

Interessiert musterte ich die Inneneinrichtung, als mir Holmes auffiel, der vollkommen regungslos auf dem Fußboden lag. Sollte er nicht bellen und aufgeregt sein, weil ich da war?

Beunruhigt presste ich meine Nase an die Scheibe, konnte aber nicht erkennen, ob er atmete. Was war, wenn Boris nur kurz weg war und Holmes war irgendetwas passiert? Vielleicht steckte etwas in seinem Hals? Oder was auch immer Hunde noch so bekommen konnten?

Panisch sah ich mich um. Was sollte ich jetzt tun? Zuerst hämmerte ich hektisch gegen die Fenster, doch er bewegte sich nicht. Meine Angst verstärkte sich.

Die Terrasse war von einem kleinen Rand aus etwas größeren Steinen umgeben, ich bückte mich und nahm einen davon. Mit schnellen Schritten eilte ich zu der Tür und schlug die Scheibe ein, sodass ich den Schlüssel umdrehen konnte, der innen im Schloss steckte.

Bei dem Klirren hob Holmes den Kopf und Sherlock kam aus dem Nebenzimmer getrabt. Betroffen ließ ich den Stein sinken und aus meiner Hand fallen. Ich wusste nicht, ob ich erleichtert sein sollte, dass Holmes nicht tot war oder schockiert, weil ich eine Tür eingeschlagen hatte.

Völlig betäubt stand ich nun in Boris Wohnzimmer und schob die Scherben der Scheibe, die sich gerade noch in der Tür befunden hatte, mit dem Fuß zusammen, damit die Hunde sich nicht verletzten. Sherlock und Holmes kamen langsam mit wedelnden Schwänzen auf mich zu. Ihnen ging es also zumindest gut, das war ein schwacher Trost.

Mit ihren Nasen stießen sie in meine Handfläche und gegen meinen Oberschenkel, mit zittrigen Fingern holte ich die getrockneten Schweinenasen aus dem Beutel. Zufrieden schnaufend nahmen die Hunde die angebliche Leckerei und trotteten davon.

Auf der Treppe ertönten Schritte und ich hob den Kopf. Boris erschien barfuß, nur mit einer Jeans bekleidet im Türrahmen, seine Haare waren nass und auf seinem Oberkörper funkelten Wassertropfen. Kurz: Er sah zum Anbeißen aus.

Seine Augen wanderten von mir zur Wohnzimmertür und von dort zu den Scherben. Er zog eine Augenbraue hoch und verschränkte die Arme. »Auf die Erklärung bin ich wirklich gespannt.« Ich hatte ganz vergessen, wie tief seine Stimme war.

»Die Hunde«, stotterte ich zusammenhangslos. »Ich dachte ...« Ich drehte mich um und beschrieb mit der Hand den Garten. »Die Tür ...«

Als das Telefon im Haus zu klingeln begann, vergrub ich frustriert mein Gesicht in den Händen und stöhnte gequält. Sie rochen ein wenig nach getrockneter Schweinenase. Wie passend. Boris verließ das Wohnzimmer und ich lauschte, wie er der Person am anderen Ende versicherte, dass kein Einbruch vorlag und einen vierstelligen Zahlencode nannte.

Er kehrte zurück. »Ich warte.«

Am liebsten wäre ich im Erdboden versunken. Stattdessen straffte ich die Schultern und schluckte schwer. »Du hast dich nicht gemeldet, also wollte ich dich besuchen. Es hat keiner aufgemacht, aber das Gartentor stand offen. Als ich hier auf der Terrasse war, habe ich Holmes dort liegen sehen und dachte, ihm würde es nicht gut gehen. Ich bin in Panik geraten, als er nicht auf mein Klopfen an die Scheibe reagiert hat.«

Boris lauschte andächtig, nickte nur knapp, sagte nichts. Ich betrachtete ihn. Offenbar hatte er sich mehrere Tage nicht rasiert, aber das Pflaster auf seiner Stirn war merklich kleiner als das, das er im Krankenhaus verpasst bekommen hatte.

»Tut es noch sehr weh? Ich wollte das wirklich nicht!«, sprudelte ich hervor. »Es tut mir so leid.«

Mein Mann – das war er ja noch immer – blickte mich an und machte: »Sh!«

Aufgeregt lauschte ich, konnte aber außer meinem wilden Herzschlag nichts hören. Boris hingegen schien angestrengt nachzudenken, hatte einen Finger an die Lippen gelegt. »Eigentlich könnte ich dir das Haus zeigen, wenn du schon mal hier bist. Aber ...« Verheißungsvoll ließ er den Satz in der Luft hängen. Stattdessen öffnete er die Wohnzimmertür und ließ die Hunde in den Garten. Die Scherben lagen so weit von der Tür weg, dass für die Tiere keine Gefahr bestand.

»Aber?«, fragte ich mit trockenem Mund.

»Ich kann mich einfach nicht entscheiden, ob ich dich lieber hier oder in meinem Schlafzimmer ficken will.«

Für den Bruchteil einer Sekunde dachte ich wirklich, meine Knie würden nachgeben, doch sie trugen mich weiterhin. »Sollten wir nicht erst einmal über alles reden?«

»Wäre dir das lieber?«, fragte er einfühlsam, machte aber gleichzeitig einen Schritt auf mich zu. Seine eisblauen Augen glitzerten gefährlich. Wenn ich mich jetzt einwickeln ließ, würde ich nie Antworten bekommen.

»Ja, wäre es.« Es kostete mich große Mühe, nicht vor ihm zurückzuweichen, zumal er unglaublich verführerisch roch.

»Das heißt, wenn ich mich jetzt entscheiden würde, über dich herzufallen, dann würdest du dich wehren?«

Das Herz klopfte ganz hinten in meiner Kehle, mein Puls jagte – allein die Vorstellung reichte, um mich feucht werden zu lassen. Sicherheitshalber brachte ich mich jetzt doch hinter der Couch in Sicherheit. »Nein, würde ich nicht«, antwortete ich.

Ein triumphierender Gesichtsausdruck erschien auf seinem Gesicht. »Reden können wir später«, murmelte er heiser.

»In Ordnung.« Mit den Fingern zog ich die Träger meines Kleides von den Schultern. Wie ich absolut richtig kalkuliert hatte, rutschte es einfach von meinem Körper; Unterwäsche hatte ich gar nicht erst angezogen. Boris war nicht der Einzige, der auf Sex spekuliert hatte.

Sein Blick liebkoste meinen Körper, strich über meine erhitzte Haut und ich bildete mir fast ein, dass ich ihn tatsächlich spüren konnte.

»Eins noch«, murmelte ich heiser. »Yvette war bei mir.«

Boris blieb direkt vor der Couch stehen, seine Nähe sorgte dafür, dass meine Brustwarzen sich fest zusammenzogen. »Und?« Der Tonfall klang lauernd.

»Sie hat mich geküsst.«

»Ich bringe sie um! Ich hatte ihr ganz eindeutig verboten, das zu tun!« Mein Mann streckte die Arme aus, packte meine Taille und hob mich einfach so über die Lehne.

Als ich unsanft auf dem kühlen Leder der Couch landete, wich die Luft aus meinen Lungen. Sein Gesicht war dicht vor meinem.

»Sie schmeckte nach Erdbeeren«, platzte ich heraus.

»Ich weiß. Du schmeckst nach Zucker und Zimt.« Er küsste mich und eroberte meinen Mund.

Atemlos schlang ich meine Arme um seinen Nacken, kam ihm entgegen. »Gott, wie habe ich das vermisst«, keuchte ich, als Boris an meinem Ohrläppchen knabberte. Seine Hände waren überall. Ich rekelte mich wohlig unter ihm auf der Couch.

»Ich hoffe, du hast nicht nur meinen Penis vermisst.«

»Nein, habe ich nicht.« Es stimmte, trotzdem streckte ich die Hand zu dem besagten Objekt der Begierde aus und streichelte die beachtliche Beule durch den festen Stoff der Jeans. »Zieh dich aus!«, bettelte ich.

Für einen kurzen Moment hörte er auf und hielt meinen Blick gefangen, als er seine Hose öffnete. Voller Verlangen biss ich mir auf die Unterlippe und senkte meine Lider. Ich ließ mir die Gelegenheit nicht entgegen, packte seine Oberschenkel und zog ihn zu mir ran.

Mit der Zunge strich über die ganze Länge seines harten Schafts, bevor ich die Kuppe in den Mund nahm. Meine eigenen Hände glitten derweil an meinem Körper hinunter. Ich spreizte meine Beine auf dem Sofa und berührte mich selbst.

Boris schien jedes Detail aufzunehmen, folgte mir mit seinen hungrigen Augen. Mit einem erstickten Geräusch packte er meine Haare und zog meinen Kopf in den Nacken. »Genug«, knurrte er leise, bevor er mich küsste. »Knie dich hin und hör ja nicht auf, dich zu streicheln.«

Artig gehorchte ich. Obwohl ich gedacht hatte, eine feste Position gefunden zu haben, erschütterte der erste, harte Schoß mich und ich sackte ins Polster. Boris schlang einen Arm um meine Taille, zog mich hoch, sodass ich aufgerichtet vor ihm kniete. Er biss in meine Schulter. »Was hatte ich gesagt?«

Meine Finger lagen längst wieder auf meiner Klit und statt einer Antwort stöhnte ich. Wie sehr hatte ich ihn vermisst! Wie von Sinnen rieb ich meine Lustperle, presste Boris mein Becken entgegen, und bevor ich wusste, was ich da von mir gab, keuchte ich: »Fick mich! Fick mich so hart, wie du kannst!«

Eine weitere Aufforderung brauchte er nicht. Mit einem rauen Stöhnen versenkte er sich ganz in mir und vögelte mich fast schon brutal. Zwei, drei Bewegungen meiner Finger, mehr brauchte es nicht, bevor mein aufgestautes, verzweifeltes Verlangen sich entlud und ich mit einer erschreckenden Intensität kam.

Seine Hände hielten meine Taille mit einem eisernen Griff, immer wieder zog er mich ganz nah an seinen Körper, Haut schlug gegen Haut, Hitze traf Hitze. Ganz tief in mir spürte ich seinen Schwanz zucken und schloss befriedigt die Augen.

18

Vollkommen atemlos lag ich auf der Couch und versuchte, einen klaren Satz zu formulieren. Aber ich konnte nicht, mein Gehirn fühlte sich wunderbar schwerelos an, während meine Glieder köstlich matt waren.

Ich wollte mich nie wieder anders fühlen. Mit zittrigen Fingern streichelte ich Boris' Rücken. Mein Mann lag halb neben, halb auf mir und ich fand, dass das ein sehr vielversprechender Anfang für die Hausbesichtigung gewesen war.

Boris sah mich an und lächelte. Sein Mund öffnete sich, doch bevor er etwas sagen konnte, zerriss die Türklingel die Stille. Mit gerunzelter Stirn stand er auf, griff nach seiner Jeans, in die er schnell stieg.

Panisch sah ich mich um, meine Sachen waren überall verstreut, also nahm ich kurzerhand die Decke, die über der Lehne der Couch drapiert war, und wickelte mich darin ein.

»Erwartest du jemanden?«

»Nein«, sagte Boris und stiefelte, wie er war zur Tür. Die Hunde tollten durch den Garten und interessierten sich überhaupt nicht für uns.

Nur mit der Jeans bekleidet öffnete Boris und ich lauschte mit angehaltenem Atem. Leider konnte ich überhaupt nichts hören, so trippelte ich noch ein paar kleine Schritte weiter zur Tür.

Boris klang äußerst unfreundlich, als er sagte: »Aber komm doch bitte herein.«

Da hatte sich der Besucher schon an Boris vorbeigeschoben und kam auf die Wohnzimmertür zu. Panik stieg in mir auf, mein Puls schoss in die Höhe – es gab keinen absolut keinen Fluchtweg, es sei denn, ich wollte nackt in den Garten laufen.

Ein älterer, extrem gut gekleideter Mann erschien im Türrahmen und ich wäre am liebsten gestorben. »Herr van der Lieven! Hallo«, piepste ich und versuchte, meinen Mageninhalt bei mir zu behalten.

Herr van der Lieven war ein Freund und Klient meines Vaters, reich und äußerst cholerisch. Ihm gehörte praktisch die halbe Stadt; er besaß Immobilien, diverse Firmen, eine Kaffeerösterei und irgendwo einen Hafen, wenn ich mich richtig erinnerte.

Was er bei Boris wollte, konnte ich mir spontan nicht erklären. Ich musterte ihn, als könnte ich auf diese Weise erkennen, ob er irgendwo unter seinem Designeranzug ein Tattoo versteckte. Allerdings wirkte er so steif, dass ich es stark bezweifelte.

Boris stand noch immer oben ohne in der Tür und lehnte sich jetzt mit verschränkten Armen in den Türrahmen – er wirkte anders als sonst, fast schon provokant.

»Anika.« Herr van der Lieven nickte mir zu und tat dabei so, als würde ich nicht in eine Decke eingehüllt mit völlig zerzausten Haaren vor ihm stehen. Dabei war es unmöglich misszuverstehen, was Boris und ich gerade ... getrieben hatten.

»Ihr kennt euch, wunderbar. Dann kann ich mir den Höflichkeitsscheiß ja sparen.« Boris klang bissig und stieß sich vom Türrahmen ab, ging dann direkt durch die große Tür in den Garten, wobei er einen großen Schritt über die Scherben machte. Sowohl Herr van der Lieven als auch ich waren bei seiner Wortwahl zusammengezuckt.

Er sah Boris nach und je weiter mein Mann sich entfernte, desto mehr sanken Herr van der Lievens Schultern nach unten.

Schließlich seufzte er leise. »Sie müssen entschuldigen«, sagte er zu mir gewandt. »Mein Sohn und ich verstehen uns nicht gut.«

»Hm«, machte ich nur und krallte meine Finger fester in die Decke. Großartig, was hatte Boris mir eigentlich noch alles nicht erzählt? In mir wuchs das dringende Verlangen, ihm eine weitere Tasse an den Kopf zu werfen.

»Es tut mir leid, das sagen zu müssen, aber bis gerade wusste ich nicht einmal, dass Sie sein Vater sind.«

Herr van der Lieven nickte langsam. »Jaja. Er hat damals nach der Scheidung den Mädchennamen seiner

Mutter angenommen – sicher, um mich zu ärgern.« Er klang dabei sehr traurig und sah wieder nach draußen.

Okay, ich war vollkommen überfragt, was ich jetzt tun oder sagen sollte. Doch ich brauchte gar keine Entscheidung zu treffen, denn Herr van der Lieven ging zum Sofa, setzte sich und bedeutete mir, mich neben ihn zu setzen.

Dass ich dabei nicht rot wurde, war alles, denn ich dachte natürlich prompt daran, was Boris und ich dort vor wenigen Minuten noch getan hatten. Außerdem hatte ich meine liebe Mühe damit, die Decke dort zu behalten, wo sie hinsollte, als ich mich setzte.

»Ihr Vater hat mir davon erzählt, Sie haben meinen Sohn also wirklich geheiratet?«

»Ja.« Was sollte ich sonst sagen? Da gab es nichts zu beschönigen. Wo diese Heirat noch hinführen sollte, war die große Frage. Aber das musste ich seinem Vater nicht auf die Nase binden, allein die Vorstellung ließ mich erschauern.

»Das ist schön. Sie waren immer so ein anständiges und fleißiges Mädchen, Anika. Sie werden sicherlich einen guten Einfluss auf ihn haben.« Sorgenvoll sah er wieder nach draußen, als würden wir über einen 17-Jährigen reden, der gerade zum ersten Mal beim Kiffen erwischt worden war.

Das war einfach absurd und ich wusste gar nicht, wo ich anfangen sollte. Zum einen hatte ich gerade meinen Schwiegervater kennengelernt, den ich streng genommen schon kannte, dann siezte er mich die ganze Zeit und ich ihn, und jetzt diese kryptische Bemerkung.

»Ich glaube nicht, dass bei Boris guter Einfluss nötig ist. Er ist viel vernünftiger als ich.« Das stimmte sogar irgendwie, als Beispiel dafür hätte ich die Geschichte erzählen können, wie unsere Ehe zustande gekommen war, aber das ließ ich lieber bleiben.

Herr van der Lieven starrte mich an, als hätte ich ihm gerade Ecstasy angeboten und runzelte die Stirn. Es war exakt das gleiche Stirnrunzeln, das Boris gezeigt hatte, als es an der Tür geklingelt hatte. »Ist das so?«

Ich nickte nur stumm. Boris richtete sich im Garten auf und warf einen Blick über die Schulter. Ganz offensichtlich hatte er nicht vor, mit seinem Vater zu reden – ganz im Gegenteil, er war sogar erbost darüber, dass dieser noch nicht verschwunden war.

»Entschuldigen Sie mich kurz.« So lässig wie es mit einer Decke bekleidet möglich war, stand ich auf und folgte Boris nach draußen.

Vor meinem Mann blieb ich stehen. »Hey, hast du Lust wieder reinzukommen? Ich glaube, die Hunde können sich zwei Minuten alleine beschäftigten.«

»Nein.« Boris klang bockig, ganz wie ein kleiner Junge und ich hätte fast gegrinst, doch ich verkniff es mir, um ihn nicht wütend zu machen.

»Dein Vater sitzt auf der Couch und ich habe nicht die geringste Ahnung, was ich ihm erzählen soll.«

»Na und? Das weiß ich auch nicht. Außerdem habe ich ihn bestimmt nicht eingeladen.«

»Er hat nach der Hochzeit gefragt. Was soll ich ihm denn erzählen?«

»Ich geh und schmeiße ihn raus.«

Boris wollte sich in Bewegung setzen, doch ich packte seinen Arm. »Hey, kannst du mir wenigstens kurz erklären, was los ist? Ich komme nicht hinterher.«

»Später, okay? Ich muss jetzt zusehen, dass ich ihn los werde.« Mein Mann wirkte viel angespannter als sonst und ich hatte keine Ahnung, was ich in dieser Situation tun konnte, um ihn zu besänftigen.

»Warte, lass mich das machen. Soll ich ihm anbieten, dass wir irgendwann einmal mit ihm essen gehen oder so?«

Der Ausdruck in Boris' Gesicht sprach Bände und ich nickte nur. »Gut, dann also kein Essen. Ich lass mir etwas einfallen.«

Schnell drehte ich um und eilte zurück ins Wohnzimmer. Herr van der Lieven hob bereits abwehrend die Hände. »Lassen Sie mich raten, er will nicht mit mir reden.«

»Ja. Tut mir wirklich leid.«

Sein Vater zuckte mit den Achseln, als sei dieses Spielchen längst ein Ritual geworden. »Sagen Sie, Anika, wissen Sie, was es mit dem Pflaster auf seiner Stirn auf sich hat?«

»Ich habe ihm eine Tasse gegen den Kopf geworfen, weil er intelligenter ist als ich.«

Sein Vater blinzelte nicht einmal, sondern sagte nur, als wäre das die zufriedenstellendste Antwort, die ich hätte geben können: »Ach so.« Aus der Innentasche eines Jacketts zog er eine Visitenkarte. »Vielleicht könnten Sie sich einen Ruck geben und mich irgendwann mal anrufen? Wir könnten essen gehen und uns etwas besser kennenlernen.«

Die Karte nahm ich natürlich entgegen und nickte. »Gern«, kam es mir glatt über die Lippen.

»Na, dann gehe ich mal lieber.«

Ich folgte ihm zur Tür und schaffte es, ein schwaches Lächeln zu zeigen, bevor er ging. Ein großer, schwarzer Mercedes mit getönten Scheiben parkte hinter Kats Wagen in der Einfahrt – inklusive Fahrer, der Herrn van der Lieven die hintere Tür aufhielt.

Langsam ging ich zurück in den Garten, wo Boris inzwischen auf dem Rasen saß, die Köpfe der Hunde auf seinem Schoß. Er streichelte die beiden in einem Rhythmus, der die schönen Tiere friedlich schnaufen ließ und starrte ins Nichts.

Der Garten war ringsherum von hohen Hecken umgeben und das große Haus stand ohnehin frei, also warf ich die Decke ab, breitete sie aus und legte mich nackt, wie ich war in die Sonne.

Boris lächelte. »Guter Ansatz«, sagte er. Doch der traurige Zug um seine Augen verriet ihn.

Verhalten räusperte ich mich. »Es geht mich vermutlich nichts an, aber wenn du darüber reden möchtest, bin ich hier.«

Der Mann ließ sich nach hinten sinken und legte sich auf den Rücken neben mich. »Es war von vornherein klar, dass mein Vater es nicht gut auffassen würde, als ich ihm beigebracht habe, dass mein Interesse an den Rechtswissenschaften gegen Null geht und ich lieber Tätowierer werden würde. Er ist komplett ausgeflippt und hat mir gesagt, dass ich dann auch genauso gut ausziehen könnte. Da ich darauf vorbereitet war, wirkte sein Gekeife längst nicht so beeindruckend, wie er sich das vielleicht gewünscht hat.« Boris machte eine Pause, tastete nach meiner Hand und verschlang seine Finger mit meinen, dann hob er sie an seine Lippen und küsste ganz sanft meine Fingerknöchel.

»Meine Mutter ist ganz anders. Sie ist Künstlerin und war sofort Feuer und Flamme; hat versucht, meinen Vater zu besänftigen. Doch statt auf sie zu hören oder überhaupt ein rationales Argument gelten zu lassen, hat er ihr die Schuld gegeben, dass ich so – und ich zitiere – missraten sei. Kurz danach haben sie sich scheiden lassen.«

Wow, das war hart. Aber das erklärte zumindest, warum Vater und Sohn sich nichts zu sagen hatten. Mir fiel absolut nichts ein, was ich dazu hätte sagen können.

»Ich weiß, dass die Scheidung nichts mit mir zu tun hatte, aber mein Vater ist einfach ein ignoranter Idiot, mit dem ich nichts zu tun haben will. Er konnte meine Mutter nie so sein lassen, wie sie nun einmal ist. Immer musste alles strikt nach seinen Vorstellungen gehen, dabei hat er überhaupt kein Verständnis für kreative Prozesse. Er ist so kreativ wie eine ausgetrocknete Pfütze.«

»Okay.« Das erschien mir die richtige Antwort, denn es stand mir sicherlich nicht zu, mich in fremde Familienangelegenheiten zu mischen. Die Hunde standen auf und trotteten ins Haus.

Boris drehte sich auf die Seite, stützte sein Kinn auf die freie Hand und sah auf mich herab. Als ich seine Absichten erkannte, senkte er bereits den Kopf und wollte mich küssen. Schnell legte ich die Hand auf seine Brust und ignorierte, wie gut seine warme Haut sich anfühlte. »Moment! Wir müssen reden!«

»Der Ton gefällt mir gar nicht, Prinzessin!«, raunte Boris und küsste mich trotzdem. Für einen atemlosen Augenblick gab ich mich dem Spiel seiner Zunge hin, doch als seine Finger über meine Hüfte nach oben glitten, strampelte ich mich frei. »Bitte.«

Boris seufzte und ließ sich wieder auf den Rücken fallen. »Frag, was du wissen willst.«

Ich holte tief Luft. »Ich weiß gar nicht, wo ich anfangen soll.«

»Dann fange ich an. Dein Vater hat mich auf dich angesetzt.«

Dieses Geständnis ließ kurz das Blut laut in meinen Ohren rauschen. Für einige Sekunden schloss ich die Augen. »Wie meinst du das?« Die Frage kam äußerst kontrolliert aus meinem Mund, dabei hätte ich am liebsten gekreischt.

»Er hat sich Sorgen gemacht, weil du so viel und verbissen gearbeitet hast und er Henning eigentlich nicht wirklich leiden kann.«

»Was?« Ich wusste gar nicht, welche Information ich zuerst verarbeiten sollte, doch Boris redete einfach weiter. Glücklicherweise hielt er noch immer meine Hände fest, sodass ich auf der Seite neben ihm lag und auf seine Schulter starrte.

Es juckte verdächtig in meinen Fingern, ihm eine saftige Ohrfeige zu verpassen.

»Dein Vater kennt mich natürlich durch meinen Vater und wusste auch, dass wir im gleichen Alter sind und dass ich die Klubs besitze. Er wollte einfach nur, dass wir uns kennenlernen und ich dich auf ein paar Konzerte mitnehme, damit du was anderes machst, als mit Henning *Tatort* zu gucken und darauf zu warten, dass du Partnerin wirst. Weder er noch ich konnten ja ahnen, dass du dermaßen überreagieren würdest.«

Ich richtete mich auf und starrte auf Boris hinunter. »Sag mir, dass das ein Scherz ist.«

»Welcher Teil davon?«

»Alles?«, schlug ich hilflos vor.

»Wieso? Dein Vater hatte da schon das richtige Gespür, ich finde, wir passen gut zusammen – zumindest, wenn du nicht mit Tassen wirfst.«

»Ich wollte die Wand treffen!«, schrie ich aufgebracht und Sherlock hob im Wohnzimmer verwundert den Kopf. »Entschuldige«, rief ich daraufhin in seine Richtung. »Mein Vater wollte uns verkuppeln?«

Boris schüttelte den Kopf. »Das glaube ich nicht, aber er hat sicher nichts dagegen, dass es passiert ist. Obwohl er sehr schockiert war, als ich ihm das erste Mal davon erzählt habe, dass du unbedingt heiraten willst.«

»Wann war das?«

»Ein paar Tage vor der Hochzeit. Den Teil mit dem Sex habe ich natürlich aus der Erzählung gestrichen.«

»Wie großzügig von dir«, sagte ich spitz und verschränkte die Arme. »Papa wusste also die ganze Zeit davon? Und er hat nicht versucht, es dir auszureden?«

»Falls es dir noch nicht aufgefallen sein sollte, Prinzessin, ich bin ein guter Fang. Warum sollte dein Vater mich abhalten wollen?«

Es reichte! Mit einer schnellen Bewegung hockte ich mich mit gespreizten Beinen auf Boris' Schoß. Es ging so schnell, dass er meine Hände losließ. Irritiert hob er den Kopf und ich bohrte ihm den Zeigefinger in die Brust. »Und ich? Bin ich kein guter Fang?«

»Aber natürlich. Du bist der beste Fang von allen. Und du hast mich in etlichen Punkten überrascht, ich hätte zum Beispiel nicht gedacht, dass du so temperamentvoll bist.«

Vorsichtig zeichnete ich den Umriss des Pflasters nach. »Es tut mir wirklich leid. Ich würde dich niemals absichtlich verletzen.«

Es brauchte nur eine ruckartige Bewegung seiner Hüften und Boris brachte es fertig, mich von sich zu werfen, mich auf den Rücken zu drehen und über mir zum Liegen zu kommen. Seine Beine lagen zwischen meinen gespreizten Schenkeln, meine Handgelenke hielt er neben meinem Kopf fest. »Ich dich auch nicht.«

Ein warmer Ausdruck lag in seinen Augen, der mir die Kehle zuschnürte. Trotzdem nahm ich meinen ganzen Mut zusammen. »Wir bleiben also verheiratet?«

Mein Herz hämmerte von innen hart gegen meine Rippen, mein ganzer Körper war angespannt.

»Darauf kannst du Gift nehmen.« Ein träges Lächeln umspielte seine Mundwinkel, bevor er seine Lippen auf meine presste und mich endgültig verschlang.

19

Boris hörte einfach nicht auf, zu lachen. »Du schaffst das schon!«

»Aber was ist, wenn wir überfahren werden?«, warf ich ein.

»Auf dem Weg in den Park kommt ihr von hier aus an keiner Straße vorbei, du musst nur durch das kleine Wäldchen. Im Park kannst du sie auf der Spielwiese ableinen und dich auf die Bank setzen.«

Nervös knetete ich meine Hände, weil mir die Argumente ausgingen. Boris umfasste meine Schultern und gab mir einen Kuss auf die Stirn. »Du wirst es schon hinbekommen, mit Sherlock und Holmes spazieren zu gehen. Ich muss leider zu diesem Meeting, sonst würde ich es selber machen. Es ist wirklich nichts dabei, du hast sie doch schon öfter beide an der Leine gehabt.«

»Ja, aber da warst du dabei.«

Mein Mann schüttelte nur den Kopf und gab mir einen Abschiedskuss. »In drei oder vier Stunden bin ich wieder da.«

»Okay«, murmelte ich schwach. Warum ich so aufgeregt war, konnte ich selbst nicht sagen.

Es war keine große Sache, mit den Hunden spazieren zu gehen, aber ich hatte Angst, dass sie mich vielleicht nicht akzeptieren würden, wenn Boris nicht dabei war. Das lag bestimmt daran, dass ich nie Haustiere gehabt hatte.

Nervös legte ich ihnen das Geschirr an und stopfte mir sicherheitshalber einen Jahresvorrat an Hundeleckerchen in die Tasche meiner Shorts. Dann hakte ich die Leine ein und wagte mich mit den Hunden vor die Tür.

Wie immer brauchten die beiden eine Extraeinladung, aber draußen arrangierten sie sich schnell mit der Situation und trotteten gemächlich hinter mir her. Der Weg in den Park war mir inzwischen auch vertraut, es sollte eigentlich keine Probleme geben.

Viel zu schnell waren wir an der Spielwiese angelangt und ich leinte die Hunde ab. Da ich kein Verlangen auf Smalltalk mit anderen Hundebesitzern hatte, setzte ich mich auf eine Bank im Schatten.

Kritisch behielt ich die Hunde im Auge, aber es war eigentlich unnötig, denn die beiden trotteten gemeinsam zu einer freien Stelle im Gras, wälzten sich erst genüsslich und legten sich anschließend nebeneinander hin. Nur Sekunden später waren die Augen geschlossen und die beiden dösten im Gras. Boris hatte recht, die beiden waren unglaublich faul; kein Wunder, dass er sie zweimal in der Woche über die Rennbahn trieb.

Langsam entspannte ich mich, als der Kies neben der Bank knirschte.

»Du musst Anika sein.« Eine attraktive Frau im mittleren Alter setzte sich neben mich und suchte mit ihrem Blick die Wiese ab. Lachend schüttelte sie den Kopf. »Warum gucke ich überhaupt. Natürlich schnarchen die beiden bereits.«

Sie sah mich direkt an und hätte ich ihre ausdrucksstarken blauen Augen nicht sofort erkannt, wäre ich vermutlich in Panik geraten, weil eine Fremde sich neben mich gesetzt hatte. »Ich bin Anna, Boris' Mutter. Hallo Schwiegertochter.«

»Hallo.« Artig hielt ich ihr meine Hand hin, weil ich keine Ahnung hatte, wie man sich in einer solchen Situation verhielt.

Zwar runzelte sie die Stirn, nahm dann aber meine Hand und schüttelte sie. Einen Moment sah sie schweigend zu den Hunden, bevor sie sagte: »Tobias war bei mir und hat von seinem Besuch bei unserem Sohn erzählt.«

Richtig, Tobias war der Vorname von Herr van der Lieven, das hatte ich irgendwo in meinem Hinterkopf noch gewusst.

»Ich dachte, es wäre vielleicht ratsam, ein paar Dinge klarzustellen, bevor du dir das Leben in der Familie schwerer machst, als nötig ist. Du musst keineswegs auf rohen Eiern herumtänzeln, wie du dir das vorstellst.«

Warum geriet ich in letzter Zeit immer in Situationen, in denen ich absolut nicht wusste, was ich sagen sollte?

Früher hatte ich wirklich immer angenommen, dass ich schlagfertig wäre, immerhin war ich Anwältin! Inzwischen war ich mir da allerdings nicht mehr so sicher.

»Denn nach dem, was Boris mir erzählt hat, bleibst du seine Frau«, fuhr sie unbeirrt fort und ich rollte mit den Augen. Schön, dass mein Mann offenbar schon vorher mit jedem darüber gesprochen hatte außer mir.

»Tobias und ich sind keineswegs so entzweit, wie Boris sich das vielleicht vorstellt. Es ist eher das Gegenteil der Fall, wir können nur nicht verheiratet sein. Jedenfalls haben sowohl Boris als auch sein Vater ihren Zorn schon vor langer Zeit begraben, aber da Sturheit durch die Familie läuft, würden sie beide eher sterben, als den ersten Schritt zu machen.«

Verwirrt hob ich die Hand. »Entschuldigung, aber ich komme nicht ganz mit. Boris war nicht unbedingt mitteilungsfreudig, als es um das Thema ging und ich weiß fast gar nichts darüber.«

Sie lächelte und tätschelte mein Knie. »Aber natürlich, Liebes. Darf ich Liebes sagen?«

»Klar. Ihr Sohn nennt mich immer Prinzessin.«

»Ich weiß. Er sagte, du hättest eine leicht arrogante Art.«

Prompt wurde ich knallrot. Wie konnte Boris so etwas zu seiner Mutter sagen?

Als sie meine Reaktion bemerkte, tätschelte sie erneut mein Knie. »Keine Sorge, er hat sein Urteil revidiert und durch ›gesundes Selbstbewusstsein‹ ersetzt, aber ich glaube, er braucht eine starke Frau, die ihm auch mal den Kopf waschen kann.« Sie zwinkerte mir zu. »Oder eine Tasse nach ihm wirft.«

Gequält stöhnte ich auf und vergrub mein Gesicht in den Händen. »Es war ein Versehen!«

»Ich weiß, Liebes, ich weiß. Wo war ich? Ach ja, mein Mann – also mein Ex-Mann. Ich liebe Tobias nach wie vor und er liebt mich noch genauso wie am ersten Tag, aber wir können einfach nicht miteinander leben. Dass diese Erkenntnis mit Boris' Selbstfindung zusammengefallen ist, war ein unglücklicher Zufall. Tobias und ich haben seitdem unser kleines Arrangement und sind zufrieden damit, wie es ist. Aber dass er und Boris sich damals so überworfen haben, gefällt mir überhaupt nicht. Ich habe mir den Mund fusselig geredet, aber keiner von beiden hört auf mich. Jetzt habe ich mir doch gedacht, vielleicht kann eine neue Frau frischen Wind in Situation bringen.« Bedeutungsschwer sah sie mir in die Augen.

»Und wie soll ich das bitte anstellen?«

Sie zuckte mit den Achseln. »Keine Ahnung. Aber ich habe vollstes Vertrauen in dich. Tobias ist inzwischen so stolz darauf, was Boris aufgebaut hat, aber er schafft es nicht, über seinen Schatten zu springen und es ihm zu sagen. Und man sollte meinen, dass mein Sohn inzwischen alt genug ist, um seinen Groll herunterzuschlucken, aber dafür ist er wahrscheinlich zu männlich oder was weiß ich!« Anna wedelte mit der Hand durch die Luft, aber ich verstand genau, was sie meinte.

Keine Ahnung, wie ich dazu kam, aber ich nickte. »Ich werde mir etwas einfallen lassen.«

»Sehr gut. Was hältst du davon, wenn wir am Samstag alle zusammen essen gehen? Tobias, du und Boris, Stephanie und ihr Freund und ich?«

»Ich nehme an, dass ich Vater und Sohn vorher schon versöhnt haben muss?«, fragte ich nur trocken, obwohl ich die Antwort kannte.

Das Lächeln, das sie mir daraufhin schenkte, war so liebevoll, dass mir fast die Tränen kamen. »Als Boris zum ersten Mal von dir erzählt hat, wusste ich irgendwie, dass du die perfekte Frau für ihn bist. So hat er noch nie von jemandem gesprochen.«

»Ihr steht euch wohl sehr nah?«

Sie nickte nur. »Oh, warte. Ich habe noch etwas für euch.« Mit diesen Worten streifte sie den Träger ihrer gigantischen Handtasche von der Schulter und wühlte darin herum. Das in buntes Papier gewickelte Geschenk, das sie mir reicht, hatte in etwa Din-A4-Größe und war sehr leicht. »Mach es auf.«

Vorsichtig löste ich das Klebeband und schlug das Papier zurück. Mir stockte der Atem. Es war das Bild, das Boris vor dem Standesamt von uns gemacht hatte – in Öl. Es war wunderschön, noch schöner als das Original. »Danke«, wisperte ich leise, aus Angst, sonst in Tränen auszubrechen.

»Bitte, Liebes«, sagte sie und tätschelte zum wiederholten Male mein Knie. Mit spitzen Fingern griff sie in meine Shortstasche und zog zwei der kleinen knochenförmigen Leckerchen hervor. Es hatte sich nämlich herausgestellt, dass getrocknete Schweinenasen für unterwegs recht unpraktisch waren.

Sofort hob Holmes auf der Wiese ruckartig den Kopf. Anna lachte. »Ist es nicht faszinierend, wie gut diese Tiere riechen können? Ich frage mich immer, wie viel mehr von der Welt sie wahrnehmen.«

Die Hunde kamen angetrottet und ließen sich bereitwillig anleinen, sie waren allerdings auch mit Kauen beschäftigt und wehrten sich vielleicht deswegen nicht. Anna stand auf.

»Ich warte mal ab, was Tobias mir demnächst berichtet, bevor ich Boris wegen dem Essen frage.« Anna stand auf und klopfte ihren knielangen Rock ab.

»Wie gesagt: Ich lasse mir etwas einfallen«, versprach ich zuversichtlicher, als ich mich fühlte. Sie nickte mir zu, bevor sie wieder verschwand.

Gemeinsam mit Sherlock und Holmes ging ich nach Hause. Die beiden schnüffelten hier und da am Wegesrand, schienen sich aus dem Spaziergang aber nicht viel zu machen.

Nachdem ich die Tür zu Boris' Haus aufgeschlossen hatte, zog ich ihnen die Geschirre aus und sie trotteten direkt ins Wohnzimmer, um ihren Mittagsschlaf auf dem Teppich fortzusetzen.

Unschlüssig folgte ich ihnen und setzte mich auf die Couch. Nach einer Weile nahm ich mein Handy in die Hand und starrte es an, als hätte es möglicherweise eine Antwort für mich parat.

Tobias van der Lievens Nummer hatte ich für alle Fälle gespeichert. Mein Herzschlag beschleunigte sich, als ich den grünen Hörer drückte.

Er meldete sich kurz und knapp mit dem strengen Tonfall, den ich schon öfter gehört hatte: »Van der Lieven.«

Nach einer kurzen Pause sagte ich: »Hier ist Anika.«

»Anika!«, wiederholte er und klang ehrlich erfreut, was mir die Sache einigermaßen erleichterte.

»Darf ich du sagen?«, fragte ich. »Ich schätze, Boris und ich bleiben verheiratet, das würde das Ganze weniger unangenehm machen.«

»Aber natürlich, Anika.« Er stotterte leicht, offenbar hatte ich ihn aus dem Konzept gebracht. Das war gut, denn bei Boris hatte das bisher auch immer geholfen – so halb zumindest.

»Anna hat mir heute im Park aufgelauert, offenbar redet hier jeder mit jedem außer mir.« Tobias hüstelte nur verlegen, also sprach ich gleich weiter: »Wie klingt Kaffee am Samstag?«

»Gut. Ich werde mir die Zeit freinehmen.«

»Danke. So gegen 13 Uhr in der *Kaffeetante*?«

»Ist das ein Lokal?«, fragte er verwirrt.

»Ja, ein Coffeeshop, aber der Kaffee ist wirklich gut.« Außerdem lag die *Kaffeetante* nah bei Boris' Laden, doch das würde ich ihm erst später sagen.

»Einverstanden. Danke, dass du angerufen hast, Anika.«

Wir verabschiedeten uns etwas hölzern und ich legte auf. Dann streckte ich mich auf der Couch aus.

Ich musste eingedöst sein, denn ich wurde vom Geräusch des Schlüssels geweckt. Boris kam neugierig ins Wohnzimmer und begrüßte die Hunde, die sich schwanzwedelnd erhoben hatte, um ihm Hallo zu sagen.

»Hi. Hast du geschlafen?«

»Ja, habe ich. Sehr gut übrigens. Hast du deiner Mutter gesagt, dass ich heute mit den Hunden im Park sein würde?«, fiel ich direkt mit der Tür ins Haus, mich hatte schließlich auch niemand vorgewarnt.

Ein kurzer Ausdruck von Schuldbewusstsein glitt über sein Gesicht. »Möglicherweise hat sie gefragt, was ich heute mache und im Laufe des Gesprächs könnte das Thema aufgekommen sein. Warum?« Er warf seine Tasche auf den Sessel und kam zu mir auf die Couch.

»Sie hat mich im Park total überrumpelt und mir einiges erzählt, das ich noch nicht wusste.«

Boris setzte sich neben mich, legte einen Arm um meine Schulter und zog mich an sich. Ich kuschelte meinen Kopf an seine Brust und atmete den Hauch von Sandelholz ein, von dem ich nie genug bekommen würde. »Was denn zum Beispiel?«

»Zum Beispiel, dass deine Eltern immer noch Sex miteinander haben.«

»Was?«, rief Boris entsetzt.

»Jepp, sie hegen und pflegen eine nette kleine Affäre, können nur nicht verheiratet sein.« Es geschah ihm recht, dass er auch mal überrumpelt war. »Außerdem hat sie mir das hier gegeben.«

Ich griff hinter die Lehne der Couch, wo ich das Gemälde versteckte hatte, und zeigte es Boris. Sprachlos nahm er es entgegen und bewunderte genauso, wie ich es im Park getan hatte.

»Du hast mir gar nicht erzählt, dass du dich so gut mit deiner Mutter verstehst.«

»Das klingt ja geradezu, als wäre das etwas Schlimmes«, erwiderte er angriffslustig.

»Hey, leg mir nichts in den Mund, was ich nicht gesagt habe. Das war lediglich eine Feststellung.«

»Ich verstehe mich auch gut mit Stephanie.«

»Ja, schon verstanden. Nur dein Vater ist der Buhmann.«

Boris' Gesichtsausdruck verfinsterte sich, er sagte aber nichts. Stattdessen wandte er sich wieder dem Gemälde zu. »Es ist toll.«

»Das habe ich auch gesagt.«

»Worüber habt ihr noch geredet?«, fragte er neugierig.

»Da du dich so gut mit deiner Mutter verstehst, frag sie doch einfach selber.« Damit stand ich auf und schlenderte langsam aus dem Raum.

Boris starrte mir hinterher. »Wohin gehst du?«

»Ins Schlafzimmer ...«

Innerhalb von Sekunden sprang er auf und folgte mir. Auf dem Treppenabsatz blieb ich stehen und drehte mich um, von hier konnte ich auf ihn hinunter sehen. »Das war keine Einladung«, stellte ich klar.

Er legte den Kopf in den Nacken und lachte.

»Was ist daran so witzig?« Gekränkt verschränkte ich die Arme.

Mein Mann legte die Hände um meine Taille und küsste mich, bevor er mich wie einen nassen Sack über seine Schulter warf. Für einen Moment war mein Gesicht voller Haare und ich schüttelte den Kopf, weil sie meine Nase kitzelten.

Ich trommelte auf seinen Rücken. »Ich habe doch gerade deutlich gesagt, dass das keine Einladung war!«

»Wenn das keine Einladung war, dann sollte ich dich daran erinnern, dass ich auch nicht um Erlaubnis gefragt habe. Folglich kannst du mir auch nichts verbieten.«

Er klang nicht einmal atemlos. Mit dem Fuß stieß er die Tür zum Schlafzimmer auf, während ich noch nach der passenden Antwort suchte.

»Lass mich runter!«

»In Ordnung.« Er ließ mich ganz plötzlich los und ich kreischte erschrocken auf, landete dann aber doch auf dem weichen Bett.

»Du bist unmöglich!« Genervt strich ich meine Locken nach hinten.

»Ich weiß ...« Damit kniete er sich zu mir aufs Bett, packte meine Handgelenke und zog mich schwungvoll zu sich. »Aber du magst das!«, flüsterte er leise, bevor er mich sanft in den Hals biss. Mit Zähnen und Zunge zeichnete er eine prickelnde Spur bis hinunter auf meinen Oberschenkel. Zwar spürte ich seinen Atem auf meiner Scham und spreizte verlangend die Schenkel, doch er machte keine Anstalten, mich auch dort mit der Zunge zu berühren.

»Nimm die Hände nach oben und lass sie liegen.«

Gehorsam streckte ich meine Arme nach oben und schloss gleich darauf die Augen, weil er endlich über meine Klit leckte. Leise wimmernd stemmte ich die Fersen in die Matratze. Seine Zunge drang in mich, dann strich er wieder über die empfindliche Perle.

Als ich es nicht länger aushielt, vergrub ich die Finger in seinen Haaren und presste seinen Mund fester an mich heran. Boris lachte leise, das Geräusch vibrierte durch meinen Unterleib.

Er packte meine Handgelenke und zwang sie wieder nach oben. »Was hatte ich gesagt? Da müssen wir wohl noch mal von vorne anfangen ...«

Wieder streckte ich meine Arme aus, wieder liebkoste er mich viel zu genüsslich, nahm sich alle Zeit der Welt, während ich fast verglühte. Meine Finger zuckten, doch dieses Mal schaffte ich es, ruhig liegen zu bleiben – wenn man von dem heftigen Zittern absah, das mit dem Orgasmus einsetzte. Mein Mann saugte an mir, gönnte mir keine Verschnaufpause und schon bald konnte ich nicht mehr sagen, ob es ein zweiter Höhepunkt war oder der erste mich nur um den Verstand bringen würde.

Endlich ließ Boris sich zwischen meine Schenkel sinken und drang mit einer geschmeidigen Bewegung seiner Hüften in mich ein. Ich war so nass, dass er nicht das geringste Problem hatte. Gierig hieß ich ihn willkommen, bewegte mich unruhig unter ihm.

Er verflocht seine Finger mit meinen, sah mir tief in die Augen. Um ihn noch besser spüren zu können, schlang ich die Beine um seine schmalen Hüften und keuchte auf.

»Hör nicht auf«, flehte ich.

»Das wird nie passieren«, versprach er, senkte den Kopf und küsste mich. Ich schmeckte mich selbst und wurde wie jedes Mal verlegen. Aber ich hatte keine Zeit, mich weiter damit zu beschäftigen.

Immer wieder stieß er zu, drang tief in mich ein. Seine Hände hielten mich ebenso wie sein Blick absolut gefangen. Oh mein Gott, ich liebte diesen Mann! Aber ich würde eher sterben, als es ihm zu sagen.

Boris senkte den Kopf und biss in meinen Hals, er schließlich kam. Erschöpft sank er über mir zusammen und ich dachte gar nicht daran, meine Beine auseinander zu machen, ich wollte für immer so liegen bleiben und seinen Herzschlag an meinem spüren.

20

Als ich die Kaffeetante betrat, war Kat nicht da. Zwar war es logisch, dass sie am Tag vor ihrer eigenen Hochzeit genug zu tun hatte, aber ich war trotzdem enttäuscht. Sie fehlte mir und ich wurde noch immer nicht das Gefühl los, dass sie mir auswich.

Ihre Aushilfe Maja stand mit einer Freundin hinter dem Tresen und schmiss den Laden allein.

Ab morgen würde die Kaffeetante für zwei Wochen geschlossen bleiben – nämlich die zwei Wochen, die Kat auf Hochzeitsreise war. Sie hatten eine Kreuzfahrt gebucht und Kat war sicherlich schon mit Packen beschäftigt.

Es war nicht mehr viel los; der erste Ansturm auf die berüchtigten Pancakes, die Kat jeden Samstag verkaufte, war bereits wieder vorbei.

Ich suchte mir einen ruhigeren Platz am Fenster und sah nach draußen, damit ich Boris' Vater frühzeitig erspähen konnte.

Maja kam an den Tisch, zog mit einem Seufzer den Stuhl zurück und setzte sich. »Ich mache mir Sorgen um Kat.«

Verdammt, ich war also nicht die Einzige, der es aufgefallen war. »Da bist du nicht allein. Ich versuche seit einer Woche alles, um sie zu erreichen. Sie blockt ab oder geht gar nicht erst ans Telefon.«

Maja wickelte sich ihren langen Pferdeschwanz um den Finger. »Gestern habe ich sie im Laden angeschrien, dass sie nach Hause gehen soll, weil sie hier mehr Chaos angerichtet hat als alles andere. Und das war jetzt schon das zweite Mal, dass ich das getan habe.«

»Oh je. Sollen wir zu ihr gehen?«

Sie schüttelte den Kopf. »Ich habe schon bei ihr geklingelt, sie hat nicht aufgemacht. Hast du auch so ein komisches Gefühl?«

Zuerst wollte ich es bestreiten, doch dann nickte ich. »Schon seit Tagen. Aber was sollen wir machen?«

»Wir können nichts machen, wenn Kat sich nicht helfen lassen will, dann lässt sie sich nicht helfen. Du kennst sie.«

»Wahre Worte. Bleibt es dabei, dass wir uns morgen um elf bei ihr treffen?«

»Ja. Ich muss leider wieder an den Tresen, sonst bekommt Kerstin eine Panikattacke. Sagst du mir Bescheid, falls du die Braut heute noch erreichst?«

»Klar.«

Maja war noch nicht aufgestanden, als das Glöckchen über der Tür klingelte. Boris' Vater blieb überrascht stehen und sah sich um. Als er mich entdeckte, steuerte er auf den Tisch zu. »Hallo, Anika.«

»Hallo.«

»Hier riecht es ja ganz vorzüglich.«

Offenbar hatte er erwartet, dass ich unser Treffen in irgendeiner Kaschemme hatte stattfinden lassen wollen und war nun überrascht. »Es schmeckt sogar tatsächlich so gut, wie es riecht. Was darf's sein?«

»Oh, ich mache das schon«, erwiderte er verlegen.

»Ich hätte gern einen Cappuccino.«

Er nickte und stand auf. Er wirkte in seinem Designermantel und dem dreiteiligen Anzug etwas deplatziert und ich fragte mich prompt, ob sein Fahrer wohl irgendwo mit laufendem Motor wartete. Je länger ich Tobias van der Lieven betrachtete, desto mehr fragte ich mich, ob Boris aus Prinzip nur Jeans trug, weil er so wenig wie möglich wie sein Vater sein wollte.

Tobias balancierte das kleine Tablett zum Tisch und stellte es ab. »Ich konnte nicht widerstehen«, erläuterte er und deutete auf den Brownie, der auf dem weißen Teller mit braunem Rand lag. Auf dem Rand war das Logo der Kaffeetante zu sehen. Kat hatte sich über jedes Detail Gedanken gemacht und den letzten Cent, den sie besaß, in den Laden und die Einrichtung gesteckt.

Vielleicht brauchte sie wirklich nur einen Urlaub. Die letzten drei Jahre hatte sie praktisch durchgearbeitet, weil sie sich noch immer Sorgen machte, der Laden könnte von heute auf morgen Pleite gehen. Wenn ich mir dazu noch den Stress mit der Hochzeit vorstellte, die unerwartet viel größer geworden war als gewünscht, konnte ich durchaus verstehen, dass sie fertig mit den Nerven war.

Es war schon ein großer Schritt gewesen, sie davon zu überzeugen, samstags und sonntags nur halbe Tage zu machen, damit sie wenigstens ihre Wäsche waschen und ein bisschen schlafen konnte.

Es entstand eine verlegene Pause, in der wir an unseren Getränken nippten und Tobias den Bownie probierte.

»Du wolltest reden?«, fragte er schließlich.

»Eigentlich habe ich direkt einen Anschlag vor.« Ich lächelte böse und er legte seine Gabel weg. Wenn er auf der Hut war, erinnerte er mich sehr an seinen Sohn. Er war kein unattraktiver Mann, nur ein ganz anderer Typ. Dagegen wirkte Boris, der bis unter die Zähne tätowiert war, wie ein Rebell allererster Klasse.

»Welche Art von Anschlag?«

»Anna hat mich ein wenig über die Familienverhältnisse aufgeklärt und möglicherweise eine gewisse Sturheit seitens der Männer erwähnt.«

Zum ersten Mal lachte Tobias in meiner Gegenwart und es wirkte ehrlich. Er sah sofort Jahre jünger aus, viel gelöster.

»Also das halte ich für absoluten Quatsch!« Mit der Gabel stach er in den Brownie und sah dabei vergnügt aus.

Langsam verstand ich, was Anna an ihm fand. Das Lächeln stand ihm sehr viel besser als die strenge Miene, die er sonst zur Schau trug.

»Jedenfalls habe ich beschlossen – nein, das stimmt nicht – ich habe eine Münze geworfen und jetzt musst du in den sauren Apfel beißen, den ersten Schritt zu machen.«

Aufmerksam sah er mich an. »Und das bedeutet?«

Ich war schon froh, dass er nicht gleich abgelehnt hatte. »Boris' Studio ist hier ganz in der Nähe und ich weiß, dass er gerade tätowiert, seine Kollegen sind aber heute nicht da. Das wäre vielleicht ein geeigneter Zeitpunkt für einen Besuch bei ihm. Eine Annäherung, sozusagen. Anna sagte, dass du stolz auf ihn bist und Boris ist stolz auf seine Arbeit.«

Tobias sah mich lange an, seine Augen waren schmal. Schließlich griff er nach seiner Kaffeetasse und trank einen Schluck. »Einverstanden.«

»Wirklich?«, fragte ich überrascht.

»Warum nicht? Wie viel Zeit soll ich noch damit verplempern, es bei ihm zu Hause zu versuchen und rausgeworfen zu werden? Außerdem hatte ich beim letzten Mal den Eindruck, dass er jetzt Besseres zu tun hat.« Der Vater meines Mannes warf mir einen vielsagenden Blick zu und ich wollte im Boden versinken. Stattdessen begnügte ich mich damit, einfach knallrot zu werden.

Wir leerten unsere Tassen und Tobias schien tatsächlich aufgeregt zu sein, allerdings konnte er dies fast genauso gut verbergen wie sein Sohn. Ich war gespannt, wie viel Familienähnlichkeit sich heute im Laufe des Tages noch auftun würde.

Das Klappern der Tür kündigte uns natürlich an und um Boris sanft vorzubereiten, spähte ich in den hinteren Teil des Ladens. Als er mein Gesicht sah, lächelte er sanft. »Hi.«

»Hi.«

Sein Vater tauchte hinter mir auf, schaute neugierig über meine Schulter und für einen Moment entglitten Boris die Gesichtszüge. Die Nadel hörte auf zu surren, was seinen Kunden dazu bewog, verwirrt den Kopf zu heben.

»Ich dachte, ich zeige deinem Vater mal, wo du arbeitest.«

Boris runzelte die Stirn. »Aha.«

Da ahnte ich schon, dass mir Ärger drohte, aber was sollte ich machen? Annas Auftrag war eindeutig gewesen – wenigstens wusste noch keiner der beiden Sturköpfe, dass wir gleich noch essen gehen würden; ein Schock nach dem anderen.

»Dürfen wir durchkommen?«

Abwehrend murmelte er: »Das sollte wohl Marvin entscheiden.«

Er wies auf seinen Kunden, der nur mit den Achseln zuckte. »Klar.«

Mein Mann verzog das Gesicht, offensichtlich hatte er auf eine andere Antwort gehofft. Tobias ließ sich nicht zweimal bitten und war noch vor mir durch die Schwingtür getreten. Interessiert inspizierte er die großen Flashsets an der Wand. Vor denen, die Boris gezeichnet hatte, blieb er besonders lange stehen.

Sein Sohn hielt ihn dabei kritisch im Auge, musste sich aber den Großteil der Zeit auf seine Arbeit konzentrieren.

»Soll ich uns noch einen Kaffee machen?«, schlug ich schließlich vor, um das Schweigen zu brechen.

»Gern«, sagte Tobias und auch Marvin nuschelte zwischen den zusammengepressten Zähnen hervor: »Ich auch.«

Boris hingegen sah mich an, als hätte ich soeben unseren Erstgeborenen zur Adoption freigegeben. Das würde ein langer Tag werden.

Als ich die Kaffeemaschine anschaltete, folgte Tobias mir und setzte sich auf die gleiche Liege, auf der ich vor ein paar Wochen gelegen hatte, nachdem ich vor dem Laden umgekippt war. Es erschien mir wie eine ganz andere Welt.

»Meinst du, er wird noch auftauen?«

Es war unglaublich, wie zurückhaltend, fast schon schüchtern dieser knallharte Geschäftsmann klingen konnte, wenn es um seinen Sohn ging. Da hatte ich ihn schon ganz anders erlebt – in der Kanzlei meines Vaters beispielsweise, wenn es nicht so lief, wie er sich das vorstellte.

»Ja, frag ihn gleich einfach, was er da macht. Darüber kann er stundenlang reden.« Viel wichtiger war, dass Boris es liebte, darüber zu reden und stets reflexartig antwortete.

»Okay.« Motiviert stand Tobias auf und ging wieder in den Nebenraum. Ich hörte seine Stimme, auch dass sein Sohn antwortete, doch durch die Geräusche der Kaffeemaschine konnte ich nicht genau verstehen, worüber sie sprachen.

Als ich mit dem Kaffee in den Raum kam, wiederholte Tobias gerade gehorsam: »Spulenmaschine, verstehe.«

Mein Mann warf mir einen Blick zu, der besagte, dass er genau wusste, wer seinem Vater die Themenauswahl erleichtert hatte. Allerdings wirkte er schon nicht mehr so abgeneigt wie zuvor.

Der Zeitpunkt schien mir überaus passend zu sein. »Wir gehen übrigens heute Abend alle zusammen essen. Anna, ihr beide, Stephanie und ich.«

Entsetzt sahen beide Männer mich ein. So langsam begann Marvin mir leidzutun, denn Boris hatte schon wieder aufgehört zu tätowieren und blinzelte mich an.

»Oh, und Stephanies Freund, den hätte ich jetzt fast vergessen«, fügte ich noch hinzu.

Tobias stöhnte. »Muss das sein? Er ist so unglaublich ...«

»Langweilig«, beendete Boris den Satz. Vater und Sohn starrten sich sprachlos an und ich verbarg mein Grinsen. Vielleicht würden sie sich ja doch noch annähern.

***

Müde streifte ich die Schuhe von den Füßen und seufzte wohlig, als ich meine Zehen ausstreckte. Boris schwieg noch immer hartnäckig, aber ich nahm einfach an, dass er damit beschäftigt war, die halbe Kuh zu verdauen, die er sich zum Abendessen gegönnt hatte.

Vermutlich war dies sein halbherziger Versuch gewesen, sich in dem Restaurant irgendwie daneben zu benehmen, um seinen Vater zu ärgern – ohne sich allzu sehr wie ein kleines Kind zu verhalten.

»Kat hat endlich geantwortet. Angeblich ist alles in Ordnung und ich soll aufhören, mir den Kopf zu zerbrechen.«

»Klingt das nicht nach ihr?«

»Doch, schon«, gab ich zu. »Aber trotzdem habe ich ein komisches Gefühl. Vielleicht überdenke ich das alles nur, weil die letzten Wochen so turbulent waren.«

»Vielleicht«, stimmte der Mann mir zu.

In Gedanken ging ich zum hundertsten Mal meine Liste durch. Die Ringe für Kats Hochzeit standen in ihrem Kästchen auf der Kommode, mein Kleid und Boris' Anzug hingen frisch und sauber auf ihren Kleiderbügeln, die Blumen würde ich morgen früh als Erstes holen.

Gelassen marschierte ich in Kreisen über den Teppich, als mir auffiel, dass mein Mann in dem Ledersessel vor sich hin brütete.

»Alles in Ordnung?«

»Nein«, brummte er und sah mich vorwurfsvoll an. »Du hast mich gezwungen, den ganzen Tag mit meinem Vater zu verbringen. Außerdem sind wir heute fünf Wochen verheiratet und du hast gar nichts gesagt.«

Prompt lief ich rot an und Boris verdrehte die Augen. »Du wusstest das mit den fünf Wochen gar nicht.«

Versöhnlich kletterte ich auf seinen Schoss. »Du hast ein schweres Leben, nicht wahr?« Ich küsste seine Nasenspitze. Unwillig drehte er den Kopf weg und grummelte vor sich hin. Zaghaft streckte ich den Finger aus und zeichnete die Narbe auf seiner Stirn nach. »Es tut mir so leid.«

Er seufzte schwer. »Ich weiß. Aber das mit meinem Vater sollte dir noch viel mehr leidtun.«

Ich küsste sein Kinn, knabberte an seinem Ohrläppchen, leckte über seinen Hals. »Vielleicht kann ich es wieder gutmachen.« Meine Hände glitten unter sein Shirt, streichelten die festen Muskeln.

»Ich denke, einen Versuch wäre es wert.« Mein Mann hob mir sein Gesicht entgegen und ich küsste ihn. Im gleichen Moment packte er meinen Po und zog mich eng an sich heran. Mein Becken bewegte ich in leichten Kreisen, während ich meine Arme um seinen Hals schlang. Er fühlte sich einfach so gut an, davon würde ich niemals genug bekommen und vier Wochen waren definitiv nicht annähernd genug gewesen.

Seine Finger gruben sich in meine Haut, er hielt mich fest und sah mir in die Augen. »Aber du solltest wissen, dass ich hohe Auflagen habe, die du erfüllen musst.«

»In Ordnung. Ich höre.«

»Hm.« Er verzog das Gesicht, dachte nach und schüttelte dann den Kopf. »In Anbetracht der Umstände, wie gefährlich es ist, mit dir Geschäfte zu machen, verlange ich, dass du erst zustimmst und ich dann die Bedingungen nenne.«

»Sehe ich aus wie eine Idiotin?«

»Nein, aber du siehst aus wie eine Frau, die auf Sex spekuliert.«

Atemlos betrachtete ich seine eisblauen Augen, die gefährlich glitzerten. Er stellte mir eine sehr plumpe Falle. »Das ist Erpressung.«

Boris neigte den Kopf, küsste die Stelle an meinem Hals, wo mein Puls so verräterisch pochte und knabberte an der Haut. Ich schnappte nach Luft. Er sagte nichts, sondern wanderte mit seinen Lippen immer weiter nach unten, bis zum Ansatz meiner Brüste.

»Was verlangst du?«

Seine Hände strichen nach oben, umfassten meine Brüste, kneteten sie sanft. Meine Nippel richteten sich auf und er saugte sie nacheinander in seinen Mund, ließ feuchte Stellen auf meiner Kleidung zurück.

Meine Klit erwachte zum Leben und forderte energisch, dass ich mich seinem Diktat unterwarf. Er sagte noch immer nichts, sondern wartete geduldig.

»Einverstanden.«

Das Lächeln verriet mir sofort, dass ich möglicherweise einen Fehler gemacht hatte. Allerdings nur möglicherweise.

Wieder glitten seine Finger weiter nach oben, vergruben sich in meinen Haaren und zwangen meinen Kopf in den Nacken. Mit Zähnen und Zunge malträtierte er meine Kehle, bis ich nur noch vor Wonne seufzte.

»Du ziehst bei mir ein und das Wort ›Scheidung‹ ist ab sofort tabu.«

»Das ist alles?«, fragte ich erstaunt.

»Reicht das nicht?« Angriffslust schwang in seiner Stimme mit.

Ich schluckte schwer, weil seine Zunge immer wieder über die kleine, empfindliche Stelle an meinem Schlüsselbein strich. »Doch, natürlich.«

Woher hatte er bloß dieses unglaubliche Gespür, meinen Körper so zu lesen, dass er genau wusste, wo ich dermaßen empfindlich war, dass er mich so in die Knie zwingen konnte?

»Wenn du mich loslässt, dann mache ich mich gleich an die Wiedergutmachung.«

Er verharrte ruhig, sein Griff wurde lockerer. »Ich bin gespannt.«

Mit klopfendem Herzen kletterte ich von seinen Beinen. Das Verlangen in seinem Blick nahm mir für einen kurzen Moment den Atem.

Rasch ging ich ins Badezimmer und ließ Wasser in die Wanne. Während es einlief, zog ich mich aus. In der Tür blieb ich stehen und lächelte ihn einladend an. »Es gibt da etwas, das ich schon immer ausprobieren wollte.«

Neugierig erhob er sich und kam zu mir. Als er langsam näher kam, konnte ich deutlich erkennen, dass seine Hose sich verdächtig ausbeulte, und biss mir auf die Unterlippe.

Endlich war er nah genug bei mir, damit ich die Hände ausstrecken und seine Hose öffnen konnte. Über die Schulter warf ich einen Blick auf die Badewanne, aber ich hatte noch mehr als genug Zeit.

Boris protestierte nicht einmal, als ich mich auf die Knie sinken ließ und seinen harten Schwanz aus der Hose befreite. Sanft leckte ich über die Kuppe, nahm den ersten Tropfen seiner Lust auf, bevor ich den Schaft zwischen meine Lippen gleiten ließ.

Meinen Hinterkopf umfasst, drängte Boris sich tiefer in meinen Mund, stöhnte leise. Mit der Zunge strich ich an der Unterseite entlang, saugte sanft. Ich wollte seine Lust lediglich anstacheln, nicht befriedigen. Noch nicht …

»Das war heute nicht dein Tag, oder?«

»Nein.«

»Dann könntest du das Chaos doch eigentlich vervollständigen, indem du ausnahmsweise mir die Kontrolle überlässt«, schlug ich mit verführerischer Stimme vor.

Boris lachte erstickt. »Ich sehe den Zusammenhang da nicht unbedingt.«

»Naja: Schlimmer kann es kaum werden.«

»Das ist die schlechteste Motivationsrede, die ich je gehört habe.«

»Überlass mir das Kommando.« Um ihn zu überzeugen, schloss ich meine Finger um seinen harten Schaft und ließ sie hoch und runter gleiten. »Nur ausnahmsweise. Bitte!«, hauchte ich vor seinen Lippen, bevor ich einen Kuss darauf drückte.

Er rang mit sich, also drückte ich seinen Schwanz etwas fester. Zischend atmete Boris ein. »In Ordnung. Aber wirklich nur ausnahmsweise – und wehe, du versuchst miese Tricks.«

Mein Herz schlug schneller und ich lächelte ihn aufreizend an. »Das würde mir nicht im Traum einfallen.«

Ein wenig widerwillig ließ er sich von mir in die Badewanne dirigieren, behielt mich dabei die ganze Zeit kritisch im Blick. Als ich neben ihm stand und überlegte, wie ich nun am besten zu ihm steigen sollte, wollte er schon nach mir greifen.

Empört schlug ich ihm auf die Finger. »Hey, du hast versprochen, dass ich bestimmen darf.«

»Ach? Und dazugehört, dass ich dich nicht mehr anfassen darf?«

»Erst, wenn ich es erlaube«, verkündete ich sehr viel zuversichtlicher, als ich mich fühlte. Hoffentlich würde sich mein Vorstoß nicht als Desaster entpuppen.

Endlich wusste ich, wie ich es anstellen sollte und glitt zu Boris in das wunderbar warme Wasser.

Neckisch sah ich über die Schulter und zwinkerte ihm zu, während ich nach seinem Penis griff. Seine Augen leuchteten auf. »Verstehe ...«

Langsam ließ ich mich auf seinen harten Schwanz sinken, der ungehindert in mich glitt. Als er ganz in mir versenkt war, griff ich nach hinten, nahm Boris Hände und legte sie auf meine Brüste.

Probehalber bewegte ich mein Becken, hob es an, senkte es wieder. Es fühlte sich ungewohnt an, aber fantastisch.

Boris' Atem kitzelte meinen Nacken, als er lachte. »Kleines Luder«, flüsterte er neben meinem Ohr, knabberte an meinem Ohrläppchen. Ich keuchte auf und fand langsam aber sicher den richtigen Rhythmus. Oh ja, das war genau der richtige Rhythmus.

Ich bewegte mich immer schneller, ignorierte vollkommen, dass das Badewasser in kleinen Wellen über den Rand schwappte und das halbe Bad flutete.

Boris zwickte meine Nippel, strich über meine Kehle, seine andere Hand reizte meine Perle und ich wusste, dass es nicht mehr lange dauern würde, bis ich kam.

Es war ungewohnt, das Tempo vorzugeben, aber ich verließ mich darauf, dass mein Liebhaber mich wie immer auch lesen würde, und ließ mich weiter nach hinten sinken. Immer wieder stieß sein Penis gegen den geheimen Punkt in meinem Inneren und ich begann, heftig zu zittern.

In diesem Moment hob Boris seine Hüften an und kam mir mit den Stößen entgegen, während seine Finger meine Klit schneller rieben. Mit einem kehligen Stöhnen kam ich in seinen Armen, spürte zeitgleich, wie sein Schwanz in mir zuckte und sein Sperma in mich spritzte.

Schwer atmend lehnte ich mich gegen seine Brust, spürte seinen Herzschlag im Rücken. Er schlang beide Arme um mich, küsste meinen Hals und seufzte leise. »Gar nicht mal übel.«

»Und eine ganz schöne Überschwemmung. Aber das war es wert.«

21

»Oh wow«, entfuhr es mir überrascht, als Boris in dem schmal geschnittenen, schwarzen Anzug aus dem Schlafzimmer kam. Ich saß bereits in meinem silbernen Kleid auf der Couch und versuchte, meine Ohrringe anzulegen. Doch ich war so aufgeregt, dass ich kaum den Verschluss aufgesteckt bekam.

Mein Mann war eine echte Augenweide und zum ersten Mal bedauerte ich es, dass er nicht öfter Anzüge trug. »Keine Jeans? Ich bin verblüfft.«

Er rümpfte die Nase. »Es ist eine kirchliche Hochzeit, da traue selbst ich mich nicht in lässiger Freizeitkleidung hin. Wo findest du eigentlich immer diese sündigen Kleider?«

»Was?« Schockiert blickte ich an mir herunter, es war ein ganz normales, knielanges Kleid – von sündig keine Spur.

»Die Farbe. Es glitzert so verführerisch, wenn du dich bewegst und betont deine Kurven. Ich sollte dich so gar nicht vor die Tür lassen, Weib«, verkündete er und blieb vor der Couch stehen. Sandelholz stieg in meine Nase.

»Moment mal! Hast du schon wieder in meinen historischen Liebesromanen geschmökert und verspottest mich gerade?«

Er zwinkerte mir zu. »Vielleicht. Sexy bist du trotzdem.«

Ich gab ihm einen schnellen Kuss auf den Mund, dann stand ich auf und holte den kleinen, gefalteten Zettel aus dem winzigen Täschchen, das an meinem Handgelenk baumelte. »Okay. Ringe?«

Boris griff an seine Brusttasche und nickte. »Check.«

»Blumen?« Ich drehte mich zum Esstisch, auf dem der Strauß lag. »Check.«

»Geschenk?«

Mein Mann salutierte. »Ist im Auto. Check. Übrigens sehr geschickt von dir, ausgerechnet meinem Vater die zehn Säcke Kaffeebohnen aus den Rippen zu leiern.«

Stolz grinste ich. »Ja, finde ich auch. Gut. Wir müssen in zehn Minuten bei Kat sein und ich in 40 Minuten an der Kirche. Oh Mann, bin ich aufgeregt.«

Er zuckte nur mit den Achseln. »Ich bin nur froh, dass es bei uns nicht so einen riesigen Aufriss gegeben hat. Streng genommen bin ich erst seit zehn Minuten an der Planung beteiligt und ich habe schon Bluthochdruck vor Stress. Ziehst du noch deine Schuhe an?«

Er deutete auf meine Füße und grinste. Ich war so oft meine Checkliste durchgegangen, dass ich an das Offensichtlichste gar nicht gedacht hatte. »Danke«, murmelte ich und stieg in die ebenfalls silbernen High Heels, die mit schmalen Riemen um den Knöchel geschlossen wurden.

»Hm, erinnere mich daran, dass du die Schuhe nachher beim Sex anlassen solltest.«

Seine Worte sorgten für ein Flattern in meinem Bauch. »Unverbesserlicher Lüstling. Nimmst du den Strauß?«

»Zu Befehl.«

Wir verließen die Wohnung und ich stieg langsam die Treppe hinab, um zu vermeiden, mir in der letzten Minute den Hals zu brechen. Ich kletterte auf den Beifahrersitz und Boris fuhr zu Kat.

Das Wetter war trotz angekündigtem Sonnenschein eher grau und ein kalter Wind wehte.

Hoffentlich würde es später noch aufklaren, denn ein Großteil der Feier sollte draußen im weitläufigen Garten der Schwiegereltern stattfinden. Momentan sah es eher regnerisch aus.

Als wir in die Straße einbogen, in der meine beste Freundin wohnte, sah ich bereits Maja und ihren Freund Frank auf dem Bürgersteig stehen. Sie hatte ihr Handy in der Hand und steckte es weg, als Boris direkt vor ihnen hielt.

Sie riss die Beifahrertür auf. »Gott sei Dank, du bist da. Kat macht die Tür nicht auf. Ich wollte dich gerade anrufen.«

Stirnrunzelnd sah ich auf die Uhr im Armaturenbrett. »Sind wir zu spät?«

»Nein, elf Uhr bei Kat, 11.30 Uhr an der Kirche«, wiederholte Maja das, was ich ohnehin schon längst wusste. Frank und Boris nickten bestätigend.

Boris hielt Frank die Hand hin. »Boris.«

»Frank.«

Richtig, sie kannten sich ja noch gar nicht, aber ich hatte gerade Dringenderes im Kopf. Eilig schnallte ich mich ab und schritt über den Bürgersteig. Ich wäre auch gerannt, aber das ließen meine Schuhe nicht zu. Während ich den Klingelknopf gedrückt hielt, wählte ich gleichzeitig ihre Nummer. Die Festnetznummer war besetzt, das Handy ausgeschaltet.

Maja wurde immer blasser, je länger ich den Knopf gedrückt hielt.

Um nicht in Panik zu geraten, zwang ich mich, dreimal tief Luft zu holen. »Okay, es gibt sicher eine plausible Erklärung. Vielleicht hat ihre Schwiegermutter in letzter Sekunde den Plan geändert und Kat schon abgeholt. Oder die Trauung wurde verschoben.«

Boris gab ein ersticktes Geräusch von sich. »Genau, und die ganzen Gäste haben per Brieftaube eine neue Einladung bekommen und nur die beiden Brautjungfern wurden vergessen.«

Maja versetzte ihm einen Hieb. »Wir versuchen hier lediglich, nicht in Panik auszubrechen. Du bist nicht hilfreich, übrigens.«

»Was machen wir jetzt?«, fragte Frank.

Ich sah an der Häuserfront hoch, aber von hier aus konnte ich nur eines der Fenster sehen, alle anderen gingen in den Hof hinaus. »Ich gehe rein und sehe nach, ob sie da ist. Vielleicht ist sie in der Dusche ausgerutscht und hat sich den Kopf angeschlagen.«

Maja nickte eifrig. »Ich komme mit. Ihr wartet hier, für den Fall, dass sie aus irgendwelchen Gründen hier auftaucht.«

Hektisch kramte ich den Schlüssel zu Kats Wohnung hervor und rammte ihn förmlich ins Schloss. Maja trug ein langes Kleid, das sie nun in der Hand zusammenraffte, um nicht darauf zu treten, während sie mir die Treppe hoch folgte.

Zittrig schloss ich die Wohnungstür auf. »Kat? Wir sind's!«

Maja ging sofort in die Küche, ich ins Wohnzimmer.

»Keine Spur«, ertönte ihre Stimme.

Auch das Badezimmer fanden wir verwaist vor, allerdings roch es eindeutig nach Kats Parfüm und ihrem Haarspray. Maja ging voraus ins Schlafzimmer und murmelte: »Gott sei Dank!« Sie wies auf den großen, leeren Kleiderschoner, in dem ganz offensichtlich das Brautkleid gehangen hatte.

Erleichterung machte sich in mir breit und ich drehte mich um. »Wie können sie nur vergessen haben, uns Bescheid zu geben?«

Maja zuckte mit den Schultern. »So wie Kat in den letzten Tage drauf war, überrascht mich gar nichts mehr. Ich mache drei Kreuze, wenn diese Hochzeit vorbei ist.«

Ich nickte und mein Blick fiel auf den geöffneten Kleiderschrank. Erschrocken packte ich Maja am Arm, während das ungute Gefühl in meinem Bauch sich verdichtete. »Ihre Reisetasche ist weg. Warum sollte sie die mit zur Kirche nehmen?«

»Mal den Teufel nicht an die Wand. Sicherlich steht sie einfach schon gepackt bei Torben oder so, damit sie nach der Feier direkt durchstarten können.«

»Du hast recht. Entschuldige, mit mir gehen die Nerven wohl langsam auch durch.«

Ich schloss die Tür sorgfältig ab und wir eilten wieder nach unten. Meine Finger glitten über das Geländer, damit ich nicht doch noch hinfiel.

»Auf zur Kirche! Kat ist nicht oben, aber das Brautkleid ist weg«, erläuterte Maja, während sie bereits die hintere Tür des Audis öffnete. »Habt ihr eine Kaffeefabrik überfallen?«

»Fast«, erwiderte Boris bloß trocken.

Schweigend starrte ich aus dem Fenster, das ungute Gefühl wollte einfach nicht weichen.

Mir fiel kein einziger Grund ein, warum Kat mir nicht Bescheid gesagt hätte. Natürlich war unterwegs jede einzelne Ampel rot. Die Minuten verstrichen, mir wurde schlecht.

Auch Maja war auffallend schweigsam, ich war bereit zu wetten, dass sie doch über die verschwundene Reisetasche nachdachte.

Endlich hielten wir vor der Kirche, Boris wollte uns aussteigen lassen, bevor er einen Parkplatz suchte. Oben auf den Stufen stand Torben, der Bräutigam, mit seiner Mutter.

Als sie das Auto erblickte, rannte sie Hals über Kopf die Stufen hinunter.

Inzwischen war es wenige Minuten nach elf, der Verkehr hatte uns enorm aufgehalten.

»Da seid ihr endlich!«, brüllte sie außer sich. Ihr Gesicht war feuerrot und Torben folgte ihr die Stufen hinunter.

Hastig schnallte ich mich ab und stieg aus. Schwiegerzilla riss die hintere Tür auf und starrte ins Auto. »Wo ist Katharina?«, fragte sie tonlos.

Die Zeit schien anzuhalten und die Luft wich aus meinen Lungen. »Hier?«

Maja stieg nun auch aus. »Sie war nicht mehr zu Hause, deswegen dachten wir, es hätte eine Planänderung gegeben und sie wäre schon hier.«

Schwiegerzilla wechselte die Farbe von weiß zu rot und zurück. Torben legte eine Hand auf ihre Schulter, um sie zu beruhigen. Dann sah er zu Maja, bevor er mich direkt anblickte. »Kat ist nicht hier.«

»Diese undankbare Schlampe«, fauchte Torbens Mutter und starrte uns alle an, als wären wir die Wiedergeburt des Bösen.

»Hey!«, fuhr ich sie an. »Vielleicht passen Sie auf, was Sie sagen!«

Torbens Mutter fiel in sich zusammen, packte ihren Rock und stieg die Stufen zur Kirche empor. Der Bräutigam schob die Hände in die Taschen. »Sie wird nicht kommen, oder?«

Die Frage galt mir, offenbar war ich als beste Freundin verpflichtet, jeden von Kats Schritten vorauszusehen. »Sie hat kein Wort zu mir gesagt«, beteuerte ich. »Gestern Abend kam eine SMS, dass alles in Ordnung sei. Seitdem habe ich nichts mehr von ihr gehört.«

Torben würdigte mich einmal mehr einer Antwort, sondern folgte seiner Mutter. Ich starrte ihm hinterher und schluckte schwer.

Boris nahm mich in den Arm. »Hey, alles gut?«

Ich zuckte nur mit den Achseln. »Keine Ahnung. Was machen wir denn jetzt?«

»Keine Ahnung, aber ich muss da was loswerden.«

Überrascht sah ich meinen Mann an, auch Maja machte große Augen.

»Kannst du dich noch daran erinnern, als Kat ohne Vorwarnung Henning die Cupcakes um die Ohren geschlagen hat? Dir ist es vermutlich niemals aufgefallen und ihr nicht, aber jetzt, da ich den Bräutigam gesehen habe: Er und Henning haben wahnsinnige Ähnlichkeit. Ich würde also behaupten, dass ihr Entschluss, die Hochzeit zu boykottieren nicht erst gestern Abend gefallen ist. Insgeheim wusste sie es sicher länger schon.«

Als mir der Geruch von Marihuana in die Nase stieg, drehte ich mich langsam um. »Hühnchen.«

Kats Mutter grinste mich schief an und zog in aller Ruhe am Joint, der in ihrem Mundwinkel hing. »Sie wird nicht kommen«, bestätigte sie unsere Vermutung.

Maja ergriff das Wort. »Frank, Boris, das ist Anke, Kats Mutter.«

»Nennt mich bitte Hühnchen, das tun alle«, sagte sie und nahm genüsslich einen Zug, als wäre gar nichts dabei.

»Wo ist sie?«, fragte ich leise.

»Keine Ahnung. Ich habe ihr gesagt, dass sie abhauen soll, wenn sie so nicht glücklich wird. Wenn sie mir nicht sagt, wo sie hingeht, kann ich mich auch nicht verplappern. Ist einer von euch Single?«

Boris hob die Hand und zeigte ihr schnell den Ehering. »Verheiratet«, stieß er hervor. Der Ton in Hühnchens Stimme war eindeutig zweideutig gewesen. Frank wurde blass und versteckte sich hinter Maja.

»Verheiratet?« Hühnchen zwinkerte mir zu. »So, so. Aber wie hast du dir denn ein solches Prachtexemplar geangelt?«

»Haben Sie ihren Hintern gesehen?«, fragte Boris trocken. »Ich bin ihr freiwillig hinterher gelaufen.«

Hühnchen lachte ihr gackerndes Lachen, das unter anderem für ihren Spitznamen verantwortlich war. Dann wurde sie ernst. »Ich weiß, dass Katharina viel verantwortungsvoller ist als ich, aber ich wollte sie nicht unglücklich sehen. Als ich gestern Abend angekommen bin, war sie so unglaublich traurig. Das waren keine normalen, kalten Füße, das war die absolute Panik.« Sie schüttelte den Kopf und ich nahm ihre Hand.

»Ich habe das Gleiche zu ihr gesagt, sie war in den letzten Wochen einfach nicht sie selbst. Trotzdem habe ich es nicht kommen sehen.«

»Geht nach Hause, Kinder«, sagte Hühnchen. »Außer einer Furie von Schwiegermutter wird hier nichts mehr passieren.«

Wir standen noch einen Moment ratlos zusammen, bis Boris das Schweigen brach. »Sollen wir euch nach Hause bringen?«

Maja nickte langsam. »Können wir dich mitnehmen, Hühnchen?«

»Nein. Ich bleibe noch hier und gucke, wie Torben zurechtkommt.« Wieder zog sie an dem Joint und wedelte mit der Hand, damit wir endlich verschwanden.

Die Rückfahrt verbrachten wir nahezu schweigend. Irgendwann sagte Maja: »Sie hat sich so komisch benommen, alle Anzeichen waren da und trotzdem habe ich es einfach nicht kommen sehen.« Sie schüttelte den Kopf und lehnte die Stirn dann an die Scheibe. Frank lächelte sie schief von der Seite an, streichelte ihre Schulter.

Wir setzen die beiden bei Frank ab, dann fuhr Boris zu mir. Das Auto roch in jeder Minute immer unerträglicher nach frisch geröstetem Kaffee.

»Selbst wenn sie dir alles erzählt hätte, es hätte nichts geändert. Die Hochzeit wäre trotzdem geplatzt.« Er versuchte, mich irgendwie aufzumuntern, aber ich seufzte nur schwer.

»Keine Ahnung. Ich habe irgendwie das Gefühl, die schlechteste Freundin der Welt zu sein. Die ganze Zeit hatte ich den Eindruck, dass etwas nicht stimmt, aber ich war so mit dir, mit mir, mit uns beschäftigt, dass ich nicht weiter nachgehakt habe.«

»Sei nicht zu hart zu dir. Man kann Leuten nur vor die Stirn gucken – was dahinter vor sich geht, kannst du nur raten. Sie wird sich sicher bald melden.«

Zwar nickte ich, aber ich starrte trotzdem grübelnd aus dem Fenster, bis wir bei mir waren. Wo hatte ich die Anzeichen übersehen? Wann hätten bei mir die Alarmglocken schrillen müssen? War ich wirklich eine schlechte Freundin gewesen?

Wir stiegen die Treppe nach oben und Boris sagte: »Ich mache uns erst einmal einen Kaffee, okay?«

»Gern.« Mit einem Mal konnte ich es nicht mehr erwarten, aus dem Kleid rauszukommen und steuerte sofort das Schlafzimmer an. Die Stimme meines Mannes hielt mich zurück.

»Schatz? Kommst du mal?«

Was mich zuerst erstarren ließ, konnte ich nicht einmal sagen – der Ton in seiner Stimme oder der Kosename, der ausnahmsweise Mal nicht hämisch gemeint war.

Als ich in die Küche kam, klappte mein Mund auf, meine Augen wurden groß.

Eine wunderschöne, fünfstöckige Torte stand auf der Anrichte, davor lehnte ein Umschlag. Kats Handschrift darauf war unverkennbar. Ich holte den Brief heraus; Boris sah neugierig über meine Schulter und ich ließ es zu.

Herzchen,

sorry für das Schlamassel. Es ist nicht deine Schuld, du warst wunderbar, selbst als ich dich angeschrien habe. Ich hätte viel früher etwas sagen sollen. Jetzt ist es zu spät, schätze ich.

Die Torte schuldete ich euch noch. Ich hoffe, es macht nichts, dass sie quasi aus zweiter Hand ist.

Alles Liebe

Kat.

PS.: Jetzt wäre ein guter Zeitpunkt, in die Flitterwochen zu fahren.

PPS.: Ich melde mich, wenn ich kann. Mir geht's gut.

»Es gibt doch noch Kuchen!«, sagte Boris so enthusiastisch, dass ich lachen musste. Gemeinsam bewunderten wir ehrfürchtig die wunderbare Kreation, bei deren Anblick mir schon das Wasser im Mund zusammenlief.

Sie war ganz und gar nicht wie Kat, die Torte. Ich hatte eine schlichte, schwarz-weiße Verzierung mit wenigen Schnörkeln erwartet. Stattdessen sah sie ein bisschen wie die Cupcakes aus, die Kat vor wenigen Wochen für uns gemacht hatte – also für mich, denn von Boris hatte sie in diesem Moment noch nichts gewusst.

Die äußere Schicht war rosa, die Deko bestand aus unzähligen kleinen roten und weißen Herzen, die einfach überall angebracht waren. »Sie muss die ganze Nacht daran gesessen haben.«

Mein Mann legte einen Arm um meine Schulter und küsste meine Schläfe. »Ich würde sagen, wenn ich mir diese pastellfarbene Kalorienbombe so angucke, dass Kat direkt an ihre beste Freundin gedacht hat, als sie das hier gezaubert hat.«

Ich zwinkerte die Tränen weg. »Meinst du?«

»Ja.« Er stand bereits an der Schublade und holte ein großes Messer heraus.

»Leg das Messer weg, du Fresssack! Ich will auf jeden Fall ein paar Bilder von der Torte machen.«

»Hast du mich gerade Fresssack genannt?«

»Du hast gestern drei Steaks bestellt! In einem unglaublich teuren Restaurant, nur um deinen Vater zu ärgern! Als ob er sich das nicht leisten könnte!« Ich schnaubte durch die Nase. »Wehe, du schneidest die Torte an!«, drohte ich noch einmal.

»Was dann? Wirfst du dann eine der Kaffeetassen nach mir?«, neckte er mich.

Sofort schossen mir die Tränen in die Augen.

»Oh je.« Boris kam schnell zu mir und legte die Hände um mein Gesicht. »Für die Art von Witzen ist es wohl noch zu früh?«

Ganz unelegant wischte ich mir die Nase am Unterarm ab. »Nein. Aber als Kat und ich angefangen haben, all das hier zu planen, habe ich eine Gänsehaut bei dem Gedanken bekommen, überhaupt zu heiraten. Und jetzt ...« Ich brach ab, weil ich mich einen Moment sammeln musste. »Jetzt bin ich glücklich verheiratet und Kat ist davongelaufen – vor ein paar Wochen hätte ich beides noch für unmöglich gehalten.« Die Tränen liefen immer schneller. »Und die Torte ist so schön. Willst du nicht Veronika anrufen?« Meine Stimme wurde immer unverständlicher, ich schluchzte und schniefte Mitleid erregend vor mich hin.

Mein Mann schlang die Arme um mich. »Ich fürchte, ich kann dir nicht mehr folgen.« Er hauchte eine Vielzahl zarter Küsse auf den Scheitel und wiegte mich sanft, bis das Beben in meinen Schultern nachließ.

»Ich sehe ein, dass das nicht viel Sinn ergeben hat.«

Er reichte mir ein Papiertaschentuch und ich schniefte kräftig hinein, bevor ich versuchte, den Mascara unter meinen Augen wegzuwischen. Meine Bemühungen waren nicht von Erfolg gekrönt, vermutlich sah ich wie ein übernächtigter Waschbär aus.

»Eigentlich wollte ich sagen, dass du Veronika und Don fragen könntest, ob sie auf ein oder mehrere Stücke Hochzeitstorte vorbeikommen wollen. Sie hatten bestimmt auch keine richtige Feier, genau wie wir.«

»Die Idee ist gar nicht mal schlecht.«

»Und ich habe beide letztens getroffen, da hat Don erwähnt, dass wir ja gemeinsam feiern könnten.«

Boris zog spöttisch eine Augenbraue hoch. »Er findet dich sicherlich sexy. Nach allem, was ich gehört habe, passt du genau in sein Beuteschema.«

»Das ist doch wunderbar, dann kannst du dich mit Veronika vergnügen und ich nehme den blonden Schönling.«

Seine Augenbraue wanderte noch etwas höher. »Schönling?«

Ich zwinkerte nur und quiekte anschließend erschrocken auf, als mein Mann nach mir griff und mich so hart an sich zog, dass die Luft aus meinen Lungen gepresst wurde.

»Mein Weibchen«, flüsterte er vor meinen Lippen und küsste mich hart und fest auf den Mund. Glücklicherweise ließ er mich sofort wieder los, denn sonst wäre ich aufgrund meiner verstopften Nase sicherlich erstickt.

Er zog sein Handy hervor und wählte Veronikas Nummer. Ich ging zurück in die Küche, nahm mein Handy in die Hand. Keine Nachricht von Kat; ich musste einfach darauf vertrauen, dass es ihr wirklich gut ging und sie sich melden würde, wenn sie so weit war.

Während ich den Gedanken abschüttelte, beschloss ich, noch jemanden zu der spontanen Party einzuladen und wählte ebenfalls eine Nummer.

»Darling«, seufzte Yvette. »Ich dachte schon, du rufst gar nicht mehr an.«

»Hi, Yvette. Hier ist Anika«, sagte ich, nur um sicherzugehen.

»Ich weiß, deswegen freue ich mich doch so.«

»Isst du Kuchen?«, wollte ich wissen.

Sie lachte sehr kehlig. »Ich nehme an, das ist eine Umschreibung für Oralsex?«

Entsetzt nahm ich das Telefon kurz von meinem Ohr, starrte es kopfschüttelnd an und sagte dann: »Nein. Ich meine wirklich Kuchen. Du weißt schon: gebacken, aus dem Ofen und so. Ich habe hier durch Zufall eine mehrstöckige Torte stehen und Boris und ich brauchen Hilfe beim Essen.«

»Danach dann Sex?«

Aus einer Laune heraus entgegnete ich: »Das musst du schon mit Boris ausmachen, er ist der Boss.«

»Verdammt«, stieß sie hervor. »Das wird ein ganzes Stück Arbeit. Wann soll ich kommen?«

»Sofort. Und Yvette?«

»Ja?«

»Zieh dir bitte etwas an, es kommen auch noch andere Leute.«

»Wenn es sein muss.«

22

Die Wohnung duftete bereits verführerisch nach Kaffee, als Yvette eintraf. Sie war sogar so schnell da, dass ich mich wunderte, wo sie wohnte. Doch bevor ich dazu kam, sie danach zu fragen, klingelte es und Veronika kam mit Don die Treppe hochgelaufen.

Sie begrüßte mich mit einer kurzen Umarmung, dann Boris, bevor sie vor Yvette stehenblieb, die selbst in Jeans und T-Shirt umwerfend und irgendwie nach Pornodarstellerin aussah – wie auch immer sie das fertig brachte.

»Bist du nicht –« Veronika brach ab und sah zu Don, der Yvette genauso fasziniert anstarrte.

»Yvette?«, vervollständigte er den Satz seiner Frau.

Belustigt nickte sie und hielt ihnen die Hand hin. Veronika löste sich zuerst aus ihrer Erstarrung und schüttelte sie.

Offensichtlich war ich der einzige Mensch auf dem Planeten, der die Lady vorher nicht gekannt hatte.

»Je mehr, desto lustiger«, sagte Yvette und zwinkerte Don zu.

»Benimm dich«, ermahnte Boris und zeigte drohend mit einer Kuchengabel auf sie.

Yvette spitzte die Lippen und warf ihm eine Kusshand zu. »Von mir aus. Aber erzählt ihr erst einmal bitte, wie ihr an den Kuchen gekommen seid.«

»Torte«, verbesserte Don und alle sahen ihn überrascht an, woraufhin sein Gesicht eine leicht rötliche Färbung annahm.

Veronika legte einen Arm um seine Hüften. »Wenn es um Gebäck geht, dann versteht mein Mann keinen Spaß«, erklärte sie. Prompt röteten seine Wangen sich noch mehr und er fuhr sich verlegen durch die Haare.

Ich seufzte und sah zu der Torte. »Meine beste Freundin sollte heute heiraten, aber sie hat die Hochzeit sausen lassen, und als wir nach Hause kamen, stand die Torte auf dem Tisch.«

»Oh«, murmelte Don und Veronika hob eine Augenbraue. »In letzter Minute abgesagt?«

Boris schüttelte den Kopf. »Wir haben vergeblich auf sie gewartet und als wir dann in der Annahme, dass uns niemand Bescheid gesagt hat, zur Kirche gefahren sind, haben wir herausgefunden, dass sie da auch nicht war. Sie hat einfach die Flucht ergriffen.«

Für einen Moment herrschte betretenes Schweigen. Yvette nahm schließlich das schwere Schicksal auf sich, die Stimmung wieder aufzuheitern. »Veronika war dein Name?«

Sie nickte und Boris' langjährige Freundin grinste. »Frag doch mal Boris, wo die frische Narbe auf seiner Stirn herkommt.«

Ich wollte am liebsten im Boden versinken. »Warum tust das?«

Veronika sah zu meinem Mann. »Ja, Boris, mir ist da gerade die neue Narbe auf deiner Stirn aufgefallen. Woher stammt sie?«

Hastig fragte ich: »Möchte jemand Kuchen? Kaffee vielleicht?«

Yvette schlang die Arme um meine Taille, legte ihren Kopf auf meine Schulter und schnurrte leise: »Shhhh, die Geschichte ist wirklich gut.«

Boris hielt sie dabei kritisch im Auge, als würde er ihr nicht einmal zutrauen, dass sie bei dieser Geste ihre Finger bei sich behalten konnte. »Anika hat mir eine Tasse gegen den Kopf geworfen.«

Entsetzt starrten Don und Veronika mich an. Lässig fügte mein Mann noch hinzu: »Sie hatte einen kleinen Wutanfall.«

Er und Yvette konnten sich nicht länger beherrschen und lachten sich fast tot. Abwehrend verschränkte ich meine Arme. »Das war alles ganz anders.«

Meine Stimme zitterte leicht und Yvette, die noch immer an meiner Seite hing, küsste meine Wange. »Stimmt, sie wollte die Wand treffen.«

Boris lachte noch lauter als vorher und ging langsam in die Küche. Veronika lächelte mich schief an. »Wenn es dich beruhigt: ich habe schon oft genug mit dem Gedanken gespielt, Don Sachen an den Kopf zu werfen.«

»Hey!«, protestierte er. »Was habe ich dir denn getan?«

»Wohl eher, was du nicht getan hast«, brummte sie. Als sie meinen neugierigen Blick bemerkte, sagte sie: »Kommt gar nicht in Frage, du erzählst zuerst.«

Die Stimme meines Mannes ertönte aus der Küche: »Wenn irgendjemand außer mir Kaffee und Kuchen will, sollte er jetzt hierher kommen.«

»Oh mein Gott, schnell«, rief Yvette. »Er ist so verfressen, ich würde ihm glatt noch zutrauen, dass er die Torte alleine vertilgt.«

»Ha!«, stieß ich triumphierend hervor und eilte in die Küche. »Yvette hat auch gesagt, dass du verfressen bist. Ich wusste es!«

Boris verdrehte nur die Augen und nahm das Messer in die Hand. »Darf ich jetzt?«

Feierlich nickte ich und gebannt sahen wir zu, wie er die Torte anschnitt. Als er das erste Stück herausholte und auf den Teller kippte, bekam ich meinen Mund gar nicht mehr zu. Keine Ahnung, wie Kat das hinbekommen hatte, aber der Kuchen war innen gepunktet.

»Niemand rührt sich«, befahl ich. »Davon muss ich ein Foto machen.«

Don kam mir zuvor und hatte bereits sein Handy in der Hand. »Wow«, murmelte er. Offenbar hatte Veronika keine Witze gemacht, als sie gesagt hatte, dass er sich für Gebäck interessierte.

»Das sieht wirklich toll aus.« Selbst Yvette war ausnahmsweise Mal ernst. Für einen Moment bewunderten wir still die Torte und ich fragte mich, wo Kat wohl gerade war. Sie hatte zwar geschrieben, dass ich mir keine Sorgen machen sollte, aber das war leichter gesagt als getan.

Boris schnitt noch vier weitere Stücke aus dem Kunstwerk und ich goss Kaffee in die bereitstehenden Becher.

»Sollen wir uns auf die Couch setzen?«

Zwei Bissen hielt Don durch, bevor er mir einen Blick zuwarf. »Also ehrlich gesagt würde mich schon die ganze Geschichte interessieren.«

***

Zwei Stunden später brachte ich mit Boris die Teller in die Küche. Veronika, Don und Yvette lümmelten auf der Couch herum und fühlten sichtlich wohl. Inzwischen hatten wir unsere gesamten Geschichten ausgetauscht und ich verstand ein bisschen besser, wie sich die Wege von Veronika und Boris gekreuzt hatten. Außerdem hatte ich den Eindruck, dass ich im Gegensatz zu Don noch glimpflich davon gekommen war.

Ich ging zurück ins Wohnzimmer und sammelte die Kaffeebecher vom Tisch. Als ich mich aufrichtete, hob ich die Tassen an. »Möchte noch jemand Kaffee?«

Gleichzeitig rissen alle drei die Arme hoch, schützten ihre Köpfe und Veronika murmelte eingeschüchtert: »Bitte nicht werfen.« Dann brachen sie alle in Gelächter aus.

»Wirklich witzig! Haha! Wie lustig!« Entnervt stapfte ich in die Küche, Boris stand in der Tür, lehnte mit der Schulter gegen den Rahmen und lächelte.

Als ich näher kam, sagte er: »Es war eine tolle Idee von dir, sie alle einzuladen.«

»Davon bin ich nicht mehr so überzeugt«, grummelte ich erbost, weil ich die Drei immer noch kichern hörte.

Er umfasste mein Gesicht mit beiden Händen und küsste mich auf den Mund. »Ich liebe dich.«

Damit ließ er mich einfach stehen und setzte sich wieder auf den Sessel, der inzwischen zu seinem Stammplatz geworden war.

Verblüfft, sprachlos und mit jagendem Puls stand ich in der Tür und schluckte schwer. Die Becher in meinen Händen schienen immer schwerer zu werden, ich stellte sie eilig ab und wischte nervös die Handflächen an der Jeans ab.

Das konnte er doch nicht ernst meinen! Und mich dann einfach so hier stehenlassen! Was für eine bodenlose Frechheit! Langsam ging ich zurück ins Wohnzimmer und setzte mich auf den freien Platz neben Yvette.

Ich suchte Boris' Blick, aber er wich mir geschickt aus.

»Ehrlich gesagt hatte ich überlegt, das *Starfox* zu verkaufen. So eine Prinzessin zu unterhalten ist ganz schön zeitintensiv und langsam macht sich der Schlafmangel bemerkbar.«

Veronika lachte. »Das ist bestimmt nur das Alter.«

Don sah sie böse an. »Sei mal nicht so frech. Du bist die Einzige hier, die unter 30 ist, das könnte ins Augen gehen.«

»Oder gegen die Stirn«, warf Yvette trocken ein. Wieder kicherten alle los und amüsierten sich auf meine Kosten.

Ich hingegen versuchte noch immer verzweifelt, Blickkontakt mit meinem Mann herzustellen. Sieh mich an, flehte ich in Gedanken. Ich musste einfach wissen, ob er es wirklich ernst gemeint hatte.

Endlich drehte er den Kopf und lächelte mich an. Der sanfte Ausdruck in den eisblauen Augen ließ bei mir das akute Verlangen aufsteigen loszuheulen.

Veronika erzählte gerade eine Anekdote, als ich völlig ohne Zusammenhang herausplatzte: »Ich dich auch.«

Überrascht starrte mich alle außer Boris an.

Don schnalzte mit der Zunge. »Ich weiß, dass du gesagt hast, dass das mit der Tasse eine einmalige Sache war, aber vielleicht solltest du sicherheitshalber trotzdem testen lassen, ob im Oberstübchen alles einwandfrei ist.«

Dieses Mal konnte ich auch lachen – vor allem, weil Boris, der miese Kerl, mir zugezwinkert hatte.

Yvette wedelte mit der Hand und gab ein gequältes Stöhnen von sich. »Igitt. Ich hoffe, ihr seid jetzt mit dem liebeskranken Zeug durch, sonst muss ich mich gleich übergeben. Soll ich von meiner Arbeit erzählen?«

Unsicher sah Don zu seiner Frau, als würde er lieber erst ihre Zustimmung einholen. Veronika tätschelte seine Wange. »Worum geht es denn?«

»Jede Menge Männer und ein paar Peniskäfige.«

Sowohl Don als auch Boris verzogen das Gesicht. »Lass mal«, winkte mein Mann dankend ab.

»Ach, wieso?«, fragte Veronika scheinheilig.

Yvette kicherte. »Obwohl es da auch diese nette Lesbenszene gibt, die ich letztens gedreht habe.«

Sofort wirkte Veronikas Mann wieder etwas hoffnungsvoller. Ich bedeutete ihr mit einer Handbewegung, zu erzählen und Yvette ließ sich nicht zweimal bitten.

Während ich ihrer amüsanten Erzählung lauschte, lehnte ich mich entspannt an die Lehne des Sofas, ich fühlte mich angekommen. Meine Kopfhaut prickelte und ich sah zu Boris, der mich anlächelte. Ich konnte gar nicht anders, als das Lächeln meines Mannes zu erwidern.

ENDE

Vorschau

Fünf gute Gründe
(Februar 2015)

Eigentlich sollte in Kats Leben alles in Ordnung sein. Eigentlich hätte sie nicht vor ihrer eigenen Hochzeit davonlaufen und den Bräutigam vor dem Altar stehenlassen sollen. Eigentlich steigt man nicht bei Fremden ins Auto.
Doch als Kat im Regen am Straßenrand steht und Investmentbanker David anhält, wirft sie ihren gesunden Menschenverstand und alle Bedenken über Bord. David ist auf dem Weg nach Schleswig-Holstein in einen vom Arzt verordneten Zwangsurlaub. Er wünscht sich Gesellschaft und Kat braucht einen Unterschlupf, bis die Aufregung um die geplatzte Hochzeit sich gelegt hat. Eigentlich der perfekte Deal – oder?

Liebe Leserin, lieber Leser,

danke, dass Du Dir die Zeit genommen hast, mein Buch zu lesen. Ich hoffe, es hat Dir gefallen und ich konnte Dir ein paar nette Stunden bescheren – denn darum geht es mir, wenn ich schreibe.
Vielleicht hast Du an der einen oder anderen Stelle gedacht, dass eine bestimmte Figur noch gar keinen Abschluss, gar kein Happy End bekommen hat. Deswegen möchte ich Dir an dieser Stelle versichern: Es wird ein Wiedersehen geben. Versprochen.

Die Reihe besteht bisher aus:
»Das erste Date« (August 2013)
»Die zweite Nacht« (Oktober 2013)
»Ein halber Kollege« (Kurzgeschichte, November 2013)
»Desaster Nummer 3« (Januar 2014)
»47 – Unklare Absichten« (Kurzgeschichte, April 2014)
»Zweidrittelmond« (Juni 2014)
»Nur vier Wochen« (Oktober 2014)

Weiter geht es mit:
»Dreiviertelvoll« (Dezember 2014)
»Fünf gute Gründe« (Februar 2015)

Bis dahin bleibe ich natürlich nicht untätig. Alle Neuigkeiten von meinen Büchern und mir findest Du

auf meiner **Homepage**
http://www.natalierabengut.com

auf **Facebook**
https://www.facebook.com/rabengut

auf **twitter**
https://twitter.com/rabengut

9044135R00146

Printed in Great Britain
by Amazon.co.uk, Ltd.,
Marston Gate.